OFICIAIS DO CRIME

Sargento Silva
COM SÉRGIO RAMALHO

OFICIAIS DO CRIME

COMO FUNCIONA A CORRUPÇÃO ESTRUTURAL E SISTÊMICA NA ELITE DA PM DO RIO

© 2024 - Sargento Silva com Sérgio Ramalho
Direitos em língua portuguesa para o Brasil:
Matrix Editora
www.matrixeditora.com.br
/MatrixEditora | /matrixeditora | /matrixeditora

Diretor editorial
Paulo Tadeu

Capa, projeto gráfico e diagramação
Danieli Campos

Revisão
Adriana Wrege
Silvia Parollo

CIP-BRASIL - CATALOGAÇÃO NA PUBLICAÇÃO
SINDICATO NACIONAL DOS EDITORES DE LIVROS, RJ

Silva, Sargento
Oficiais do crime / Sargento Silva, Sérgio Ramalho. - 1. ed. - São Paulo: Matrix, 2024.
208 p.; 23 cm.

ISBN 978-65-5616-506-6

1. Rio de Janeiro (Estado). Polícia Militar. 2. Corrupção policial - Rio de Janeiro (Estado). 3. Violência policial - Rio de Janeiro (Estado). I. Ramalho, Sérgio. II. Título.

24-93535 　　　　　　　　CDD: 363.232098153
　　　　　　　　　　　　　CDU: 351.742:343.34(815.3)

Meri Gleice Rodrigues de Souza - Bibliotecária - CRB-7/6439

Sumário

Apresentação 15

Introdução 21

Facção estatal 25

História organizacional da Polícia Militar do Estado do Rio de Janeiro ... 29

A perversão começa na formação 33

A logística organizacional dentro das unidades da PM 49

O policial recém-formado se torna escravo 53

Unidades de Polícia Pacificadora, território da corrupção 59

Coordenadoria de Polícia Ostensiva: um batalhão utilizado
a serviço do crime 77

Ser oficial desonesto é um grande negócio 95

Excelente condição de vida aos marginais da lei e péssimas
condições de trabalho aos policiais 101

Corporativismo entre os oficiais corruptos da Polícia Militar:
a raiz de todo o problema 107

Uma instituição bicentenária que por vezes é chefiada por uma
quadrilha que desonra sua história 159

Polícia Militar: uma corporação que necessita urgentemente
de uma completa reformulação 173

Este livro é o testemunho de um ex-policial que detalha o que viu e ouviu. Tudo que está escrito nestas páginas são relatos verídicos pessoais compartilhados por ele e por outros colegas de farda durante os anos em que trabalhou como policial militar no Rio de Janeiro. Por questão de segurança do autor e dos demais policiais, nomes, eventos, lugares, situações, fatos, instituições, datas e personagens foram alterados.

Dedicatória

Escrever um livro não é uma tarefa fácil, principalmente quando envolve um tema tão sensível como o abordado nesta obra. Desde o primeiro momento eu soube que, quando este livro fosse publicado, minha vida nunca mais seria a mesma. E, logicamente, essa mudança também impactaria toda a minha família. Por isso, começo dedicando este trabalho à minha amada esposa, pois, mesmo sabendo de todos os riscos que o projeto acarretaria à nossa família, ainda assim me incentivou a continuar. Dela veio todo o apoio de que precisei para não desistir no meio do caminho.

À minha filha, meu coração fora do peito. Seu nascimento foi o divisor de águas que me fez decidir escrever este livro. Quero que ela viva em um mundo melhor e mais justo, e, para isso, as ilegalidades e injustiças precisam ser expostas, denunciadas e combatidas.

Tanto para minha filha como para milhares de outras crianças inocentes, temos o dever de deixar um mundo melhor do que aquele que encontramos. Não posso deixar de mencionar todos os policiais militares do estado do Rio de Janeiro – bem como todos os outros policiais do Brasil e do mundo – que são vitimados no cumprimento do seu ofício, em especial os praças, pois são eles que mais sofrem e morrem, muitas vezes por culpa de comandantes omissos e corruptos que os colocam no *front* para morrer.

Agradecimentos

Agradeço aos meus pais pela educação que me deram; ela foi fundamental para formar meu caráter, e graças a ela mantive-me íntegro em meio a tanta sujeira e corrupção. Agradeço especialmente à minha saudosa mãe: a promessa que fiz à senhora em seu leito de morte, dentro daquele quarto de hospital, de que manteria minha conduta íntegra e jamais me desviaria da educação que a senhora me deu, nunca foi quebrada. Obrigado por tudo.

Ressalto o direito constitucional amparado pelo art. 5º, inciso XIV, da Constituição Federal do Brasil de 1988: "É assegurado a todos o acesso à informação e resguardado o sigilo da fonte, quando necessário ao exercício profissional". Dessa forma, os policiais que me forneceram seus relatos terão sua identidade preservada.

Agradeço a todos os praças policiais militares que contribuíram com informações valiosas e relevantes para a confecção deste trabalho. Este livro é a voz dos senhores e senhoras, seus gritos de socorro ecoados no papel. A partir deste momento, o mundo saberá de todas as nossas mazelas e de tudo que sofremos dentro da instituição Polícia Militar.

Apresentação

Sargento chegou ao Café Gaúcho, outrora um tradicional ponto de encontro de políticos e jornalistas, no Buraco do Lume, Centro do Rio de Janeiro, e postou-se à frente do balcão. O relógio de ponteiros fixado na parede de azulejos azuis marcava 10 horas em ponto. Policial militar que prestou mais de duas décadas de serviço, o homem era o estereótipo do agente disfarçado: boné preto enterrado na cabeça, óculos escuros e coturnos encobertos pela surrada calça jeans.

Não fosse pela máscara cirúrgica, que lhe cobria a face do nariz para baixo, o homem nem sequer precisaria se apresentar. Dias antes, ele havia conseguido meu telefone por intermédio de um velho companheiro de farda, fonte antiga dos tempos de redação do jornal *O Dia*. O ex-PM tinha lido na internet uma reportagem sobre o livro *Decaído*, no qual conto a história do ex-capitão do Bope Adriano da Nóbrega e suas ligações com a máfia do jogo, a milícia e o clã Bolsonaro.

Sem saber que o antigo companheiro de farda era um velho conhecido do autor, o policial havia lhe confidenciado o desejo de publicar um livro sobre as entranhas da Polícia Militar: "Sempre leio histórias dos bastidores da polícia contadas por jornalistas ou ex-policiais. Eu quero contar o que acontece na nossa vivência diária de policial, de praça, não de oficial". O sargento mal terminara a frase, quando o colega disse me conhecer.

Por um instante, o sargento pensou que o amigo "Papa Mike" o estava sacaneando. A expressão é usada nos canais de comunicação entre policiais para designar o Policial Militar. Os policiais civis são "Papa Charlie". Desconfiado do colega, ele anotou meu telefone, mas em seguida desconversou, dizendo que escrever um livro era apenas um desejo dos tempos de escola.

Não era verdade. Havia algum tempo, o autor vinha escrevendo relatos de experiências vivenciadas na dura rotina de praça enquanto esteve na Polícia Militar do Rio de Janeiro. Uma instituição bicentenária, com um longo histórico de problemas estruturais, violência, corrupção, mas também de bons serviços prestados à sociedade.

O sargento optou pelo anonimato para se preservar, mesmo tendo se desligado da corporação, opção feita em função da ojeriza aos absurdos frequentes que presenciava na "Briosa". A alcunha é herança da antiga Guarda Nacional Brasileira, que deu origem à Polícia Militar. Apesar de estranho, o termo tem significado elogioso.

Ao me procurar, o policial fez de pronto a exigência de não se identificar, tampouco de trocar telefones, e-mails ou qualquer meio que me permitisse chegar à sua verdadeira identidade. O sargento queria apresentar seus escritos a um editor. Caso aceitasse, eu seria apenas uma ponte entre ele e o representante da editora.

Admito que, inicialmente, todo aquele rodeio me pareceu uma boa jogada de marketing ou, na pior das hipóteses, uma armadilha. Afinal, eu acabara de lançar um livro sobre um dos mais conhecidos e temidos matadores de aluguel do Rio de Janeiro. Capitão Adriano, o ex-caveira que criou o Escritório do Crime, tinha uma poderosa rede de relações, com destaque para Flávio e Jair Bolsonaro, respectivamente, senador e ex-presidente da República.

Apesar do receio, combinei com o anônimo policial que faria contato com Paulo Tadeu, *publisher* da Matrix Editora, para saber de seu interesse em marcar uma conversa com o ex-policial e atual escritor. O editor ficou interessado na história, mas restava saber o que o sargento tinha a oferecer e se seus escritos se referiam a fatos reais inéditos, se eram ficção ou mesmo se não passavam de plágio descarado.

Paulo topou um encontro, que deveria coincidir com a sua agenda profissional no Rio de Janeiro. O sargento havia combinado de me ligar de volta em cinco dias. O prazo seria suficiente para eu combinar os passos seguintes e um ponto de encontro. Para evitar sobressaltos, optei por um estabelecimento aberto, com grande circulação de pessoas e câmeras por toda parte.

A escolha do Café Gaúcho foi calculada. O local sempre está apinhado de gente, e, com a transferência da Assembleia Legislativa para o antigo prédio do Banco do Estado do Rio de Janeiro (Banerj), a pouco mais de 100 metros do ponto de reunião, a ostensiva presença de policiais ao redor garantiria nossa segurança no caso de uma arapuca.

O sargento, por sua vez, estava preocupado em manter preservada sua identidade. Ao me retornar, ele usou um telefone celular pré-pago. Ao saber o local escolhido para o nosso encontro, o policial pediu apenas que a reunião fosse pela manhã. Combinamos que eu estaria de camisa branca, calça jeans e tênis. Paulo Tadeu seguiria direto do Aeroporto Santos Dumont para o ponto de encontro. Portanto, estaria com uma mala de rodinhas.

Aquele seria o nosso primeiro contato com o ex-policial. Sargento Silva foi o pseudônimo escolhido por Paulo Tadeu para o autor anônimo. O sargento chegou ao balcão retangular, que ocupa o centro do estabelecimento, pontualmente. Entreguei três fichas de café à balconista, que nos serviu em xícaras. Ele virou-se para abaixar a máscara e sorver o café.

Sargento Silva estava alerta, desconfiado, parecia estar numa operação dentro de um território hostil. O cafezinho, em certa medida, quebrou o gelo. O ex-policial fez piada com a máscara, mas em momento algum descuidou da segurança deixando o rosto à mostra. Seu maior temor era ter a imagem captada por uma das inúmeras câmeras espalhadas ao redor do bar.

Paulo demonstrou interesse pela obra, mas ressaltou a necessidade de ler o material antes de apresentar uma proposta. Era preciso saber se os escritos traziam informações exclusivas, verossímeis e, sobretudo, como a editora poderia se preservar de possíveis ações judiciais por parte dos citados. Mas o editor já deixou claro, também, como agiria para levar adiante o projeto, caso o aprovasse: não teria contato por e-mail nem por celular com o sargento e faria um contrato para ser enviado via correio para uma determinada caixa postal, contrato esse que nem ficaria salvo nos arquivos da editora. Tudo para ajudar a preservar a identidade de Silva. E, claro, do próprio editor e do jornalista Sérgio Ramalho.

Durante a conversa, Sargento discorreu sobre a rotina nos batalhões por onde passou: corrupção estrutural, pressão dos superiores, desrespeito e assédio. Articulado, o ex-policial fugiu do lugar-comum ao atribuir os desmandos praticados por PMs na ponta do serviço ao modelo hierárquico vigente há mais de dois séculos. Em geral, os policiais costumam simplificar a retórica, associando as mazelas aos baixos salários da tropa.

Sargento Silva pensa diferente. Logo nas primeiras linhas deste livro, ele esclarece que os praças – soldados, cabos, sargentos e suboficiais –, integrantes da base da pirâmide da PM, se comprometem a servir a seus superiores hierárquicos ao ingressar na tropa. "Um ponto interessante a ser notado é: no juramento dos praças, prestamos o compromisso de obedecer às autoridades, mas em nenhum momento se faz menção ao cumprimento das leis. Para a alta cúpula da PM, é mais importante um policial de baixa patente cumprir as ordens de superiores hierárquicos do que obedecer ao sistema normativo", escreve. Já os oficiais prestam jura à instituição. Nunca à sociedade, que paga os seus salários. A repetição de um modelo arcaico alimenta o sectarismo na PM, que também adota diferentes pesos e medidas para punir seus praças em detrimento dos oficiais, em geral protegidos por mecanismos internos, como os conselhos de justificação, formados por oficiais para analisar, julgar e ocasionalmente punir seus colegas do topo da pirâmide da corporação.

O espírito de corpo cultivado desde os bancos da escola de formação de oficiais garante a capitães, majores, tenentes-coronéis e coronéis um salvo-conduto à prática de ilegalidades. Já aqueles que habitam a base da pirâmide são punidos de maneira draconiana e exemplar. Em *Oficiais do Crime*, Sargento Silva esmiúça esse universo em capítulos recheados de apuração digna de um experiente jornalista investigativo.

As histórias de oficiais bandidos, que empregam suas altas patentes para seguir impunes, gabaritando o Código Penal, só poderiam ser contadas por alguém do interior das entranhas da PM. Ao ler o material disponibilizado pelo autor em um *pen drive*, fica fácil compreender toda a preocupação em se manter anônimo. Sargento Silva sabe dos riscos que corre ao romper esse silêncio, ao expor as vísceras, trazendo à tona episódios reais de violência, assédio e temor, que levam muito bom policial a prevaricar. A omissão em cumprir seu dever legal surge como alternativa racional. Agir como se espera de um bom policial, exceto na encenação clichê do bom e do mau PM num episódio de extorsão, pode levar à morte.

Oficiais do Crime tem a intensidade de um grito forçadamente abafado por anos. Sargento Silva vai muito além dos estereótipos tão comuns presentes em duvidosas séries de *true crime*. O policial revisita episódios lastimáveis, como a execução da juíza Patrícia Acioli, assassinada a mando do então comandante do Batalhão de Polícia Militar de São Gonçalo, cidade de pouco mais de 1 milhão de habitantes na região metropolitana do Rio.

Um crime emblemático, por revelar a ousadia do oficial graduado e sua crença na cultura da impunidade. Esse é um dos poucos episódios descritos pelo autor com os nomes reais dos envolvidos. Os PMs responsáveis pela execução da juíza, que vinha cumprindo sua atribuição legal de condenar policiais ligados a mortes de suspeitos, foram condenados, mas não perderam seus salários, tampouco os privilégios, já que as sentenças não transitaram em julgado.

A caixa-preta aberta por Silva revela histórias de impunidade que seguem em curso, como oficiais envolvidos em extorsão, tráfico de drogas, assassinatos e um leque enorme de ilegalidades. Casos que não chegaram a resultar em inquéritos, tampouco em denúncias formais à justiça. Os oficiais listados nos capítulos desta obra são a prova de uma impunidade histórica, que corrói a credibilidade da instituição.

Sargento Silva é didático ao descrever as bases que resultam na deformação de oficiais ainda nos bancos da academia, como faz no capítulo "A perversão começa na formação", passando por "O policial recém-formado se torna escravo" até chegar ao topo da estrutura, em "Ser oficial desonesto é um grande negócio".

Os capítulos descrevem episódios reais, em que oficiais graduados empregam a estrutura da corporação para amealhar dinheiro e poder, atuando como criminosos. Alguns explorando máquinas de caça-níqueis, sistemas clandestinos de distribuição de internet, televisão por assinatura ou mesmo comandando a segurança pessoal de integrantes dos clãs da máfia do jogo.

Histórias como as vivenciadas pelos sargentos Ronnie Lessa, Marcos Falcon, Geraldo Pereira e tantos outros praças alçados à condição de chefes de grupos criminosos desfilam na obra de Silva. O livro *Oficiais do Crime* vai além de jogar luz em uma complexa teia de relações, envolvendo coronéis, políticos e gente poderosa, que recorre a policiais corruptos para realizar o serviço sujo.

Silva revela sensibilidade ao relatar casos em que mulheres policiais são submetidas aos caprichos de seus superiores. Orgias organizadas por oficiais como forma de iniciar as colegas. Episódios de misoginia explícita, em que oficiais usam e abusam de sua patente para impor seus desejos sádicos às "fem", como são chamadas as policiais.

Ao romper o silêncio, Sargento Silva presta um serviço à própria PM e à sociedade fluminense. E, por que não, à sociedade brasileira.

Sérgio Ramalho
Jornalista

Introdução

Os militares da Polícia Militar (PM) são classificados, de acordo com o estatuto da instituição, em oficiais, que exercem funções de comando, chefia e direção; e em praças, executores e auxiliares. Soldado, cabo, sargento e subtenente são praças, policiais de baixa patente. Tenente, capitão, major, tenente-coronel e coronel são oficiais, policiais de alta patente.

Os pilares balizadores de toda instituição militar são a hierarquia e a disciplina, isto é, oficiais mandam e praças obedecem. O militar é um cumpridor de ordens por natureza, e muitas vezes não lhe é permitido sequer questioná-las. Praças na PM são meramente elementos de execução, robôs cumpridores de ordens; não são pagos para pensar, mas para obedecer. É isso que ouvimos nos bancos escolares. Porém, é justamente essa obediência cega a responsável por diversos problemas sérios, pois até mesmo ordens absurdas são cumpridas sem que possam ser questionadas.

Ao se formar, o praça presta o seguinte juramento diante da bandeira nacional e da sociedade civil organizada: "Ao ingressar na Polícia Militar, prometo regular a minha conduta pelos preceitos da moral, cumprir rigorosamente as ordens das autoridades a quem estiver subordinado e dedicar-me inteiramente ao serviço policial militar, à polícia ostensiva, à preservação da ordem pública e à segurança da comunidade, mesmo com sacrifício da própria vida". Já o oficial presta o seguinte juramento: "Ao ser declarado aspirante a oficial da Polícia Militar, assumo o compromisso de cumprir rigorosamente as ordens legais das autoridades a que estiver subordinado e dedicar-me inteiramente ao serviço da Pátria, à manutenção da ordem pública e à segurança da comunidade, mesmo com o sacrifício da própria vida". E, ao ser promovido ou nomeado ao primeiro posto, o oficial PM prestará o compromisso de oficial, em solenidade especialmente programada, de acordo com os seguintes dizeres: "Perante a bandeira do Brasil e pela minha honra, prometo cumprir os deveres de oficial da Polícia Militar e dedicar-me inteiramente ao seu serviço".

Um ponto interessante a ser notado: no juramento dos praças, prestamos o compromisso de obedecer às autoridades, mas em nenhum momento se faz menção ao cumprimento das leis. Para a alta cúpula da PM, é mais importante um policial de baixa patente cumprir as ordens de superiores hierárquicos do que obedecer ao sistema normativo. Além disso, por imposição juramentada, devemos regular a nossa vida pelos preceitos da moral, o que, aliás, é um princípio da administração pública; já o oficial não o faz. Essa parte do juramento não consta em suas obrigações, eles não têm o dever juramentado de regular a sua vida pelos preceitos da moral, e muitos parecem levar isso bem a sério.

Será demonstrada em cada capítulo a falência desse sistema arcaico e ditatorial empregado pelo comando da PM. Vamos ver como oficiais corruptos da Polícia Militar se organizaram para formar a maior facção criminosa do Rio de Janeiro, talvez do Brasil, e como conseguiram expandir seus tentáculos para outros órgãos da administração pública, sempre com o objetivo de praticar os mais diversos tipos de crimes sem ser descobertos. Eles são responsáveis por desmotivar totalmente os integrantes da tropa, deixando-os doentes, desestimulados e desiludidos. Muitos praças têm a sensação de que caíram no canto da sereia quando entraram, de que foram enganados. É como se ouve rotineiramente no trabalho: existem duas alegrias na vida de um praça da PM – o momento em que ele entra para a polícia e o momento em que consegue sair. Costuma-se dizer que os praças entram pela porta errada da PM – a porta dos fundos –, por isso sofrem tanto; deveríamos ter entrado pela porta da frente, a dos oficiais, pois é ela que garante tranquilidade e facilidade. A aposentadoria, para muitos praças, é um momento de liberdade.

É importante ressaltar que nem todos os oficiais são corruptos, pelo contrário, muitos são honestos, mas é possível afirmar categoricamente que diversos dos que exercem funções de chefia e comando são, sim, corruptos. Ademais, muitos dos que são honestos se omitem, compactuando com os oficiais bandidos por medo de perseguição. Os pouquíssimos que ousam se contrapor aos esquemas de corrupção são perseguidos ou até mortos, fazendo com que seja mais vantajoso participar dos crimes ou simplesmente optar pela omissão.

Oficiais corruptos de alta patente se apoderaram da PM e fundaram – numa alusão ao que o leitor conhece como Comando Vermelho – o Comando Azul, a mais perigosa e perversa facção criminosa do Rio, talvez do país.

Sargento Silva

Facção estatal

Um coronel da Polícia Militar e um tenente, ambos oficiais, nutrem um sentimento de ódio por uma juíza da Vara Criminal de São Gonçalo. O motivo de tanto ódio: a juíza era implacável quando se tratava de crimes cometidos por agentes estatais, e criminosos que se escondiam atrás da farda para praticar os mais variados crimes estavam sendo frequentemente condenados por ela. Em 2011, a juíza foi assassinada com 21 tiros por narcomilicianos insatisfeitos com seu trabalho de combate à corrupção. De acordo com as investigações, um coronel e um tenente da PM foram os mandantes do crime, sendo por isso condenados a mais de 30 anos de prisão. Ambos continuavam na PM, porém. Eles ainda não foram expulsos da Polícia Militar.

Ex-chefe do estado-maior administrativo da PM, um coronel foi condenado a 12 anos de prisão em regime fechado por estar diretamente envolvido no maior escândalo de corrupção e desvio de verbas públicas de que se tem conhecimento dentro da instituição. Ele chegou a receber propina dentro do seu gabinete, no interior do quartel-general. A organização criminosa a que pertencia desviou mais de R$ 16 milhões do Fundo de Saúde da PM, faliu o hospital de Niterói e praticamente destruiu o sistema de saúde da Polícia Militar. Processo administrativo para apurar sua conduta delituosa? Não se tem notícia de que tenha havido.

Em outro canto da cidade do Rio, um coronel é preso em flagrante delito abusando sexualmente de uma menina de dois anos dentro do seu carro. Para fugir da situação em que se encontrava, ainda tentou subornar os policiais que participaram da ação. Ele foi condenado a 11 anos de prisão por estupro de vulnerável. O processo continua, pois há suspeita de que o coronel tenha envolvimento com uma quadrilha de pedófilos. O salário mensal de R$ 36 mil está em dia. Ele não foi expulso da Polícia Militar.

Já em outra extremidade do estado do Rio de Janeiro, um coronel que comandava o batalhão da Ilha do Governador foi preso por montar uma verdadeira organização criminosa utilizando o aparato estatal para cometer crimes. No decorrer das investigações, restou comprovado que esse ex-comandante da unidade, um tenente e outros oficiais participaram ativamente de diversos crimes, por isso foram condenados a mais de 20 anos de prisão em regime fechado. Entre os crimes praticados por eles destacam-se, de acordo com a justiça: roubo qualificado, extorsão mediante sequestro, tráfico de armas, tráfico de drogas e recebimento de propina. Até hoje o tal coronel não foi expulso da PM.

Em uma das regiões mais pobres e violentas da cidade do Rio de Janeiro, um tenente-coronel que comandava o batalhão responsável pelo patrulhamento da área de Bangu, juntamente com seu subcomandante, um major de polícia, foram presos em flagrante por recebimento de propina e prevaricação. As quantias chegavam a R$ 30 mil por mês, em troca da não fiscalização da venda de produtos roubados no calçadão de Bangu. Quatro anos mais tarde, o já promovido coronel e o major subcomandante foram novamente presos pela Polícia Civil, dessa vez acusados de lavagem de dinheiro. Na residência do major foram encontrados R$ 300 mil em dinheiro vivo, cuja origem o acusado não soube explicar. Até hoje eles não foram punidos disciplinarmente.

Dentro de uma das comunidades mais pobres e violentas do Brasil, um morador é sequestrado e morto. As investigações apontam que ele foi sequestrado, torturado e assassinado por policiais que trabalhavam em uma Unidade de Polícia Pacificadora (UPP) naquela comunidade. A justiça sentenciou o major comandante e um tenente subcomandante a 13 anos de prisão em regime fechado. Não há notícias de processo administrativo disciplinar instaurado em desfavor de ambos.

Em outra Unidade de Polícia Pacificadora, localizada na região portuária do Rio de Janeiro, um major que comandava essa comunidade foi vítima de uma operação realizada pela Polícia Civil e determinada pela justiça. Dentro do armário pessoal, no interior do seu gabinete, foram encontradas armas ilegais, bem como entorpecentes e materiais utilizados para forjar operações policiais e dar a elas aparente impressão de legalidade. Já se passaram vários anos, e ainda não houve punição disciplinar para o major.

Em uma área da zona oeste totalmente dominada por milicianos – grupos paramilitares que aterrorizam moradores e comerciantes –, um major da PM é preso em flagrante pelo Ministério Público Estadual. Entre os crimes praticados por ele incluem-se grilagem de terras, pagamento de propina a agentes públicos, agiotagem e construção ilegal. Esse mesmo oficial já havia sido preso muitos anos antes, quando ainda era capitão. Ele foi acusado, na época, juntamente com outros policiais, de ter sequestrado, torturado e matado quatro jovens que haviam se envolvido em uma briga na saída de uma casa de festas em São João de Meriti, na Baixada Fluminense. O capitão não foi punido; pelo contrário, foi promovido a major e ganhou aumento de salário, prestígio e posição de destaque dentro da instituição.

Existem duas características marcantes relativas aos crimes apresentados aqui e a tantos outros que serão abordados: todos os praças da Polícia Militar – isto é, os agentes de baixa patente – que estavam envolvidos nos crimes relatados foram presos, rapidamente processados e excluídos da PM. O que é o certo a ser feito. Enquanto isso, aqueles que segundo a justiça foram os verdadeiros mandantes, os que arquitetaram e mais se beneficiaram das práticas criminosas, os oficiais corruptos de alta patente, continuam administrativamente impunes. Em muitos casos, nem sequer foram abertos processos administrativos disciplinares contra eles, e muitos ainda foram promovidos e ganharam cargos importantes dentro da PM.

Existe um sistema estrutural arquitetado para encobrir e facilitar o cometimento de crimes praticados por oficiais corruptos de alta patente dentro da Polícia Militar. Esses agentes públicos criaram uma verdadeira organização criminosa, a maior do Rio de Janeiro, talvez do Brasil, e, agindo nas sombras, utilizam toda a força e o aparato estatal em benefício próprio. Os mais variados crimes e os mais escandalosos esquemas de corrupção são acobertados. Organização criminosa, peculato, concussão, formação de quadrilha, furto, roubo, homicídio, extorsão, coação, pederastia, pedofilia, tráfico de influência, tráfico de drogas, tráfico de armas, invasão de domicílio, tortura, sequestro e tantos outros crimes são praticados por essa organização criminosa que se esconde atrás de uma farda. Punem-se os peixes pequenos para salvar os tubarões. O resultado desse sofisticado esquema é o aumento da escalada de violência em todo o estado do Rio, bem como o crescimento desenfreado de casos de corrupção praticados por policiais e da sensação de impunidade que muitos deles carregam. Hoje, em diversos órgãos da PM existe corrupção, e ela já começa nos bancos escolares, na formação, estendendo-se até a ponta da linha, à atividade-fim: o patrulhamento das ruas. No decorrer desta obra, o cidadão conhecerá as entranhas dos mais podres esquemas praticados pela alta cúpula corrupta da Polícia Militar. São ações das quais a sociedade jamais tomaria conhecimento e que só estão vindo a público porque alguém resolveu falar. Prepare-se para ter acesso a informações sigilosas, que colocarão em dúvida a afirmação de autoridades de que não há conivência com desvios de conduta ou crimes praticados por policiais militares. Respire fundo e venha conhecer como são engendrados os maiores esquemas criminosos dentro da corporação, muitos deles arquitetados na sala do Comando-Geral.

História organizacional da Polícia Militar do Estado do Rio de Janeiro

A Polícia Militar tem, por imposição legal, a função primordial de praticar o policiamento ostensivo, de modo a preservar a ordem pública. Ela é uma das forças militares auxiliares do Brasil. Para fins de organização e emprego em situações de guerra, é uma força auxiliar e reserva do Exército Brasileiro e, assim como suas coirmãs, integra o Sistema Único de Segurança Pública brasileiro. As PMs são subordinadas ao governo de seus respectivos estados, portanto a PM do Rio está subordinada ao governo do estado do Rio de Janeiro, e seus integrantes são denominados militares estaduais (artigo 42 da Constituição brasileira).

A PM foi fundada em 13 de maio de 1809, na cidade do Rio de Janeiro. As atribuições constitucionais da Polícia Militar estão previstas no § 5º do artigo 144 da Constituição Federal: "Às polícias militares cabem a polícia ostensiva e a preservação da ordem pública". Além disso, a PM também atua efetivamente, ou deveria atuar:

- No combate ao crime organizado, por meio de operações para a captura de criminosos ou apreensão de armas, drogas ou contrabando.

- No atendimento direto à população, ajudando no transporte de doentes, na orientação de pessoas em dificuldades, na intervenção de disputas domésticas, no encaminhamento da população carente aos órgãos responsáveis por problemas de saneamento, habitação etc.

- No policiamento especializado em áreas turísticas, estádios, grandes eventos e festas populares.
- No controle e orientação do trânsito, mediante convênios com as prefeituras.
- Na fiscalização e no controle da frota de veículos, em ações integradas com outros órgãos públicos.
- Na preservação da flora, da fauna e do meio ambiente, por meio de batalhão especializado.
- No serviço de segurança externo das unidades prisionais e na escolta de presos de alta periculosidade.
- No serviço de segurança de Fóruns de Justiça em municípios de todo o estado.
- No apoio a oficiais de justiça em situações de reintegração de posse e outras determinações judiciais com risco.
- Na segurança de autoridades do Executivo, do Legislativo e do Judiciário.
- Na segurança de testemunhas e de pessoas sob ameaça.
- No apoio a órgãos públicos, estaduais e municipais, em atividades como ações junto à população de rua e trato com crianças e adolescentes em situação de risco social.
- Na segurança dos estádios de futebol.

Com o intuito de descentralizar as ações do Comando-Geral da PM, existem coordenações intermediárias chamadas de Coordenadoria de Policiamento de Área, que ficam responsáveis pela organização e mobilização do policiamento em cada região do estado do Rio de Janeiro, adaptando a PM às realidades locais. A exceção a essa regra é a Coordenadoria de Polícia Pacificadora, que tem sob seu controle os grupamentos e as Unidades de Polícia Pacificadora que policiam áreas carentes da capital do estado. Há também a Coordenadoria de Policiamento Especializado, à qual estão subordinadas as unidades de policiamento especializado; a Coordenadoria de Operações Especiais, à qual se subordinam as unidades de operações especiais; e a Coordenadoria de Policiamento Ambiental, responsável pela coordenação do policiamento nas unidades de proteção ambiental fluminenses. A partir de 2009, os Comandos de Policiamento de Área passaram a representar as Regiões Integradas de Segurança Pública (RISPs), em conjunto com os Departamentos de Polícia de Área, no âmbito da Secretaria Estadual de Segurança. Nas RISPs, organizam-se as Áreas Integradas de Segurança Pública, com áreas que correspondem aos Batalhões de Polícia Militar e às Coordenadorias Regionais de Polícia Civil. O objetivo é a integração entre as companhias dos batalhões e as delegacias policiais, sendo que as áreas de atuação das segundas são as Circunscrições Integradas de Segurança Pública, cuja ideia é, por fim, tornar mais eficiente o combate à criminalidade mediante integração operacional e administrativa das corporações policiais fluminenses.

A PM possui 41 batalhões convencionais responsáveis pelo policiamento ordinário e ostensivo, sendo que cada batalhão é responsável por uma área específica de atuação dentro do estado do Rio de Janeiro. Há ainda unidades especializadas responsáveis por atuar em situações específicas predeterminadas. São elas:

- Bope: Batalhão de Operações Policiais Especiais
- BAC: Batalhão de Ações com Cães
- BPChq: Batalhão de Polícia de Choque
- GTM: Grupamento Tático de Motos
- GAM: Grupamento Aeromóvel
- Recom: Rondas Especiais e Controle de Multidões

A perversão começa na formação

Uma data, 4 de março, que entrou para a história da minha vida, naquela época, então o ainda candidato Silva. Após passar por diversas etapas do concurso público, finalmente fui aprovado e classificado, tornando-me aluno do Curso de Formação de Soldados da Polícia Militar (CFSD). A preparação para esse momento havia começado cerca de dois anos antes: curso preparatório, horas e horas de dedicação e muito estudo, para finalmente estar pronto para realizar a prova escrita. Essa é a primeira etapa do certame. Outros milhares de candidatos disputavam a mesma vaga, mas eu estava confiante, sabia que uma vaga seria minha. Após um dia cansativo de provas, retorno à residência com a certeza de que havia me saído bem. Cerca de dois meses depois, a primeira lista de aprovados é divulgada, e lá estava eu, figurando entre os primeiros classificados. Não foi surpresa, pois eu realmente havia estudado muito; no fundo, já sabia que seria aprovado. Passados alguns dias, é marcada a data para a segunda prova, bem como para o exame antropométrico, que afere o peso e a altura dos candidatos. O edital determinava que candidatos com perfil antropométrico normal magro, normal e sobrepeso seriam aprovados; magros ou obesos deveriam ser reprovados. Esse resultado, dado após a aferição do Índice de Massa Corporal (IMC), não era problema para mim; afinal, um candidato com meu perfil já estava aprovado de acordo com o certame. Eu sabia que essa seria a prova mais fácil de todas e, como previsto, passei sem maiores dificuldades. Após algumas semanas, foi marcada a inspeção de saúde. Exame de vista, audiometria, pressão arterial, avaliação odontológica e avaliação geral médica fazem parte da inspeção. Novamente aprovado. A cada etapa vencida a emoção aumenta, é um passo a mais em direção à tão sonhada vitória. O exame físico finalmente é marcado: dia 6 de setembro, véspera de feriado, às seis horas da manhã, impreterivelmente, deveríamos estar no Centro de Formação e Aperfeiçoamento de Praças (CFAP) para avaliação física.

O edital determinava que cada candidato do sexo masculino fizesse quatro flexões na barra fixa – para muitos, o exame mais difícil. Esse exame é realizado em duas etapas: na primeira, o candidato segura-se em uma barra fixa com pegada pronada e com as mãos alinhadas com os ombros, certificando-se de que seus braços estejam completamente retos e seus pés não estejam tocando o chão. Essa é a posição inicial. Na segunda etapa, eleva-se o corpo até que o queixo ultrapasse a barra, puxando-se os cotovelos para trás e mantendo-se a cabeça em posição neutra e os olhos fixos em algum ponto adiante, sem usar impulso, apenas a força física. Depois, abaixa-se o corpo até que os ombros e os braços estejam completamente estendidos e volta-se à posição inicial.

A próxima prova é a flexão de braços e antebraços, que consiste em realizar apoios de frente sobre o solo. O candidato deve se posicionar de bruços, com as mãos apoiadas no chão, na largura dos ombros, e com os pés juntos. Ao iniciar, deve flexionar os braços até que o peito quase toque o chão e depois estendê-los novamente, mantendo o corpo alinhado. A avaliação mede a força e a resistência muscular dos braços, dos ombros e do peitoral.

A outra etapa do exame físico é a realização de 44 abdominais em posição remador, em no máximo um minuto. Esse exercício consiste em se esticar no solo, com braços e pernas erguidos. Após se posicionar, o candidato flexiona as pernas ao mesmo tempo que contrai o abdômen em direção aos joelhos, abraçando-os.

A seguir, temos a prova do salto em altura, com a meta de 1,10 metro. Nessa prova, o candidato deve se posicionar corretamente diante da barra ajustada a essa altura, utilizar uma técnica de salto adequada, correr, impulsionar-se com um pé e passar por cima da barra sem derrubá-la. O salto é considerado válido se a barra permanecer no lugar.

Finalmente, a última etapa do exame físico é a corrida. Ela é dividida em duas partes: em uma delas, o candidato deve percorrer 100 (cem) metros rasos em no máximo 16 (dezesseis) segundos; na segunda parte, o candidato deve percorrer um circuito de 2,4 mil metros em no máximo 12 minutos.

O exame físico reprova muitos candidatos que subestimam o teste de aptidão física (TAF), os quais, por não se prepararem direito, acabam sendo eliminados do certame. Todas as provas são classificatórias e eliminatórias. No meu caso, eu estava treinando havia mais de um ano, por isso fui aprovado no TAF. O sonho de ser policial me motivava.

Após essa fase, é marcada a avaliação psicotécnica, o temido "psicodoido", como é conhecida a avaliação entre os concurseiros. A prova consiste em responder a vários questionários, alguns com mais de 300 perguntas, muitas delas pegadinhas, e ainda há uma avaliação presencial com três oficiais psicólogos. A polícia precisa ter certeza de que não está admitindo em seus quadros algum psicopata, por isso esse exame é bem criterioso. Novamente, muitos são reprovados. Confesso que essa foi a etapa do concurso que mais me deixou apreensivo, talvez devido à subjetividade do exame. Entretanto, novamente fui aprovado. Após a divulgação dos resultados, é marcada a data do exame toxicológico. Trata-se de um divisor de águas para muita gente, pois qualquer candidato que tenha feito uso de alguma droga ilícita no ano anterior ao exame será reprovado. A Polícia Militar faz um exame de alta precisão. Uma amostra do pelo corporal da pessoa é retirada e enviada aos Estados Unidos, para um laboratório especializado nesse tipo de análise. Nesse dia, diversos candidatos chegaram completamente depilados ao CFAP. Era engraçado ver gente sem sobrancelhas, cabeça raspada etc. Possivelmente, naquele fim de semana que antecedeu o exame toxicológico, os profissionais especialistas em depilação com cera quente atenderam muito mais gente do que de costume e ganharam um bom dinheiro. Os candidatos que chegaram dessa forma, completamente depilados – não sendo possível, portanto, realizar a coleta da amostra de pelo corporal –, foram eliminados. Como eu nunca fiz uso de nenhuma substância ilícita, sabia que seria aprovado e fiquei apenas aguardando a data da última etapa, a pesquisa social.

A PM faz uma investigação exaustiva da vida pregressa do candidato. Quaisquer antecedentes criminais ou problemas que possam desabonar a conduta são motivo de reprovação. Por isso, com a chegada dessa avaliação, os policiais responsáveis pelo concurso diziam para nós: "Quem tem problemas com a tia ou com o vizinho resolve logo essa guerra e pede desculpas. Nós vamos lá na sua rua saber o que suas famílias e vizinhos pensam a respeito de vocês". Foi a maior reconciliação de pessoas que aconteceu no Rio de Janeiro naquele ano.

Logrei êxito em todas as etapas do concurso público. Mais de dois anos de muita preparação, dedicação e noites sem dormir foram recompensados com a tão sonhada aprovação. Finalmente, a tão esperada data de apresentação é marcada: 4 de março, às cinco horas da manhã, impreterivelmente. E assim foi feito. Exatamente no dia e hora determinados, atravesso o portão das armas, um portão de ferro gigantesco com dois revólveres forjados que guarda a entrada de um Batalhão-Escola da Polícia Militar. Carrego duas mochilas pesadas nas costas, com roupas, toalhas, itens de higiene pessoal, chaveiro, e tudo o mais que fora exigido que o aluno levasse. Logo descubro que não precisava ter empacotado tudo aquilo, pois, no decorrer do curso, pouquíssimas coisas que levamos seriam utilizadas. Talvez a maior serventia das mochilas fosse maltratar os alunos, pois era obrigatório carregá-las aonde quer que fôssemos. Aquelas mochilas mais pareciam bolas de ferro.

Chega, por fim, a tão sonhada apresentação. Eu e mais 199 alunos somos recepcionados pelo coronel Souto, que, após breves palavras de congratulações, avisa:

– Os senhores viverão os piores meses das suas vidas. Calor, frio, fome, sede, cansaço, corrida, suga física[1] e emocional serão seus eternos companheiros enquanto estiverem aqui. Acostumem-se, pois eles os acompanharão no decorrer de todo o curso, serão seus irmãos siameses; onde vocês estiverem, eles também estarão.

Após essas "calorosas" boas-vindas, somos finalmente entregues a três policiais instrutores, que pareciam carrascos da Idade Média. Olhavam-nos com olhares de sangue e conversavam entre si de maneira que pudéssemos ouvir o que falavam – diziam que em dois dias dezenas de nós já teriam desistido e que rapidamente iriam identificar

---

1. No jargão militar, treinamento exaustivo.

e expulsar os elos fracos da corrente. Segundo eles, naquele local não se aceitavam fracos, frouxos ou aventureiros. Apostaram quem seria o maior responsável por pedidos de desistência dos alunos. Eles nos comiam com os olhos. Um deles era o então tenente Vinícius, hoje major, um oficial linha dura. Tão linha dura que esteve envolvido em um episódio que culminou na morte de um aluno no decorrer de outro curso de formação, anos depois. O aluno foi submetido a treinamentos extenuantes, que acabaram levando-o à morte, incidente que será narrado mais adiante. Outro instrutor era o sargento Dias, hoje subtenente. Sujeito sádico, tinha o dom de torturar, humilhar, rebaixar. Um homem de estatura mediana, de fala rouca e, presumo, meio surdo, pois tudo que falava era na base dos berros. O terceiro, também sargento, se chamava Mauro, posteriormente promovido a subtenente. Um cara educado, que vivia rindo, falava baixo e de maneira mansa. Não humilhava ninguém, parecia realmente um bom instrutor, mas no decorrer do curso mostrou-se ávido por dinheiro, bebidas, farra. Aliás, algo comum no centro de instrução: festas clandestinas, dinheiro, corrupção e até mesmo orgias sexuais aconteciam naquele batalhão-escola.

No mesmo dia da apresentação, conhecemos o comandante da companhia, capitão Ferreira, hoje coronel, homem de porte físico normal, fala mansa, piadista, mulherengo, graneiro (maneira como são descritos os oficiais gananciosos demais, que têm olho grande por dinheiro) e assediador. Ele largou a família para morar com uma "fem" – assim são chamadas as policiais no batalhão-escola –, chegando a se relacionar sexualmente com ela nas dependências do quartel, algo terminantemente proibido pelo regulamento. Aliás, o regulamento, na prática, só era utilizado para punir os praças; de resto, era totalmente ignorado.

A rotina na escola é dura e cansativa. Muitas sugas físicas, corridas extenuantes, centenas de flexões, abdominais, polichinelos e gritos de ordem unida. Nos três primeiros meses aprendemos a marchar, gritar, entoar canções militares, prestar continência e correr muito, muito mesmo, pois é terminantemente proibido ao aluno caminhar dentro do quartel – todo deslocamento deve ser feito obrigatoriamente em corrida; caminhar é um crime capital. Exercícios físicos, como abdominais, flexões e polichinelos, também são utilizados como forma de punição a qualquer ato considerado falho. Os oficiais ficavam escondidos em cima das árvores e, se o aluno entrasse caminhando, eles disparavam tiros de fuzil (utilizando munição de festim) contra ele e, aos berros, determinavam:

– É correndo, maldito. Correndo!

Passados alguns dias, fomos apresentados ao corpo de "professores". A equipe era formada eminentemente por policiais veteranos, com muitos anos de polícia, muita história para contar e muitos crimes nas costas. No curso de formação, curiosamente, os piores policiais eram mandados ao Centro de Instrução para dar aula aos alunos e ensinar-lhes o que é ser "polícia de verdade". Dentro da corporação, muitos carregam uma lógica de que o policial só é bom quando é bravo, chucro, ignorante, inconsequente, bruto e cumpridor de ordens sem questionar. Eles ensinam que só seremos respeitados pelo mal que pudermos causar. Para alguns, quanto mais "neandertal" for o praça, mais útil ele será ao sistema. Diz-se que o primeiro mandamento do militar é: não ponderarás nem piruarás[2].

Tendo em vista que policiais com maior grau de instrução argumentam mais, eles logo são rotulados de problemáticos e vistos com maus olhos por parte dos superiores; quanto mais conhecimento, mais difícil manipulá-los, pois policiais que estudam cobram seus direitos, fazem o que a lei determina e não aceitam cometer ilegalidades, por isso não se tornam brabos e não podem ser usados em diversas atividades ilícitas. Esses são rapidamente excluídos da atividade-fim, o patrulhamento ostensivo; de acordo com o senso comum policial, não são de pista e não podem trabalhar na rua. Eles são vistos como funcionários públicos, não como policiais militares. Aliás, muitos policiais consideram uma ofensa ser chamados de servidores públicos, pois, desde que entram no curso de formação, são doutrinados a pensar que são superiores e a agir como tal.

Sargento Souza, nosso primeiro instrutor, entra na sala. O líder dos alunos no pelotão, que lá chamamos de xerife, grita:

– Pelotão, sentido!

Todos nós ficamos de pé para ser apresentados ao professor.

– Pelotão, descansar! Sentados.

Cumpridas as honrarias, começa nossa primeira aula. O sargento Souza, orgulhoso dos seus mais de vinte anos prestados à Polícia Militar, começa a instrução:

---

2. Na gíria militar, *piruar* é se oferecer ou se voluntariar para fazer algo, buscando se destacar ou se exibir.

– É, alunos, eu já fui como vocês, já fui recruta. Vocês são sortudos, estão no melhor emprego do mundo; são polícia, porra!

A saliva escorre da boca, e, em meio à gritaria proferida, a instrução continua.

– Vocês só deram azar de entrar na época errada, na época do celular, da Globo, da câmera e do X9. No meu tempo é que era bom, a gente matava, espancava, dava o pela-porco[3]. E não acontecia nada. Ninguém ficava sabendo. Época boa. Escutem os antigões aqui que vocês vão se dar bem!

Lá se vão mais duas horas de relatos sobre crimes e desvios de conduta cometidos pelo instrutor, sempre com a dica de como se safar, tudo diante de cinquenta alunos eufóricos para ouvir mais histórias.

No decorrer do curso de formação, descobrimos que a grande maioria dos instrutores que estava no batalhão-escola foi mandada para lá como forma de punição. Eram policiais desonestos e indisciplinados que respondiam a inquéritos policiais e, por isso, foram afastados das ruas. Estavam ali para ensinar o que sabiam, isto é, cometer crimes e transgressões disciplinares sem ser descobertos. Eles carregam uma máxima: só os safos sobrevivem. Todo golpe é válido, desde que não seja descoberto. Nesse momento, começo a me questionar: "Se isso é uma escola de formação policial, como mandam para cá instrutores indisciplinados, criminosos que respondem a inquéritos?". A história ensina que o que começa errado, termina errado. A sociedade cobra da Polícia Militar um servidor honesto, comprometido com a lei e com os direitos humanos. Em vez disso, são formados soldados e guerrilheiros. Eles são humilhados, maltratados, ensinados a fazer o errado e, por vezes, sofrem tortura física e psicológica. Mas, depois de formados, espera-se que sejam policiais diferentes daquilo que foram ensinados e adestrados a fazer.

Com o passar do tempo, outras matérias vão sendo adicionadas: Legislação Penal, Práticas Policiais, Noções de Direito etc. No entanto, não era tão importante assim dedicar-se ao estudo, pois nas provas a cola era "permitida". O importante para o capitão Ferreira era passarmos bem no "paradão", uma espécie de desfile semanal em que todo o corpo de alunos desfilava para os oficiais superiores. Existe dentro do Centro de Instrução uma competição velada entre as diversas turmas: aquela que melhor passasse diante das estrelas,

---

3. Ato de tomar à força tudo que está na posse de alguém; furto ou roubo.

mais bem avaliada seria. Por isso, para o capitão, mais importante que estudar era desfilar para os oficiais superiores.

À medida que o curso avançava, iniciava-se a instrução de tiros. Muitos alunos não sabiam atirar, pois nunca haviam tido nenhum contato com uma arma de fogo, e mesmo após as aulas ministradas não conseguiram adquirir a destreza necessária para ser aprovados na avaliação. A prova eliminatória de tiros consiste em acertar uma determinada quantidade de disparos em alvos fixos com armas de diversos calibres. Geralmente, a avaliação é feita com pistola e fuzil, as armas mais utilizadas na atividade policial. Muitos alunos não conseguiam obter um bom desempenho, mas isso não era de fato um problema: na hora da avaliação, quem atirasse melhor fazia a prova no lugar do outro, tudo diante dos olhos dos antigões. É importante destacar isso. Como um aluno policial que não sabe atirar, que erra todos os disparos em um alvo parado a poucos metros de distância, pode ser aprovado na avaliação de tiros e, consequentemente, se formar? Como se sairá um policial desses quando precisar fazer uso de sua arma de fogo em uma situação real se, na escola, ele nem mesmo fez as provas? Talvez isso explique tantos casos de pessoas inocentes feridas em troca de tiros envolvendo policiais e marginais. O agente que não consegue acertar um alvo parado a poucos metros de distância dificilmente terá êxito em atingir alguém em movimento a vários metros de distância, ainda mais sob uma situação de estresse e de perigo real de vida.

Dia após dia a tortura prossegue no Centro de Formação. Sargento Dias sentia prazer em humilhar todos os alunos. Qualquer frase proferida era precedida de palavrões e obscenidades. Diariamente, éramos submetidos a tortura física e psicológica. No interior do batalhão-escola, atrás da oitava companhia, existe um lago sujo e fétido habitado por diversos jacarés. Esse era o local preferido do sargento. Qualquer pequena falha que cometêssemos, mandava-nos mergulhar no lago. Tudo diante dos olhares do capitão chefe da companhia.

Carlos, um aluno magro, tímido e desajeitado, não conseguia executar bem as manobras de ordem unida. Não sabia marchar, prestar continência nem se apresentar. Para o sargento Dias, isso era inaceitável. Por isso, diante de todos os alunos, ele jurou que o tiraria do curso. Aos berros, afirmou:

– Seu bisonho maldito, teu lugar não é na polícia, teu lugar é em loja de shopping, é fazendo faxina. Você só serve para ser chapeiro de lanchonete. Eu vou te tirar do curso, eu vou te foder! Faz o seguinte, vamos para o lago do jacaré. Agora, mergulha! Vamos, mergulha, porra!

– Chefe, por favor, não faz isso comigo, eu não sei nadar. Estou implorando, por favor, não faz isso comigo.

Era nítido o desespero de Carlos naquele momento.

– Eu não quero saber! Mergulha, porra!

O sargento estava irredutível.

Então, na frente de todo o corpo de alunos, Carlos, humilhado e exposto, sem suportar tamanha pressão psicológica, desmaia de nervoso e cai no lago. Logo que ele caiu na água, sabíamos que algo sério tinha acontecido. O capitão foi avisado e veio correndo. Quando vê o aluno imóvel dentro do lago, questiona o sargento:

– Porra, Dias, o que houve?

– Esse bisonho maldito tentou suicídio, chefe.

– Tira ele de lá, porra!

Eles acionam a ambulância da polícia, e o Grupamento Especial de Salvamento e Ações de Resgate (Gesar), batalhão responsável pelos primeiros socorros, chega rapidamente.

A consequência de tamanho absurdo nós descobrimos depois. Carlos desenvolveu sérios problemas emocionais, que o impediram de se formar naquele ano. Posteriormente, ele precisou de permanente acompanhamento psicológico para tentar superar o trauma que desenvolveu. Esse episódio foi amplamente abafado. Ninguém foi punido ou preso; pelo contrário, todos os envolvidos, posteriormente, foram promovidos.

À medida que o curso de formação avança, vamos descobrindo como realmente funcionam as coisas dentro da instituição. Um dia, chego para o sargento Mauro e falo:

– Permissão, sargento? – falar com um superior sem pedir permissão é passível de punição.

– Permissão concedida, fala o que você quer, maldito – "Maldito" é o apelido carinhoso que nos dão enquanto somos alunos.

– Chefe, qual é a possibilidade de eu chegar um pouco mais tarde amanhã? Preciso levar meu pai para fazer um exame, ele é idoso e não tem como ir sozinho.

– Aluno, quantos meses você já tem de curso?

– Uns seis – respondo.

– E em seis meses você ainda não aprendeu como as coisas funcionam na polícia?

– Não, senhor!

– Monstro – esse é outro pronome de tratamento dado aos alunos –, o capitão não é tua mãe, os seus problemas são problemas seus. Quer dispensa? A de meio-dia é um preço. Quer dispensa de dois dias? Outro preço. O capitão gosta de uísque. Se quiser, é só falar.

– Mas, chefe, isso não é corrupção?

– Tá de sacanagem, aluno? Quer vir de moralismo aqui? Faz prova para o Tribunal de Justiça, porra! Lá você vai poder mudar o mundo. Aqui é PM, caralho! E tu tá punido, vai dormir no quartel para pensar melhor no que falar. Na polícia, peixe morre pela boca. Teu pai que dê o jeito dele!

Levei uma punição chamada pernoite, isto é, não pude ir para casa quando terminou a instrução no final do dia. Fui obrigado a dormir no quartel.

Retornando ao pelotão, após o diálogo com o sargento Mauro, comento o ocorrido com João, meu colega de pelotão:

– Cara, fui pedir uma meia dispensa ao sargento Mauro e ele teve a coragem de dizer que eu teria que pagar por ela.

– E tu não sabia disso?

– Claro que não. Para mim, era só participar e pronto. Pelo menos na teoria é assim que funciona.

– Mano, tu é muito apagado mesmo. Olha o Denis, o Marcos, o Moisés... Você já reparou que eles nunca chegam cedo? Eles já eram militares antes de entrar na polícia, são safos, conhecem todo o esquema. Cerra com eles e pergunta qual é a ideia.

Resolvo seguir o conselho.

– Denis, preciso de uma dispensa para levar meu pai ao médico. O que tenho que fazer? – pergunto para o colega de pelotão.

– Só perder uma prata para o sargento Mauro e o capitão Ferreira. Se tu quiser, eu faço esse avião pra você. Se liga, esta semana perdi 250 pratas e estou dispensado sexta, sábado e domingo. Qualquer coisa, é só falar.

– Isso está errado, cara. Se na escola existe corrupção, imagina na rua! Não vou pagar nada pra ninguém!

Nesse dia o tempo estava nublado, já era meado de inverno, e nessa época do ano faz bastante frio na região onde fica o batalhão-escola. As horas passam e começa a chover; era tempo vago no pelotão, por isso não tínhamos aula. Eis que entram os carrascos dos alunos, tenente Vinícius e sargento Dias, o mesmo que já havia deixado um aluno psicologicamente traumatizado. O sargento, como de costume, berra:

– Vocês viram que São Pedro chamou a gente, né? Então, vamos atendê-lo. Atrás do guia, correndo!

Todos gritamos: "raça"! Essa era a senha para corrermos até o infinito, e assim foi feito. Após uns oito quilômetros de corrida debaixo de chuva, fizemos a tradicional pausa para flexões. Todos na mesma posição: mãos apoiadas no chão logo abaixo do ombro, levemente mais abertas, os pés juntos para trás, mantendo o peso apoiado na ponta dos dedos dos pés, enquanto o corpo permanece esticado, com as costas retas. Eram 199 alunos parados e ensopados no pátio da Oitava Companhia, homens e mulheres na mesma posição. Mesmo que se previsse no regulamento que as policiais femininas deveriam executar o exercício com os joelhos apoiados no chão, uma posição um pouco mais confortável e diferente da masculina, o sargento não permitiu. É nesse momento que a aluna Patrícia, enfermeira de formação, pondera:

– Chefe, a anatomia feminina não é igual à masculina, os nossos órgãos internos podem se deslocar se não colocarmos os joelhos no chão. Nosso centro de gravidade é diferente, isso pode até prejudicar o útero, por isso existe a previsão regulamentar determinando que nós, mulheres, façamos flexões com os joelhos apoiados no solo, diferentemente da posição masculina.

Pra quê! O sargento se vira para o tenente e pergunta:

– Posso matar essa demônio agora?

– Isso daria muita dor de cabeça, Dias. Você já deixou sequela em um aluno, agora quer matar outra? Aí não, né, camarada!

– Fem, venha para o meio do pátio, agora!

– Sim, senhor sargento.

As lágrimas escorrem dos olhos da aluna. O medo é nítido. Patrícia chega a tremer de nervoso.

– Deixa para usar a porra do joelho com o seu namorado na cama do motel! Está vendo? Por isso sou totalmente contra mulher nesta porra!

Vocês não servem para nada, exceto fazer a alegria do capitão.

Após a sessão de humilhação coletiva, o sargento pergunta se alguém tem mais alguma reclamação a fazer.

– Permissão, tenente Vinícius? – outro aluno pergunta.

– Fala, maldito.

– Chefe, estamos sem beber água há muito tempo, estou passando mal.

– Tá com sede? Bebe mijo. Esses alunos são muito amamãezados! Ninguém vai beber água aqui, não. Aproveitem a chuva que cai do céu e abram a boca. Cacete, sargento, você não está purificando o pessoal direito? Expulsa esses PIs, esses seres ridículos, de dentro deles! – "PI" é um termo pejorativo que se refere a quem não é militar, uma abreviação de "pé inchado".

Anos depois, o tenente Vinícius esteve envolvido em um episódio que culminou na morte de um aluno justamente pelo mesmo motivo: não ter permitido que ele bebesse água, em um dia em que a sensação térmica chegou a 49 graus Celsius num Centro de Formação. O aluno, junto com outras centenas de pessoas, estava sendo submetido a uma sessão de tortura física e psicológica com o objetivo de identificar aqueles que os instrutores classificavam como fracos, frouxos e aventureiros. Durante os exercícios físicos extenuantes, à tarde e sob um sol escaldante, ele sofreu uma desidratação severa e acabou morrendo dentro da escola de formação da Polícia Militar. O tenente não permitiu que o aluno bebesse água, mesmo após ele implorar diversas vezes para se hidratar. Embora já tenham se passado alguns anos desde que esse lamentável e trágico episódio ocorreu, até hoje ninguém foi punido. O tenente Vinícius, envolvido diretamente no caso que resultou na morte do aluno, além de não sofrer nenhuma sanção disciplinar, ainda foi promovido a capitão e, posteriormente, a major.

Quando o sargento disse que as fens só serviam para fazer a alegria do capitão e de outros oficiais, confesso que fiquei sem entender. Porém, comecei a perceber como as alunas eram assediadas por alguns oficiais dentro do Centro de Formação. Isso era claramente perceptível na hora que avançávamos ao rancho (refeitório) para almoçar. Fazia-se uma fila gigantesca, e os oficiais colocavam as alunas que eles achavam mais bonitas na frente de todos. Feito isso, eles as rodeavam; pareciam verdadeiros animais no cio. Alguém sempre soltava uma piadinha sem graça, um comentário chulo ou uma indireta inapropriada. O capitão Leo falou para elas:

– Suas vidas serão fáceis dentro da polícia, só depende de vocês. Nem precisarão ser oficiais para ter vida mansa. Se estiverem dispostas a usar o "xerecard", poderão se safar de tudo. São vocês que escolhem o tratamento. Aprendam isso desde agora e terão uma vida muito tranquila na Briosa.

Era incrível a naturalidade com que falavam esses absurdos para as alunas.

Na fase final do curso de formação, os alunos policiais começam a tirar serviço no batalhão-escola. Eram obrigações relativamente simples: tomar conta de guaritas e alojamentos, ajudar na segurança da entrada do quartel, policiar algumas ruas internas da escola etc. Uma espécie de estágio para nos habituarmos ao serviço na rua. Mais uma vez, somos instruídos a nos fazer de cegos, surdos e mudos, a ficar de bico calado caso víssemos alguma conduta errada por parte dos oficiais. Numa sexta-feira, sou escalado no plantão do alojamento em horário noturno. Meu serviço consistia em impedir a entrada de pessoas que não fossem daquele alojamento e tomar conta das instalações, além de coibir a prática de qualquer ato considerado irregular. Era um dia de muito calor, e em certo momento chega uma encomenda para ser entregue e descarregada no gabinete do comandante, que ficava ao lado das instalações pelas quais eu estava responsável. Àquela altura, o capitão Ferreira estava morando no batalhão-escola; ele havia largado a esposa para se relacionar com uma aluna e, junto com Denis, Marcos e Moisés, os bizurados[4], os safos, alunos de confiança dele, organizou um churrasco dentro do batalhão-escola, algo totalmente proibido. A noite toda foi de muita farra, com direito a orgia na piscina de instrução, muita bebida alcoólica, prostitutas, funk e tudo o mais que é proibido pelo regulamento. Ao assumir o serviço e render o colega, vejo o circo armado e de imediato alerto o capitão de que aquilo é crime militar. Já bêbado, ele responde:

– Aluno, você está maluco? Eu sou oficial, porra! Eu sou estrela, caralho! A polícia é minha! Se você disser qualquer coisa, eu vou te foder. Eu te tiro do curso em dois tempos. É a palavra de um capitão contra a palavra de um aluno, e um aluno praça. Você é o cocô do cavalo

---

4. Que sabe todas as manhas ("bizus"); preparado para as situações.

do bandido. Tu ainda vai aprender que quem gosta de praça é pombo, e, mesmo assim, pra cagar em cima. Some daqui, seu merda!

Nesse momento, chega outro oficial completamente bêbado acompanhado de uma fem também alcoolizada. O tenente faz sinal com a boca pra eu ficar calado. Entra no alojamento feminino, tranca a porta e passa a noite toda com ela. De manhã, ao sair, avisa:

– Se você disser qualquer coisa, eu te prendo. X9 na polícia morre cedo! Não se esqueça de quem você é e de quem eu sou. Existe entre nós um oceano de diferença, ninguém vai acreditar em nada do que você disser, e qualquer coisa eu te coloco no olho da rua! A polícia é nossa!

Carrego essa frase comigo até hoje. A polícia realmente é deles, dos oficiais, eles fazem mesmo o que querem e quase nunca são punidos. São conhecidos como deuses do Olimpo. Ostentam o título de estado-maior.

Outro fato bastante lamentável ocorreu quando alunos oficiais chegaram completamente alcoolizados a um batalhão de formação de praças – cabe ressaltar que a academia de formação de oficiais fica em um prédio diante desse batalhão de formação de praças, e ambas as instalações estão no mesmo terreno. Segundo o que foi relatado, os alunos oficiais invadiram o alojamento feminino das praças e, buscando satisfazer seus desejos sexuais, tentaram praticar à força atos libidinosos com elas, sempre se valendo de sua superioridade hierárquica. Eles foram denunciados, mas, como já era de se esperar, não foram severamente punidos. Hoje eles são oficiais da Polícia Militar. Certamente, se esse reprovável episódio tivesse sido praticado por alunos praças, eles teriam sido rapidamente desligados do curso e excluídos das fileiras da corporação.

Passados aproximadamente 11 meses, como se esse tempo fosse suficiente para formar um profissional habilitado para lidar com condições tão adversas e complexas, como as do serviço policial no estado mais perigoso e violento da federação, finalmente chega a formatura, o tão sonhado momento de jurar a bandeira e se tornar um policial pronto. Tropa formada e alinhada, autoridades civis e militares, imprensa, sociedade civil e familiares estão presentes. Inicia-se a solenidade, um verdadeiro teatro; as pessoas que ali estão não fazem a menor ideia do que se passa lá dentro, de quão corruptos alguns PMs já saem da escola, de quantos "bizus" foram dados a eles por instrutores desonestos e criminosos, que são punidos e mandados para ministrar instruções no curso de formação. Após as formalidades e diante do Pavilhão Nacional, juramos: "Ao ingressar na Polícia Militar, prometo regular a minha conduta pelos preceitos da moral, cumprir rigorosamente as ordens das autoridades a quem estiver subordinado e dedicar-me inteiramente ao serviço policial militar, à polícia ostensiva, à preservação da ordem pública e à segurança da comunidade, mesmo com sacrifício da própria vida". Muitos ali cruzam os dedos ao proferir essas palavras, mostrando sua clara intenção de nunca cumprir o que foi proferido sob juramento. Coberturas[5] são arremessadas para o alto, e é encerrada a solenidade.

Depois de formados, parece que atravessamos um portal e automaticamente estamos prontos para resolver quaisquer problemas que porventura surjam no dia a dia. Mesmo com pouquíssimos dias de estágio prático na rua, somos declarados policiais militares. Estamos, na teoria, prontos para tudo.

A sociedade cobra uma polícia mais humana, profissional e honesta. Em vez disso, são moldados servidores cujos valores estão distorcidos, tornando-os verdadeiras máquinas de guerra. Em vez de formar policiais, são formados soldados. Canções militares que exaltam a violência, a tortura e a morte, que estimulam a destruição do inimigo a qualquer custo, são entoadas diariamente no curso de formação. Em diversas ocasiões, a escola da PM se assemelha muito mais com uma míni Coreia do Norte do que com uma academia de polícia. O principal objetivo é doutrinar o aluno, e não instruí-lo. Perversão, corrupção, assédio físico e moral estão entranhados no processo de formação. Um estado delinquente forja mais delinquentes, e já nos bancos escolares ensinam o errado e cobram o certo, embora todos saibam que o que começa errado termina errado. Quando entramos na Polícia Militar, ainda na escola, diversas vezes somos humilhados, assediados, incentivados a cometer crimes, a ser serviçais de oficiais, a servi-los e atender aos seus caprichos. Muitos deles utilizam a polícia em proveito próprio.

Mas isso já não importa mais. Afinal, estamos formados e somos policiais militares teoricamente prontos. E agora?

---

5. Nome popular dado ao boné do policial.

A logística organizacional dentro das unidades da PM

Todos os batalhões e todas as unidades da Polícia Militar têm sua própria logística. Organizam-se da seguinte forma: a P1 administra os recursos humanos, o RH dos praças. Essa seção é responsável por confeccionar a escala de serviço dos praças e gerenciar toda a sua vida laboral. Qualquer assunto que diga respeito ao trabalho – férias, licença, afastamento etc. – é atribuição da P1. A Secretaria faz o mesmo serviço, mas para os oficiais. Por só cuidar dos oficiais, é um verdadeiro desperdício de dinheiro, pessoal e recursos. São mantidas duas estruturas distintas para cuidar dos mesmos assuntos, o que não faz sentido, tendo em vista que o número de oficiais é bem menor que o de praças. Seria perfeitamente possível que apenas a seção de recursos humanos (P1) administrasse e gerenciasse todo o pessoal.

P2 é a seção de assuntos sigilosos. É como se fosse uma Polícia Civil dentro da Polícia Militar. Seus membros não usam farda, na maioria das vezes não falam com os demais policiais e vivem isolados dentro do batalhão. Esses agentes deveriam ser responsáveis por investigar crimes e desvios de conduta cometidos por outros policiais militares, mas na prática, infelizmente, alguns não fazem isso, muito pelo contrário. Normalmente, os PMs lotados nessa seção são pessoas de confiança do oficial comandante da unidade, "os homens do coronel", e por isso são intocáveis (um tipo de estrutura comum às PMs de outros estados e de todas as Forças Armadas). Agentes corruptos do serviço reservado são a ponte entre os criminosos da área e o batalhão; ficam diretamente responsáveis por buscar o *arrego* (a propina do comandante) e se aproveitam da condição de anonimato sob a qual trabalham para viabilizar suas empreitadas criminosas. Esses policiais desonestos extorquem, sequestram, matam, forjam provas etc. Tudo para forçar os criminosos da área a pagar propina. São uma espécie de Gestapo, a polícia secreta nazista. Assim como os membros da P2, os integrantes da Gestapo não usavam fardas, praticavam os mais diversos tipos de crimes e não se subordinavam a ninguém, a não ser ao comandante e ao próprio Adolf Hitler. A equipe de serviço reservado do batalhão goza de total confiabilidade, conhece profundamente todos os esquemas fraudulentos da área, e por isso acompanha o comandante aonde quer que ele vá. Quando o coronel é transferido para comandar outro batalhão, ele geralmente leva junto sua equipe de P2.

A P3 é a seção responsável por planejar e distribuir o policiamento em uma área. Habitualmente é comandada por um oficial superior, geralmente um major de polícia. É vista pelos comandantes corruptos como a galinha dos ovos de ouro de um batalhão, pois uma grande parte do policiamento é distribuído de acordo com um acerto previamente estabelecido entre a P3 e os comerciantes, empresários, traficantes, bicheiros etc. Mais adiante, abordaremos como tal acerto é feito e como comandantes desonestos transformaram a PM na maior empresa de segurança privada do estado. Explicaremos como oficiais inescrupulosos se articularam para manter um monopólio gigantesco de ganhos ilícitos utilizando a estrutura estatal da Polícia Militar.

A P4 é responsável pela logística do batalhão. Todos os custos relativos à compra de materiais, insumos e manutenção são geridos por ela. Para um comandante de unidade corrupto, trata-se de outra grande fonte de renda, pois muitas compras são superfaturadas ou mesmo fraudulentas. Na P4 circula o dinheiro que vem do estado-maior, dinheiro que muitas vezes é desviado. Para facilitar a manutenção do esquema, essa seção geralmente também é comandada por um oficial superior, pois, quanto mais alta a patente, mais baixo o número de pessoas que questionarão as atitudes e decisões tomadas por ele.

Por fim temos a P5, que cuida da comunicação social da unidade. Habitualmente é comandada por uma oficial feminina, algum oficial punido ou um oficial em início de carreira. Quase ninguém quer assumir o posto porque não envolve dinheiro, embora seja uma seção importante, uma vez que faz a ponte entre o batalhão da área e a população. É o meio de comunicação oficial entre a polícia local e toda a população atendida pelo batalhão. Mesmo assim a P5 é menosprezada, pois não gera nenhum lucro para os oficiais corruptos comandantes da unidade.

Assim são organizadas as unidades da Polícia Militar. Não importa se é um batalhão convencional, uma unidade operacional especializada, uma escola, Unidades de Polícia Pacificadora ou qualquer outra repartição: todas terão a mesma divisão aqui descrita.

O policial recém-formado se torna escravo

Assim que saio do curso de formação, percebo que tudo que havia presenciado era nada comparado ao que estava por vir. A realidade na rua é ainda mais cruel. Nossa turma de policiais foi enviada para diversos batalhões da PM. Fui classificado no batalhão policial responsável por patrulhar o Centro do Rio. Os policiais que lá trabalham apelidaram a unidade de quinto dos infernos, tamanha a tortura que é servir naquele lugar. Permaneci nesse batalhão por alguns anos, até que as primeiras Unidades de Polícia Pacificadora – um projeto político cuja finalidade era pacificar as comunidades mais violentas do Rio de Janeiro – começaram a ficar prontas e foram inauguradas.

Ao me apresentar na P1 da unidade, sou recebido pelo sargento Torres, auxiliar de P1. Embora os praças façam todo o trabalho interno da PM, sempre são classificados como auxiliares, pois não podem ser responsáveis por nada. Somente os oficiais desfrutam desse "privilégio".

– Permissão, sargento, vim me apresentar e tomar ciência da escala.

– Senta aí, polícia, e espera.

Após duas horas de espera, recebo a seguinte informação do sargento:

– Os setores estão todos preenchidos. Você e outro recruta (assim são chamados os policiais recém-formados) vão trabalhar no Policiamento Ordinário Geral a pé, com escala 6 por 1. Ou seja, vocês vão trabalhar seis dias direto, de terça a domingo, e folgarão na segunda-feira. O policiamento vai das dez da manhã às oito da noite.

Esse é o famigerado POG, o serviço mais odiado dentro da PM, justamente por obrigar o policial a trabalhar muitas horas em pé e durante muitos dias sem folgar. Por isso é destinado a policiais recém-formados ou rotulados de problemáticos. É mais um castigo do que propriamente um setor de trabalho – as áreas de patrulhamento de um batalhão.

– Sargento, o regulamento diz que o POG é de oito horas, não dez.

– Está ponderando o quê, recruta? – responde o major, sentado na cadeira atrás de uma mesinha, no fundo da seção.

– Permissão, comandante! É que o sargento nos colocou no POG em horário não regulamentar e eu estava explicando...

– Explicando? Você está maluco? – ele retruca, aos berros. – Regulamento, lei? A lei é o que eu escrevo num pedaço de papel! Você chegou ontem, não tem nem meia hora de polícia e já quer falar merda? Desse jeito tu vai te empenar todinho aqui! Abre teu olho, recruta, porque já te marquei. Torres, já coloca ele na escala de amanhã, o recruta está precisando oxigenar esse sangue e parar de falar besteira. Não te ensinaram na escola que peixe morre pela boca? Amanhã você está de serviço, e aqui não toleramos atrasos ou faltas, ainda mais de polícia piruão. Dispensado!

Desse momento em diante, torno-me escravo da Polícia Militar, trabalhando sem folga e sem descanso. Carvalho, meu colega de POG, era residente: ele morava no batalhão, pois sua casa ficava no interior do estado, e com essa escala era impossível ele se deslocar todos os dias até o trabalho. Após quatro meses, ele disse que não aguentava mais.

– Quer saber de uma coisa, Silva? Não fiz prova para ser escravo, não, isso aqui é desumano. A escravidão no Brasil acabou em 1888. Amanhã vou chegar mais cedo para desenrolar com o brigada (sargento responsável pela confecção da escala) e ver como posso sair daqui. O colega disse que lá tem desenrolo.

– Mas, Carvalho, você vai pagar o arrego? É por isso que as coisas são assim e não mudam. Eles colocam a gente nessa situação para forçar esse pagamento. Poxa, irmão, não faz isso.

– Mano, eu não aguento mais! Eu sou residente, você sabe, não moro na capital, sou de Campos. Estou há quatro meses sem ir para casa. Tem hora que dá vontade de dar um tiro na cabeça. Amanhã resolvo isso. Se continuar aqui, vou pirar.

Na quarta-feira, ao assumir o serviço, sou informado pelo fiscal de dia (pessoa responsável por despachar os policiais para os setores) que meu companheiro de guarnição foi trocado. O soldado Carvalho seria transferido para o interior e começaria a trabalhar no batalhão perto de sua casa.

– Caramba, chefe, há policiais tentando há anos uma transferência e não conseguem, mas ele conseguiu. Como é possível? Eu queria ao menos sair dessa escala escrava de 6 por 1.

– E eu lá sei? Pergunta pra ele, porra! Olha ele lá, saindo da P1. Vai lá e fala com ele. Até parece que eu sou teu garoto de recados!

– Sim, senhor!

Sigo o conselho e vou falar com meu ex-companheiro de POG:

– Carvalho, você é bom de ideia mesmo. Não só saiu do POG como vai para o batalhão da tua área. Fala pra mim: qual é o segredo?

– Porra, cara, o major cobrou R$ 4 mil pra me liberar, irmão, mas não comenta isso com ninguém, pra não me prejudicar. Perdi 4 mil, tive que fazer um empréstimo consignado pra pagar o major. Maior esculacho, mas fazer o quê? Estava surtando aqui!

Aquilo acabou comigo. Eram dois meses de salário de um trabalhador. Com certeza aquele dinheiro faria muita falta ao Carvalho, que tinha dois filhos para sustentar. Ficou nítido para mim o desespero dele ao aceitar pagar a propina cobrada. O sentimento de revolta bateu forte, era polícia roubando polícia. Por isso, decidi que, de algum jeito, eu sairia daquele batalhão e daquela escala desumana, mas não pagaria um centavo a ninguém.

Qualquer crime que se pratique de maneira continuada só ocorre com a anuência do poder público. O jogo do bicho, as maquininhas caça-níqueis, os estacionamentos irregulares[6], os prostíbulos, as clínicas clandestinas ou quaisquer outras contravenções ou crimes só ocorrem porque os criminosos pagam muito dinheiro a policiais corruptos

---

6. No Rio de Janeiro existe uma prática de extorsão a motoristas. Delinquentes cobram para que motoristas parem seus carros em determinados locais. Essas pessoas, que aqui chamamos de flanelinhas, ameaçam os motoristas que não aceitam pagar a eles. Se o motorista não paga, eles quebram o carro. O setor do batalhão sabe exatamente onde essa prática ocorre – e cobra uma determinada quantia em dinheiro desses flanelinhas para que eles continuem a extorquir os motoristas sem serem presos.

do batalhão – os marginais dão a propina necessária para não ser incomodados. O coronel desonesto é o dono da área. Se há alguma coisa ilegal funcionando cotidianamente, na certa houve um acordo previamente estabelecido entre criminosos e policiais para estes fazerem vista grossa. Do contrário, seria só o policiamento responsável pelo setor onde ocorre o delito ir até lá e prender todo mundo. E eu sabia disso; tinha plena consciência de que, se atrapalhasse algum esquema, estaria atingindo diretamente o coronel.

Assumi o serviço, e bem em frente ao meu POG havia um apontador do jogo do bicho. Ele ficava sentado atrás de uma pequena banquinha de madeira, na porta da padaria, e tranquilamente anotava as apostas ilegais, em plena luz do dia. A presença policial naquele local era totalmente ignorada. É absoluta a certeza da impunidade. Virei-me para o meu novo parceiro e disse:

– Vou acabar com essa patifaria aqui hoje!

– Rapaz, deixa quieto. Isso é do comandante, você vai morrer ou tomar um bico lá pra Varre-Sai. Não vou participar disso, não, eu tenho amor à vida.

Varre-Sai fica a uns 300 quilômetros de distância de onde estávamos, um lugar propício para punição geográfica. O medo do colega era compreensível.

– Tranquilo, polícia. Você não quer fazer o certo, beleza, mas eu vou fazer.

Caminhei até o bicheiro e falei:

– Acabou a sacanagem! Pode juntar tudo que é teu, vou te levar pra delegacia, você está preso!

Nesse ínterim, encosta no local um carro preto. Era o carro do recolhe, a equipe responsável por recolher todo o dinheiro arrecadado pelo jogo do bicho e levar para outro local. Dois homens descem, armados, e se identificam como policiais. É muito comum policiais corruptos fazerem segurança para bicheiros.

– Está fazendo o quê, recruta?

– Soldado Silva é o meu nome. E estou fazendo meu trabalho, cumprindo o que determina a lei. Ou está liberado o jogo do bicho aqui? Isso é contravenção penal e vou conduzir todo mundo para a delegacia! Vocês estão com eles aqui? Se estiverem, vão também.

– Tu tá comendo merda? Você não faz ideia do que está fazendo ou com quem está se metendo!

– Não sei e não quero saber!

Pelo rádio da polícia, solicito apoio à Sala de Operações do batalhão.

– Supervisão de Oficial, aqui é POG precisando de auxílio com brevidade!

No momento em que alguma ocorrência é informada pelo rádio, a coisa se torna séria, não dá para voltar atrás. A central de polícia (chamada de Maré Zero) fica sabendo o que está acontecendo, pois copia[7] todas as ocorrências que são jogadas na rede. Por isso, frequentemente, esse meio de comunicação só é utilizado em último caso, embora, na verdade, toda ocorrência devesse ser informada via rádio da polícia, pois esse é o canal oficial de comunicação.

– Supervisão na escuta. Informe o que ocorre – responde o oficial de serviço.

– Correto, comandante. A guarnição está necessitando de apoio com brevidade, bicheiro sendo conduzido junto com dois outros policiais para a delegacia.

Silêncio total. Nenhum outro setor fala mais nada no rádio. É amplamente conhecido que existe um acordo estabelecido entre batalhão e criminosos. Muita gente ganha dinheiro e se beneficia do esquema. Por isso, ninguém ousava incomodar o crime. Recebo a resposta:

– Aguarde no local! Supervisão procedendo.

Ao chegar, um primeiro-tenente parece não acreditar no que está acontecendo. Meu parceiro só sabia dizer que ia dar merda, que a gente ia morrer, que eu tinha feito a maior cagada e que seríamos transferidos para Marte.

– O que você pensa que está fazendo? Você está louco? – pergunta o oficial.

– Não, senhor chefe. É o meu trabalho. Servir, proteger e combater o crime, lembra? Enquanto eu estiver nesse POG maldito, eu vou agoniar todo mundo. Vou fazer o certo!

– É mesmo? Então quer pagar de moralista? Pois se prepara, que amanhã você não estará mais no batalhão.

---

7. Expressão utilizada pelos meios de comunicação militar. Quer dizer que eles monitoram e ouvem tudo que está sendo dito.

– O senhor me fará um enorme favor se me tirar daqui!

Fomos todos para a delegacia, e lá foi gerado um termo circunstanciado, por se tratar de uma contravenção penal. Efetivamente, ninguém foi preso, e o apontador do jogo do bicho ainda saiu antes de mim da distrital. Ele assinou um papel e foi embora, enquanto eu tive um monte de relatórios para preencher. Ao terminar a ocorrência, nem regressei para o POG, fui direto para o batalhão. Ao chegar, todos me olharam como se eu tivesse cometido um pecado capital. Ninguém acreditava no que havia acontecido, parecia coisa de outro mundo fazer o certo.

– Esses soldados são piroca da cabeça – murmura um subtenente.

Dito e feito! No outro dia já não estou mais na escala de serviço. Mandam-me aguardar em casa, pois seria transferido para uma Unidade de Polícia Pacificadora, as famigeradas UPPs, prestes a ser inauguradas.

Finalmente, folga. Após quase cinco anos de trabalho ininterrupto em um POG, que me obrigava a ficar 12 horas em pé – o que me causou algumas varizes na perna e me forçou a comprar muitas caixas de remédios para esse problema –, saio daquele setor horrível e daquele batalhão corrupto. Na mesma semana, minha transferência é publicada em boletim: uma UPP a ser inaugurada será a minha nova casa.

Unidades de Polícia Pacificadora, território da corrupção

Toda movimentação é igual e segue exatamente os mesmos trâmites e as mesmas diretrizes. Quando se publica a transferência, o policial tem 48 horas de trânsito para juntar suas coisas, sair de onde está e se apresentar na nova unidade. E assim foi feito. Eu e outras centenas de policiais somos selecionados para inaugurar uma Unidade de Polícia Pacificadora (UPP). Era um projeto tocado pelo governador da época, com cunho fortemente político. Em teoria, a ideia era pacificar todas as favelas cariocas.

O estado do Rio de Janeiro vivia uma escalada de violência absurda, e o chefe do Executivo, valendo-se de um programa copiado de outro país, trouxe para cá o conceito de polícia de pacificação. As experiências de polícia comunitária aplicadas em Medellín, na Colômbia, serviram de inspiração ao desenvolvimento do projeto. Basicamente, a ideia consistia em manter policiais recém-formados 24 horas por dia dentro das comunidades, fazendo serviço social, assistencialismo e, em última instância, coibindo o crime.

Na teoria, uma ótima ideia; na prática, acabou dando tudo errado. O secretário de polícia vivia dizendo que policiais recém-formados estavam livres dos terríveis hábitos adquiridos por policiais mais antigos. Nas palavras dele, ainda não tinha dado tempo de o PM ter aprendido a se corromper. Mal sabia ele que a maior escola de corrupção não era o tempo de serviço, e sim, em alguns casos, o próprio Centro de Formação. A perversão começa nos bancos escolares. Na rua, ela só é aprimorada.

A UPP foi instalada em um morro muito conhecido na região central do Rio de Janeiro, uma localidade que sempre teve seu território explorado por policiais desonestos e sem caráter. Eles diziam que aquele terreno era rico e fértil para ser minerado. Durante muitos anos, aquela comunidade pagou propina para o batalhão, enriqueceu muita gente de maneira ilícita e deu boa vida a policiais corruptos. O tráfico é forte, enraizado e hereditário, a chefia do morro é passada de pai para filho. Evidentemente, o Comando Vermelho, facção criminosa que dominava a região, não estava disposto a perder tamanha fonte de renda e poder. E, para manter o controle sobre aquele território, o crime organizado estava disposto a fazer os acordos necessários. Um acordo em que todos sairiam ganhando, menos as pessoas honestas.

O morro onde fica a UPP, os morros próximos a ele e todas as comunidades da região central são locais dos quais o estado esteve ausente por décadas, abandonando-os por completo. Logicamente, tudo que é abandonado pelo poder público por tantos anos passa a ser dominado pelo crime organizado. Quando um sai, o outro entra; não há vácuo de poder.

No dia da inauguração da Unidade de Polícia Pacificadora, havia forte cobertura da imprensa e um grande aparato policial. Na solenidade estavam presentes moradores, tropa formada e alinhada – os oficiais à frente de todos os demais policiais – e políticos querendo aparecer a qualquer custo, tentando com isso conquistar mais votos. No fim das contas, a maioria buscava seu interesse pessoal, todos tentavam de alguma forma se dar bem, menos os policiais que iriam trabalhar na UPP; nós estávamos apenas fazendo o mesmo teatro de sempre. O governador, já em plena campanha de reeleição, discursa por mais de uma hora e finalmente nos apresenta ao novo comandante, o novo "dono do morro". Sai a figura do traficante mandatário e entra a do oficial mandatário. O "zero um" do morro passou a ser o capitão comandante: capitão Borges, homem emblemático na Polícia Militar e padrinho do secretário de Segurança. Um policial ambicioso por poder e com fortes pretensões políticas. Esse é o perfil do oficial escolhido para assumir o comando da nova UPP. Ele rapidamente trata de articular seu território e, em uma demonstração de poder, começa seu discurso com as seguintes palavras:

– Senhores e senhoras, moradores e moradoras, de agora em diante quem manda em tudo aqui sou eu! Eu sou o zero um do morro! Qualquer assunto, qualquer autorização, qualquer evento, qualquer reclamação ou qualquer demanda deve ser tratada diretamente comigo.

As palavras proferidas por ele diante de tantos policiais e de toda a comunidade me soaram estranhas. Que história é essa de novo dono do morro? Pensei que estivéssemos ali para cumprir a lei e fazer o nosso papel de polícia de pacificação, não para sermos serviçais de um novo chefe do morro. Mas, com o tempo, passei a entender o que o capitão quis dizer quando proferiu aquelas palavras.

Como já dito, o tráfico de drogas era muito forte, mas com a chegada da polícia sofreu um duro golpe. Dia após dia, prisões de traficantes e apreensões de cargas de drogas aumentavam. Além disso, o furto de energia elétrica, popularmente conhecido como "gato de luz", e o furto de sinal de TV a cabo ("gatonet") também deixaram de existir. Os bailes funk, com direito a músicas de apologia ao crime, a traficantes, facções criminosas, sexo infantil e a diversos outros delitos, além de eventos promovidos pelo tráfico na quadra da comunidade, sempre com a presença maciça de marginais fortemente armados, igualmente desapareceram. Durante muitos anos, esses crimes haviam ocorrido ininterruptamente; obviamente, ao se coibirem tais práticas, muitas pessoas, inclusive poderosas, não ficaram satisfeitas. O lucro gerado pelo crime era alto, o golpe contra ele foi duro, e era questão de tempo até que os prejudicados se articulassem e tentassem recuperar o que haviam perdido.

Com apenas três meses de trabalho na UPP, algo inesperado, porém presumível, ocorreu. Estávamos na sede da unidade quando, às 2h55 da manhã de um domingo, o telefone da base toca.

– Base UPP. Soldado Liliane, bom dia.

A fem que está de serviço atende à ligação e percebo preocupação em seus olhos.

– Sim, senhor, eles são daqui, sim. Estão de serviço hoje, vou chamá-los pelo rádio, só um instante.

– GPP Quadra, na escuta? GPP na escuta?

GPP, ou Grupamento de Polícia Pacificadora, era um setor da

unidade composto por três policiais, responsáveis pelo patrulhamento a pé de algumas ruas da UPP.

O rádio permanece em silêncio, nenhuma resposta é dada. Mesmo que, por diversas vezes, a policial chamasse, e cada vez mais insistentemente, a resposta não vinha. O telefone continua em cima da mesa, com alguém do outro lado da linha esperando.

– Chefe, eles não respondem ao rádio.

A pessoa que falava ao telefone do outro lado era um sargento pertencente a uma guarnição informando que policiais militares haviam sido presos em flagrante delito portando, de maneira irregular, armas da polícia, inclusive fuzis. Esses agentes haviam abandonado seus postos na UPP e clandestinamente tinham ido extorquir e roubar traficantes que atuavam no bairro de Engenheiro Pedreira, um distrito da cidade de Japeri, na Baixada Fluminense, que fica a quase 50 quilômetros de distância de onde eles deveriam estar de serviço. Foram praticar o famigerado "pela-porco", que ouvíamos dos antigões no curso de formação, mas não conseguiram dar cabo da empreitada delituosa, justamente por terem sido interceptados por um setor de patrulhamento da área. Aqueles policiais militares – que se achavam safos e desenrolados – foram detidos por um crime grave. Foram presos e expulsos da PM *ex officio*[8], a bem da disciplina. Isso não foi surpresa para ninguém, era totalmente previsível que rapidamente seriam excluídos. Pois este é o perfil predominante dos maus policiais que são expulsos das fileiras da corporação: eles se julgam safos e decidem colocar em prática os péssimos conselhos que ouviam dos antigões no curso de formação. Mas, na maioria das vezes, o destino final deles é o mesmo: a cadeia e a exclusão.

Após esse lamentável episódio, o capitão decidiu mexer em todas as equipes. Por ser um dos policiais mais experientes, fui escalado para uma guarnição conhecida como Grupamento Tático de Polícia Pacificadora (GTPP). Éramos quatro policiais que trabalhavam juntos – ora patrulhávamos de viatura, ora a pé. Nossa função era policiar todo o morro e impedir qualquer tipo de crime, e assim fazíamos. A equipe era formada por mim, Luís, Priscila e Lopes, todos soldados e ótimos policiais. Priscila, em especial, tem um faro apurado para descobrir drogas escondidas em mulas humanas, isto é, pessoas utilizadas pelo

---

8. Termo jurídico usado quando o policial militar é demitido do serviço público.

tráfico para transportar entorpecentes. Os bandidos gostavam de usar especialmente mulheres para esse fim, pois sabem que policiais masculinos geralmente não revistam mulheres na rua, e o número de policiais femininas era bem reduzido. A soldado Priscila é realmente boa de intuição: quando ela decide abordar alguém em atitude suspeita, na maioria das vezes a pessoa está de posse de entorpecentes. Certo dia, estávamos em patrulhamento normal pela comunidade. Luís dirigia a viatura, quando Priscila se vira e fala:

– Para aí, Luís, encosta a viatura!

– Que foi, Priscila? Já quer agoniar as usuárias de crack?

– Não. Aquela ali viu a gente e atravessou a rua. Estranho, vou revistar.

O soldado Lopes fica maluco na hora:

– Porra, fem, fica metendo a mão nessas mendigas aí, cruz-credo! Depois você vai tomar um banho de desinfetante pra entrar na viatura.

– Vamos, porra, para logo a viatura aí! Aquela ali tem coisa, olha lá, ela está de mochila e tudo. Cracuda com mochila nas costas? Isso é estranho.

Soldado Luís estaciona no canto da rua e todos nós desembarcamos. Eu sou o primeiro a abordar.

– Parada aí. Encosta no muro e não tenta nada!

– Tô com nada, não, meu chefe. Além do mais, eu sou mulher, sei dos direitos humanos. Ninguém vai meter a mão em mim.

– É mesmo? Fem, avança aqui e faz aquela busca pessoal.

Priscila sempre carregava um kit completo de emergência: luvas descartáveis, máscaras, álcool em gel etc. Ela já chega toda paramentada, e é impossível não rir naquela hora. A mulher fica imóvel no momento que vê aquilo. Uma policial feminina na guarnição é um diferencial, uma cartada na manga que temos. Ninguém espera por isso.

– A senhora está com alguma coisa ilícita aí? Eu vou te virar do avesso, e, se achar, será pior. Dá o papo!

– Vou falar a verdade para a senhora, estou com droga.

Quando alguém diz isso, principalmente nas circunstâncias em que estávamos, sempre pensamos se tratar de um cigarro ou dois de maconha, uma pequena quantidade de cocaína ou algumas pedras de crack. Nada além disso. Usuários de entorpecentes dificilmente carregam grandes quantidades de droga.

– O que você está carregando? Pode dar o papo, que não vai ter esculacho.

– Cocaína, senhora!

– Onde está a cocaína?

– Na mochila.

Quando abrimos a mochila, quase caímos para trás. A mulher carregava três tabletes de pasta base de cocaína, uma apreensão total de quase três quilos. Impossível conter a euforia, afinal, estávamos diante da nossa primeira grande apreensão de drogas. No desdobramento da ocorrência, descobrimos que traficantes estavam forçando usuários de drogas que deviam dinheiro nas bocas de fumo – e moravam na localidade – a levar grandes quantidades de entorpecentes até a Rodoviária Novo Rio, aproveitando a relativa proximidade do morro. Lá, a droga era entregue a outra pessoa, que a despachava para os demais estados. Um crime de tráfico interestadual de drogas. Os traficantes usavam essa tática para tentar despistar a polícia, pois aquela região sempre teve muitos dependentes químicos e, geralmente, eles portam pequenas quantidades de entorpecentes, o que acaba não chamando tanta atenção. Muitos policiais preferem nem abordá-los, pelo fato de que não ficam presos. Felizmente, com a nossa ocorrência foi diferente, e a mulher que carregava as drogas foi condenada a oito anos de prisão.

– Parabéns, fem. Muito bom, muito bom mesmo! Pode fazer as honras de algemar e prender, a ocorrência é toda sua – eu falo para Priscila.

O capitão ordenara que qualquer ocorrência importante deveria ser avisada a ele imediatamente, e assim foi feito. Liguei na hora para o comando:

– Chefe, boa noite. Acabamos de porrar o tráfico aqui. Estamos indo para a 5ª DP apresentar uma ocorrência. A Priscila desconfiou da atitude de uma transeunte, abordamos, revistamos e achamos três tabletes enormes de pasta base de cocaína.

– É mesmo? Legal, parabéns. Vocês já avisaram alguém sobre essa ocorrência?

– Não, senhor. Vamos comunicar agora à Maré Zero. [Maré Zero é a central de polícia, setor responsável por gerenciar e cuidar de todas as ocorrências.]

– Façam isso e não falem com mais ninguém. Só comuniquem à Maré Zero e sigam para a delegacia.

Ao chegarmos à 5ª DP com a presa e a droga, deparamo-nos com vários jornalistas esperando na porta.

– Ué, alguém ligou pra eles? Quem avisou os repórteres? O capitão falou que não era pra falar com ninguém... – eu digo.

Nesse momento, o repórter se aproxima e indaga:

– O capitão Borges vai demorar? Ele disse que já estava vindo.

– Eu nem sabia que ele estava vindo para cá! Não sei se vai demorar, ele não falou nada comigo.

Após algum tempo, chega o capitão. Farda perfeita, estrelas douradas no ombro, vestimenta impecável. Ele passa por nós e não dirige uma palavra à guarnição, vai direto dar entrevista aos jornalistas aglomerados na frente da delegacia.

– Parabéns pela ocorrência, capitão. Conte-nos como foi isso – pede o repórter.

– Eu já tinha a informação de que aquele local era uma rota de tráfico. Nosso serviço reservado, por meio da P2, havia feito esse levantamento, e sabíamos que ela estaria naquele momento levando a droga para a rodoviária. De posse dessas informações, determinei de imediato que minha guarnição fosse até lá e efetuasse a prisão em flagrante.

Porra, só pode ser sacanagem! Eu senti nojo de ouvir aquelas palavras hipócritas e mentirosas. O cara estava mentindo descaradamente para a sociedade, desprestigiando nossa ocorrência e, principalmente, o trabalho da SD Priscila. Ele trouxe para si um mérito que não lhe pertencia.

– Chefe, aquilo que o senhor falou na reportagem não é verdade, não teve trabalho de investigação, serviço de inteligência, nada disso. O senhor sabe bem o que verdadeiramente aconteceu.

– Você está doidão, polícia? Tá maluco, é? Eu sou mentiroso, por acaso? Foi isso que te ensinaram na escola, a chamar um oficial de mentiroso?

– Não estou dizendo que o senhor é mentiroso, apenas que a ocorrência é mérito nosso, e não do senhor.

– Mérito de vocês? Soldado, teu mérito é o pagamento mensal. Abre o olho.

Que balde de água fria! Naquele dia fiquei bem desapontado. O soldado Luís ainda tentou apaziguar:

– Deixa isso pra lá, Silva. O que importa é que fizemos o certo. A polícia é deles, a fama é deles, nós somos cumpridores de ordens.

Mais uma vez escuto essa frase, "a polícia é deles"; a afirmação que havia ouvido diversas vezes no curso de formação se tornava cada vez mais verdadeira para mim.

Qualquer ocorrência dentro da comunidade gera muita repercussão, pois o morro tem fortes ligações políticas e com a imprensa. Sua quadra era frequentada por traficantes, políticos, artistas, jogadores de futebol, celebridades etc. Um famoso político do Rio de Janeiro, inclusive, é oriundo de lá. Ele estava sempre presente nos eventos da quadra, gostava de saber tudo que se passava na UPP e constantemente entrava no gabinete do comandante para reuniões não agendadas. Só parou de ir quando foi preso por corrupção. Outro que vivia na sala do capitão era um velho conhecido da polícia carioca, uma lenda do crime e um dos fundadores do Comando Vermelho, o ex-traficante vulgo THZ. Ele era respeitadíssimo na facção criminosa e na comunidade, pois tanto ele como seu irmão tinham sido líderes do tráfico de drogas por muitos anos naquela localidade. Muita gente no morro rendia homenagens a ele. Esse ex-traficante ficou muitos anos preso por crimes como homicídio e tráfico de entorpecentes, mas, assim que foi solto, voltou para a comunidade e, logo que chegou, já assumiu o controle dos pontos de mototáxi locais, passando a cobrar dos mototaxistas uma taxa semanal para que pudessem continuar trabalhando.

Rotineiramente víamos THZ na base da UPP indo se encontrar com o oficial comandante. Existia até uma ordem de serviço para fazermos a segurança pessoal dele. O capitão determinou que uma viatura policial ficasse 24 horas por dia em frente à sua residência. Até hoje não sei o motivo, mas tenho minhas suspeitas.

À medida que o tempo passa e as ocorrências se tornam mais frequentes, a resistência do tráfico à presença policial passa a aumentar. Os tiroteios se tornam mais constantes, e incidentes desse tipo em um lugar popular e famoso, com fortes ligações políticas, não é algo que agrade a um comandante ambicioso. Aos poucos começo a perceber uma mudança na UPP: guarnições eram trocadas sem motivo aparente, setores de patrulhamento eram deslocados para outros locais, roteiros determinando onde o policial poderia ou não passar eram preestabelecidos etc. Algo muito errado estava começando a acontecer.

Em um sábado, recebemos denúncias de que um baile funk promovido por criminosos locais seria realizado mais tarde, naquele mesmo dia, no interior do Buraco do Rato, localidade que fica dentro da comunidade. Isso não acontecia desde a inauguração da UPP. Fomos averiguar a veracidade da informação e, ao chegarmos ao local, nos deparamos com tudo preparado: lona estendida, caixas de som dos mais variados tamanhos e bebidas alcoólicas em profusão já haviam sido providenciadas. Como já conhecíamos o lugar e sabíamos que traficantes o haviam utilizado por muito tempo para montar bocas de fumo e vender drogas, estando ali localizada a principal boca de fumo de todo o morro, decidimos investigar a situação mais a fundo. Para nossa surpresa, um marginal conhecido, que havia cumprido pena e estava solto havia pouco tempo, se identifica como responsável pelo evento. O meliante ainda usava tornozeleira eletrônica, indicando estar em liberdade condicional.

– Boa noite, chefia. Eu sou o Dida, o diretor da festa aqui.

– Eu sei muito bem quem é você e dispenso apresentações. Por acaso este circo aqui foi autorizado por alguém? Tem aval do poder público para acontecer? Já aviso logo que, se você não tiver as devidas autorizações e licenças, não haverá baile. Estamos entendidos?

– Com todo o respeito, chefe, você não pode impedir nada. Já está tudo desenrolado com o zero um. Ontem à tarde eu fui pessoalmente lá na base conversar com o capitão, já tenho a autorização dele para fazer o baile, pode fazer contato com ele, se você quiser.

– Vou fazer isso mesmo. Vou ligar agora!

Eu pego o telefone naquele momento e ligo diretamente para o capitão Borges.

– Alô.

– Boa tarde, comandante, permissão. Chefe, é o soldado Silva.

– Fala, Silva. O que você quer?

– Comandante, vai ter um baile aqui no Buraco do Rato e o Dida disse que já conversou pessoalmente com o senhor e que foi autorizado a realizar o evento. Porém, não tem nada escrito em lugar nenhum.

– Eu autorizei, sim. Está autorizado por mim.

– Não tem nada escrito, capitão.

– Nem precisa ter. Minha palavra já é o suficiente.

– Mas, chefe, aqui sempre foi ponto de venda de drogas, e esse cidadão é velho conhecido da polícia, saiu da cadeia agora, era o gerente do tráfico de drogas deste local. Inclusive, ele é acusado de já ter matado policiais. Está até de tornozeleira!

– E daí? Ele já pagou a pena dele, não foi? O baile está autorizado por mim e pronto. Boa tarde!

Naquele momento, todos nós percebemos que já havia sido construída uma relação espúria entre o oficial comandante da UPP e o tráfico local. Tudo se encaixou. Por isso, a mudança no roteiro de policiamento, a troca das guarnições, o engessamento de setores etc. No linguajar policial, o morro estava na mão de macaco. A propina já estava rolando solto. Como era previsto, diversas denúncias chegam à base no decorrer do baile. Moradores ligaram a noite toda para informar que havia consumo de drogas, presença de bandidos armados, ingestão de bebida alcoólica por menores de idade e músicas com apologia ao crime organizado – isso para não falar do volume ensurdecedor do som, que impedia os moradores de dormir. Porém, naquele momento, não podíamos fazer mais nada.

Na terça-feira, recebo uma ligação da P1 avisando que minha guarnição havia sido explodida e que cada policial seria transferido para um setor diferente. Talvez um "prêmio" por estar incomodando demais o crime organizado. Sou mandado para o alto do morro, com a função de patrulhar três ruas naquele local, policiamento totalmente engessado, pois não tínhamos autorização para sair do local predeterminado. Deveríamos ficar parados, praticamente sem fazer nada. Não podíamos sair dali por nada; se entrássemos em qualquer rua que estivesse fora do roteiro, seríamos presos por descumprimento de ordem. Nesse meio--tempo, conheço seis policiais que trabalhavam havia alguns meses naquele setor e tomo conhecimento do real tamanho da promiscuidade que se instalara naquela Unidade de Polícia Pacificadora. Eles me falaram que, no alto do morro, dentro de um barraco supostamente abandonado, existia uma central clandestina de TV a cabo e de distribuição de sinal de internet, popularmente conhecida como "gatonet".

– Cara, é sério que ali tem central de "gatonet"? Você está zoando, né?

– Zoando, nada. Olha aqui.

O colega me leva até a base avançada no alto do morro, nada mais que um contêiner onde os policiais trocam de roupa e fazem suas refeições.

– Liga a TV aí pra você ver.

Eu ligo uma pequena televisão que fica em cima da mesinha de ferro no fundo da base e, para minha surpresa, há canais fechados sendo transmitidos de maneira irregular no aparelho.

– Vocês estão malucos? Ligaram um cabo de sinal clandestino à TV da base avançada da UPP? Aqui tem cabo de "gatonet"? Se a corregedoria chega aqui e vê isso, está todo mundo preso e excluído!

– Corregedoria? Tá viajando? Os vagabundos metem bala em qualquer viatura que tentar subir que não seja da UPP. Fica tranquilo, que ninguém vai vir aqui. Se alguém de fora tentar subir, vai tomar um cargueiro monstro da vagabundagem. E não tem só TV a cabo, não, tem internet também. O padrinho deu a senha do Wi-Fi. Está gostosinho, internet e TV a cabo de graça, aqui está melhor que a minha casa. Irmão, relaxa, a sacanagem está monstro. Geral tá botando dinheiro no bolso. Ali na Rua 16 tem um depósito clandestino de gás e água mineral.

– Porra, mano, na teoria isso aqui é uma Unidade de Polícia Pacificadora. Já tem baile do tráfico, "gatonet", venda clandestina de gás e água, engessaram a gente pra não podermos mais patrulhar livremente o morro... O que mais falta acontecer? Tudo voltou ao normal. Pô, já recebemos até denúncias de que dentro das Três Curvas as bocas de fumo voltaram a todo o vapor, e os vagabundos estão novamente bancando de fuzil!

– E estão mesmo. Mas deixa isso pra lá, não vale a pena brigar pra cima.

– Como assim, "brigar pra cima"? Vamos levar essa sacanagem toda ao conhecimento do capitão e acabar com essa putaria aqui.

– Ele já sabe. É tudo dele!

– Mentira, cara. Tá falando sério? Isso é uma acusação muito grave!

– Espera e você vai ver. Toda sexta-feira a equipe da P2 passa pegando o recolhe. Daqui dá para vê-los entrando no depósito e depois eles vão lá para a "gatonet". Já os viram entrar até nas Três Curvas para pegar o arrego do tráfico.

Dito e feito. Na sexta-feira, lá estava a equipe da P2 do comandante fazendo o recolhe do dinheiro ilícito, exatamente como o soldado Meira havia informado. Inconformado com aquela situação vergonhosa, decido botar para a frente e envio várias denúncias do que estava acontecendo para a corregedoria. Essa corregedoria foi criada com o objetivo de receber denúncias de desvio de conduta de policiais. Porém, mesmo tendo enviado várias delas, inclusive com fotos e filmagens, nada foi feito, nenhuma providência foi tomada. Até mesmo um jornal carioca de grande circulação fez uma reportagem denunciando os diversos crimes praticados pelo comando daquela UPP, mas, mesmo assim, nada mudou.

Determinado a acabar com aquela "gatonet" de qualquer maneira, e valendo-me de uma denúncia anônima que chegara até nós dando exatamente a localização da central de distribuição clandestina, partimos para checar a veracidade. Quando entramos no barraco supostamente abandonado, bingo! Estava tudo lá. Todos os aparelhos que furtavam e redistribuíam o sinal de TV a cabo e internet eram guardados naquele local. Acionamos a Maré Zero e registramos a ocorrência na delegacia, mas dessa vez não avisamos o capitão, até porque sabíamos que ele descobriria de qualquer maneira e não ficaria muito contente.

Devido a essa ocorrência, sou "presenteado" com uma nova troca de setor, tomo outro bico, minha guarnição volta para a parte baixa do morro. Ao todo, seis policiais foram movimentados.

A essa altura, já existe uma ordem velada de não mais patrulhar a comunidade, de não fazer nada. Devíamos assumir o serviço, entrar no contêiner e dormir. Como consequência, o tráfico tomou conta de tudo. Obviamente, se o policiamento vai diminuindo dentro do morro, o crime vai ganhando força e ocupando espaço. Era questão de tempo até uma tragédia acontecer.

O fim de semana é sempre mais complexo para trabalhar, pois há muito mais gente na rua e muito mais movimento; consequentemente, são os dias que mais rendem alteração.

Sexta-feira à noite, o morro está fervendo de gente. Ao passarmos em frente ao Buraco do Rato, vemos nitidamente uma grande boca de fumo montada no local.

– Maconha, pó de 15, pó de 30, loló... Vem, nariz! Vem, viciado! – gritavam os traficantes.

Uma verdadeira feira de venda de drogas a céu aberto. Soldado Luís decide entrar.

– Vamos, Silva, aí já é demais. Na nossa cara, não!

Avançamos em direção ao beco. O Lopes passa por mim,

progredindo em conduta de patrulha, e, quando o cabo Henrique tenta entrar, escutamos a primeira rajada de tiros. Ele cai na nossa frente, baleado na perna. Revidamos a agressão, e, quando o soldado Luís passa por um beco para tentar socorrer Henrique, ouvimos outra rajada de tiros. O marginal desgraçado atira em nós com uma pistola Glock com kit rajada, uma arma altamente letal. Luís cai na hora.

– Volta, porra! Volta! Volta, caralho!

– Prioridade! Prioridade no Buraco do Rato! Dois policiais baleados! – grito no rádio.

Sempre que um pedido de prioridade é feito no rádio, todos os policiais que copiam a mensagem procedem o mais rápido possível para ajudar na ocorrência, pois todos sabemos que se trata de algo muito sério, geralmente envolvendo perigo de morte para algum policial ou cidadão inocente. Logo chegam diversos policiais para nos auxiliar. Com a sua chegada, conseguimos estabilizar a situação e sair do local, mas ainda assim debaixo de muitos tiros.

Percebo que o soldado Luís não respira. Havia muito sangue escorrendo por baixo do colete dele, e o desespero toma conta de todos. Levamos os dois policiais feridos para o hospital Souza Aguiar, situado na Praça da República, no Centro do Rio. Demoramos no máximo sete minutos para chegar lá, mas pareceram horas. Luís não parava de sangrar, estava gelado, sem a mínima reação. O cabo Henrique gritava de dor, pedia a Deus para não morrer, falava do filhinho que acabara de nascer.

– Eu não quero morrer! Senhor, me ajude! Quero ver meu filho novamente! Por favor, Silva, diga a ele que eu o amo.

– Você não vai morrer, Henrique. Respira, porra! Acorda, caralho! Quem vai falar isso para o seu filho é você!

Volto-me para o Luís:

– Luís! Luís! Luís!

Nenhuma reação por parte dele.

Nossa viatura está coberta de sangue, e nossas fardas, totalmente encharcadas de sangue dos colegas. Finalmente chegamos, e uma equipe médica já estava pronta para nos ajudar; alguém havia feito contato telefônico com o hospital. Os médicos correram com os policiais para o centro cirúrgico, porém, no caso do Luís, não havia o que fazer. O cirurgião nos informou que o tiro que o atingiu entrou pela lateral do colete e dilacerou seu coração. Foi uma morte instantânea. Ele era negro, jovem, pobre, oriundo de comunidade, morreu em serviço e ninguém ligou; ninguém de fato se importou. Somente nós, que trabalhamos com ele, seus amigos e irmãos de farda, sofremos com a sua morte. Nem mesmo o comandante se importou, afinal, os praças da Polícia Militar são apenas números, somos apenas um RG. Morrem uns, outros são colocados no lugar, e a fila não para. Pelo menos o cabo Henrique se recuperou completamente após a cirurgia e já está de volta ao serviço ativo de policiamento das ruas.

A notícia chega rapidamente à comunidade. Então, salvas de fogos e tiros são disparados em comemoração à morte do policial, uma prática comum nas favelas cariocas. Informamos o ocorrido ao superior de dia e comunicam os fatos à Maré Zero. Ainda no hospital, recebo um telefonema do capitão Borges.

– O que aconteceu aí? Quem mandou vocês entrarem lá? Vocês não tinham autorização para entrar. Vocês estão presos administrativamente por descumprimento de ordem!

– Chefe, com todo o respeito, vá tomar no cu! Pare de gritar no telefone como uma maritaca e seja homem, porra! Quer me prender, venha aqui no morro pessoalmente e fale de homem para homem. Na sacanagem não existe hierarquia! Ou o senhor acha que eu não sei de tudo que está acontecendo nesta merda de UPP? Quem matou o Luís foi a corrupção, foi a sua mão de macaco[9] que puxou aquele gatilho. Venha me prender para você ver se não jogo tudo na imprensa!

– Tu tá de cabeça quente, soldado! Faz o seguinte: vai para a delegacia registrar a ocorrência que daqui a pouco eu estou chegando na base. Nós conversamos pessoalmente.

Novamente o teatro é armado. Na entrevista dada pelo capitão à imprensa no dia do enterro, o caso é tratado como fatalidade. O comandante afirmou que o policial havia morrido enquanto patrulhava o morro, cumprindo suas ordens de reprimir o tráfico. Outra grande mentira! O maior responsável pela morte do soldado Luís foi o próprio

---

9. Jargão policial utilizado para descrever policial corrupto. A analogia é baseada no comportamento do macaco, que anda com as mãos viradas para trás. Da mesma forma, o policial, olhando para a frente, vira a mão para trás e discretamente recebe o dinheiro da propina.

OFICIAIS DO CRIME

comando corrupto da UPP, que vendera o morro para o tráfico de drogas. Indiretamente, o capitão Borges puxou aquele gatilho no momento que estendeu a mão ao inimigo. Sua conduta inescrupulosa e gananciosa permitiu que os traficantes ganhassem força, inclusive o próprio Dida, aquele que negociou diretamente com o capitão para liberar o baile e hoje se encontra foragido da justiça. Dida ficou tão à vontade com o comando da UPP que, sem ser incomodado, voltou a assumir o controle das bocas de fumo da comunidade. Posteriormente, planejou e efetuou um assalto a uma joalheria localizada em um shopping, na zona sul do Rio, que culminou no assassinato de outro policial militar. Esse PM foi mais uma vítima da relação promíscua entre poder público e poder paralelo.

Àquela altura, não existia mais o menor clima para continuarmos trabalhando naquela UPP. Após várias ocorrências de grande repercussão, prisões de traficantes, apreensões de entorpecentes, recuperação de cargas e carros roubados, ganhamos de presente um bico para outra comunidade. Dessa vez, uma UPP num bairro da zona norte do Rio. O mais indignante é que o referido capitão foi promovido a major – e por merecimento. Mesmo que muitos soubessem o bandido que ele era, quase ninguém ousava denunciar, afinal, ele era padrinho do senhor secretário de Segurança. Parabéns, senhor major Borges; para o senhor, o crime compensa.

Ainda sob o comando dele, outro policial militar foi baleado. O soldado Monteiro foi alvejado no rosto enquanto patrulhava o Beco do Pará, no interior da UPP. O PM averiguava denúncias de que bocas de fumo seriam instaladas na localidade quando sofreu uma emboscada e foi atingido na face. Felizmente o tiro não foi letal e ele se recuperou completamente; outro ataque covarde realizado pelos marginais que dominam aquele território, porém, mais uma vez, sem uma resposta à altura. O capitão sempre dizia nas reuniões:

– O revanchismo não leva a nada. Tenham paciência e confiem em mim, um dia a gente pega eles.

Mas como confiar em quem se corrompeu e se deixou levar pela ganância e pela sede de poder? Esse pedido era impossível de ser atendido.

Uma pergunta não saía da minha cabeça: por que, mesmo eu tendo enviado dezenas de denúncias para a corregedoria, inclusive com amplo material comprobatório, nada foi feito? E, pior, por que o capitão mão de macaco foi promovido a major, ainda por cima por merecimento, em vez de ser preso? O que ou quem estava por trás de todo esse corporativismo, de todo esse acobertamento? Era isso que eu estava prestes a descobrir.

Mas, antes, tinha de bancar outra etapa, em outro território conflagrado, dessa vez uma UPP situada em um morro na região da zona norte, no Rio de Janeiro. Era para lá que seríamos mandados, já devidamente recomendados pelo agora promovido major Borges.

Já chegamos ao morro com um "X" nas costas, um alvo a ser abatido. O comandante da UPP já sabia da nossa maneira de trabalhar, o que fazíamos e que não éramos corruptos, logo, que não compactuaríamos com nenhum crime. Em contrapartida, também sabíamos que não seríamos bem recebidos na nova casa. Em pouco tempo, descobri que a corrupção nessa UPP era ainda pior do que na outra em que trabalhara anteriormente. O capitão tratava os policiais como bandidos, e os bandidos, como policiais. Qualquer agente que decidisse patrulhar o morro era preso por descumprimento de ordem, além de ser violenta e covardemente atacado por marginais. O capitão não tinha o menor pudor, era evidente o tamanho de sua desfaçatez e de sua corrupção. Tivemos a informação de que ele recebia R$ 15 mil semanais para não incomodar o tráfico de drogas. Ele tratava das propinas diretamente com um traficante conhecido como Bira, utilizando seu próprio telefone pessoal. Constatamos que os mesmos crimes que já havíamos presenciado na outra Unidade de Polícia Pacificadora também existiam naquela: furto de sinal de TV a cabo, depósitos de gás clandestinos, maquininhas caça-níqueis e arrego do tráfico para o comandante eram comuns na UPP. O endereço era outro, mas os esquemas eram os mesmos. Entretanto, nessa comunidade os marginais eram ainda mais violentos, atacavam qualquer guarnição que entrasse no morro, e foi isso que ocorreu comigo. Ao adentrar o Morro da Bica, dentro do complexo da UPP, minha guarnição sofreu uma terrível emboscada e ficamos quatro horas sob intenso tiroteio. Fomos alvo de granadas e de rajadas de fuzil AK-47; os tiros vinham de todas as direções. Só conseguimos sair daquele morro com o apoio do Bope. Durante o tiroteio, nos abrigamos atrás de uma parede de tijolos, e, no momento que atirávamos com nossos fuzis para repelir a agressão, percebi que havia sido alvejado na perna por um tiro de fuzil. Um dos disparos acertou minha perna direita, vindo a quebrá-la imediatamente.

Fui levado às pressas para o Hospital Central da Polícia Militar, e, após diversos exames, constatou-se que eu precisaria de cirurgia, além de diversas sessões de fisioterapia.

Todo policial acometido por qualquer problema de saúde que o impeça de trabalhar na atividade-fim sofre uma modificação na sua condição sanitária. Policiais que desenvolvem problemas psicológicos ou psiquiátricos são classificados como aptos C. Estes não podem portar arma de fogo e em hipótese alguma podem trabalhar nas ruas. Policiais que desenvolvem outros problemas, que não sejam de cunho emocional ou psiquiátrico, são classificados como aptos B. Estes geralmente são realocados para tarefas administrativas, e foi esse o meu caso. Como eu estava em tratamento de reabilitação, não podia ser exposto a esforços, então fui afastado do policiamento externo.

Minhas restrições sanitárias me impediam de fazer esforço físico, carregar peso ou mesmo permanecer por longos períodos em pé, por isso fui movimentado da Unidade de Polícia Pacificadora para o quartel--general e classificado na Coordenadoria de Polícia Ostensiva (CPO), órgão responsável por planejar e desenvolver todas as ações tomadas por diversas unidades operacionais, além de fornecer apoio logístico a elas. Algumas UPPs também estavam subordinadas a essa coordenadoria. Pelo fato de ter formação jurídica e ter feito alguns cursos de especialização na área de inteligência, passei a servir na corregedoria localizada no interior do QG – justamente o local para onde eu havia enviado diversas denúncias, sem ter obtido nenhum retorno.

Ao chegar à coordenadoria, em especial à corregedoria, entendi por que todas as denúncias ficavam sem resposta. Pude constatar que existe uma situação em que oficiais corruptos das mais diversas patentes se organizaram para fazer fortuna de maneira ilícita, perpetuar-se no poder e não serem pegos. Tudo à custa de vidas inocentes. Eles sempre dão um jeito de sair impunes, acumulam riqueza mediante cometimento dos mais variados crimes, mas se protegem e se acobertam. O que eu já tinha visto e vivido era absolutamente insignificante diante do que estava prestes a descobrir. É por causa de todo esse esquema que o próprio capitão comandante daquela UPP – o mesmo que recebia propina do tráfico de drogas no valor de R$ 15 mil semanalmente e já havia sido denunciado aos órgãos correcionais da PM – ficou tanto tempo sem punição. Graças a uma investigação federal, ele foi condenado a seis anos de prisão em regime fechado por associação ao tráfico. Foram as investigações da Polícia Federal, e não da corregedoria, que revelaram o valor que o então capitão da Polícia Militar recebia por semana do traficante Bira para facilitar o comércio ilegal de drogas. Na sentença, foi o juiz, e não um processo administrativo disciplinar interno, que decretou a perda do posto de oficial da Polícia Militar. Se dependesse exclusivamente da alta cúpula corrupta, ele provavelmente seria mais um capitão promovido a major de polícia por merecimento.

Coordenadoria de Polícia Ostensiva: um batalhão utilizado a serviço do crime

Ao ser classificado na Coordenadoria de Polícia Ostensiva, passo novamente pelo mesmo ritual de apresentação: preenchimento de formulários, entrega de documentação, assinatura de documentos etc. Quando entramos na Polícia Militar, desde o primeiro momento ouvimos dizer que ela é feita de papéis – e é mesmo. Se o policial for transferido de unidade trinta vezes, nas trinta ele deverá preencher as mesmas coisas.

Finalizados os imbróglios burocráticos, sou designado a me apresentar na corregedoria; a equipe estava sendo reformulada e capacitada. Fizemos cursos de aperfeiçoamento em atendimento ao público, profissionalizamo-nos e realmente montamos uma equipe dedicada a fazer a coisa certa. Transformamos a corregedoria das unidades em um canal por meio do qual todos poderiam, anonimamente ou não, denunciar, reclamar, sugerir e elogiar. Ela foi rebatizada de Corregedoria de Polícia Pacificadora.

Essa seção era comandada por um tenente, um dos poucos oficiais com quem trabalhei verdadeiramente comprometido com a causa pública. O tenente Maurício, agora merecidamente promovido a major, tem a polícia no coração, ele realmente é uma pessoa íntegra, nunca o vi fazer qualquer coisa que transgredisse a lei.

Sob o seu comando, a Corregedoria de Polícia Pacificadora, já nos primeiros meses, recebeu centenas de denúncias dos mais variados tipos, e nenhuma foi engavetada. O tenente fazia questão de ir pessoalmente até o coordenador-geral para despachar com ele, mas é óbvio que isso não daria certo por muito tempo.

Normalmente, em vez de investigar a veracidade das denúncias que recebem, gestores da PM preferem perseguir e punir quem denunciou: "Como eles ousam denunciar as nossas cagadas?", é o que pensam. Porém, diferentemente do que acontecia até então, agora as denúncias contra oficiais superiores não estavam mais sendo engavetadas, pois o tenente sempre as levava ao conhecimento do coordenador, para que ele resolvesse como agir. Era competência e prerrogativa exclusiva do coronel decidir o que fazer com as informações, mas, como era de se esperar, essas denúncias acabaram incomodando muita gente.

Na última sexta-feira de cada mês, nosso chefe reunia a equipe para fazer um balanço de tudo que havia sido feito e planejar as ações que a corregedoria realizaria. Só que, infelizmente, uma determinada reunião foi diferente.

– Senhores, lamentavelmente eu serei movimentado e não poderei mais continuar trabalhando com vocês. O nosso trabalho incomodou os deuses do Olimpo, então fui transferido para um batalhão, e já aviso a todos: essa corregedoria será extinta.

Essa notícia entristeceu toda a equipe. Meses de curso, inclusive com o Ministério Público (MP), qualificação profissional, investimento em material e insumos estavam sendo jogados no lixo. Um verdadeiro desperdício de tempo e de dinheiro público, além de um desserviço à população. Porém, no fundo, todos sabíamos por que isso estava acontecendo: é claro que se tratava de uma retaliação. Fomos informados de que a Coordenadoria passaria por muitas mudanças. A CPO mudaria de endereço, sairia do prédio do quartel-general para o prédio do Comando Integrado, no Centro do Rio. Também haveria troca de comando, e o coronel coordenador que lá estava seria transferido para outra unidade. Na polícia, os batalhões parecem times de futebol: quando sai o treinador – no caso, o coordenador –, todo o time de oficiais sai junto. E assim aconteceu. Os oficiais que lá estavam foram todos realocados e chegaram outros novos, acompanhando o novo coordenador que assumiria a Coordenadoria de Polícia Ostensiva. Coronel Mendes era o nome do nosso novo chefe.

Com a mudança de endereço, a corregedoria passou a ocupar uma salinha pequena dentro da nova sede da CPO, talvez nem 16 m^2 de espaço. Éramos poucos policiais ali lotados; uma equipe enxuta, porém entrosada. Ficamos duas semanas sem chefe, e as denúncias se acumulavam, pois não havia nenhum oficial para despachá-las. Até que, certo dia, um determinado major entra na corregedoria, sem sequer bater à porta, e aos berros diz:

– Essa porra aqui é pra foder a polícia, né? Coisa de X9. A gente já sabe o que vocês fazem aqui. O coronel mandou acabar com tudo. Semana que vem todos vocês vão voltar para a rua!

Nunca tínhamos visto aquele oficial na vida. Ele não se apresentou nem disse seu nome, apenas proferiu essas palavras e saiu. Ficamos sabendo por outros policiais que ele era conhecido como major Foguinho, um sujeito muito branco, cheio de sardas e cabelo vermelho, daí o apelido.

Mesmo que ele houvesse dito que a corregedoria seria extinta com uma canetada do coordenador na semana seguinte, sabíamos que isso não poderia ser feito, pois ela havia sido criada por lei, sancionada pelo governador; logo, não poderia ser encerrada pelo coronel que assumira a CPO. Ao perceber isso, o novo coordenador determinou que todas as denúncias envolvendo oficiais fossem enviadas para o e-mail pessoal do major Foguinho. Determinou, ainda, que as denúncias contra policiais de baixa patente deveriam seguir o trâmite normal, isto é, ser despachadas para apuração, e, se comprovada a veracidade dos fatos, os envolvidos deveriam ser punidos.

Recebemos denúncias gravíssimas contra alguns comandantes das UPPs. E-mails, telefonemas, fotos, filmagens e depoimentos pessoais alimentavam e instruíam as acusações. Chamou-me a atenção o fato de que, em muitas das UPPs existentes na época, os crimes eram exatamente os mesmos que eu havia presenciado quando trabalhara em UPPs diferentes. Constantemente chegavam informações de que oficiais bandidos sucumbiam às mais diversas práticas criminosas: recebimento de propina de traficantes para não coibir a venda de drogas, cobrança de propina a mototaxistas, exploração de sinal de TV a cabo clandestina, assédio moral e até sexual a policiais femininas, grilagem de terra, invasão de domicílio, abuso de autoridade, roubo de veículos com esquema de recuperação dentro de áreas pacificadas, tortura e morte de moradores que não se sujeitavam à prática delituosa dos comandantes, perseguição a policiais honestos e até mesmo desvio de cargas roubadas para dentro das bases das UPPs. Essas denúncias revelavam a profundidade da corrupção e da criminalidade instaladas nesses territórios.

Os crimes ocorriam rotineiramente em diversas unidades; estava claro que havia um padrão. Era óbvio que havia um esquema montado entre comandantes corruptos e a alta cúpula desonesta, que se apoderou da Polícia Militar para explorar criminalmente aqueles territórios supostamente pacificados. Eles organizaram e formaram um verdadeiro cartel de narcopoliciais para cometer diversas contravenções, sempre visando o enriquecimento ilícito. Porém, fizeram isso de maneira a não serem descobertos; eles se protegiam.

Eram muitos escândalos envolvendo nomes de oficiais superiores e subalternos. Em uma UPP, por exemplo, o capitão Carvalho foi denunciado por receber propina de marginais, cobrar resgate para devolver armas e drogas apreendidas com traficantes, receber vantagens indevidas de empresas que atuam na área portuária do Rio de Janeiro e proibir os policiais lotados na área de realizar patrulhamento, prisões ou apreensões. Denúncias apontam que, em todas as UPPs por onde passava, ele levava consigo sua equipe de confiança, seus homens do serviço reservado. Eles chegavam primeiro e mapeavam o local, fazendo um levantamento de todas as ilicitudes que ocorriam na área. Assim que ele assumia o comando, começavam as cobranças de propina. Em poucos meses sob sua chefia, dois policiais militares foram mortos em serviço em uma Unidade de Polícia Pacificadora. Essa tragédia foi resultado justamente da corrupção, da má gestão e da omissão que marcavam o comando dele. Ao estender a mão para bandidos, ele permitiu que o crime se desenvolvesse no terreno, a ponto de marginais ousarem matar dois PMs em pouquíssimo tempo. Lamentavelmente, essas mortes continuam impunes.

Denúncias contra o tenente Iago também não paravam de chegar. Ele comandava uma Unidade de Polícia Pacificadora muito perigosa, em uma comunidade extremamente violenta e com maciça presença de criminosos fortemente armados. Entre as informações que chegaram à corregedoria, denunciantes disseram que os bailes promovidos por criminosos todos os fins de semana só eram realizados após o prévio pagamento da propina estipulada pelo oficial comandante. Havia informações, ainda, de que o tenente Iago vendia vagas para policiais desonestos que quisessem receber sem trabalhar no serviço extra: o policial se escalava no serviço adicional (RAS) no mesmo dia em que obrigatoriamente já estaria na unidade em seu trabalho regular. Dessa forma, ele recebia duas vezes pelo serviço prestado, uma delas sem trabalhar, o que é completamente ilegal. Cada agente que participava do esquema pagava R$ 100 ao tenente Iago. Outro meio ilegal arquitetado pelo oficial para ganhar dinheiro e que chegou ao conhecimento da corregedoria foi montar uma central de distribuição clandestina de sinal de TV a cabo na UPP. Todavia, como essa denúncia não foi enviada só para nós, mas também para a imprensa, inclusive com fotos e filmagens que ajudaram a dar consistência à informação, o coronel não teve como abafar o caso, como costumeiramente era feito na CPO. Por isso, foi determinado que policiais fossem até o local e acabassem com a central clandestina, mas sem efetuar nenhuma prisão. O tenente foi avisado com antecedência do que seria feito, pois alguns oficiais corruptos da CPO vazaram a informação. Assim, ele determinou que um grupo de policiais fizesse a troca dos equipamentos por outros velhos, que não funcionavam mais, tentando minimizar o prejuízo financeiro. A guarnição prontamente se recusou a cumprir a ordem, manifestamente ilegal, e ainda apreendeu todos os equipamentos clandestinos. Isso gerou a fúria do oficial, que em represália transferiu todos os policiais e ainda ameaçou de morte os envolvidos na ocorrência. Mesmo assim, não houve nenhuma punição para o tenente.

Na Coordenadoria de Polícia Ostensiva, o major Valter, chefe da P2 nessa época, fazia todo tipo de acerto com o tráfico de drogas. Vazava informações sigilosas de operações que seriam realizadas, compactuava com facções criminosas rivais para dar suporte logístico a invasões de favelas inimigas a fim de tomar o controle das bocas de fumo – inclusive com o apoio do veículo blindado da própria unidade – e, quando não chegava o pagamento da propina acertada, sua equipe sequestrava marginais ou seus familiares para exigir o resgate. Ele montou operações policiais exclusivamente para retaliar traficantes devedores e forçar o pagamento do acerto que não estava sendo honrado.

A Coordenadoria de Polícia Ostensiva fica no entorno de um complexo de favelas. Sua localização favorece muito a logística do crime, pois o dinheiro rapidamente chega às mãos de oficiais corruptos que lá trabalham. São várias as comunidades que a margeiam, o que facilita muito as negociatas fraudulentas. Teoricamente, a CPO surgiu para combater o crime organizado dentro dessas comunidades, e, justamente pelo fato de o complexo de favelas ficar muito próximo da principal estrutura da polícia voltada para esse objetivo, o crime ali deveria ter sido extinto ou diminuído vertiginosamente. Porém, ocorreu justamente o oposto.

A presença policial fez a facção criminosa dominante ganhar ainda mais força, pois inibiu ataques de facções rivais. Hoje, todo o complexo é um território dominado pelo crime organizado. O bairro é nacionalmente conhecido pelos bailes funk promovidos pelo crime organizado, durante os quais o tráfico de drogas corre solto e presenciam-se cenas explícitas de sexo, inclusive com participação de menores de idade misturados aos maiores. Esses bailes clandestinos já foram tema de diversas matérias jornalísticas. E foi justamente a realização de reportagens denunciando esse tipo de evento que resultou no assassinato do jornalista Tim Lopes, em 2002, após ser capturado pelo grupo do traficante Elias Maluco. A execução brutal do jornalista teria sido uma vingança por sua reportagem "Feirão das Drogas", exibida por uma grande emissora de TV em agosto de 2001, na qual se comprovavam, mediante imagens capturadas por uma câmera oculta, a venda livre de drogas e a prostituição infantil nos bailes funk das favelas do Complexo da Penha.

Passados muitos anos do assassinato de Tim Lopes, nada mudou nem mudará, pois, para não ser incomodado, o crime organizado, segundo denúncias, paga propina para muitos agentes corruptos.

Diversos policiais militares sabem desses crimes e podem confirmar a informação, mas só o farão sob condição de anonimato absoluto, pois todo e qualquer PM que ouse denunciar os esquemas de corrupção existentes na Polícia Militar estará assinando sua sentença de morte.

As denúncias recebidas pela corregedoria envolvendo oficiais desonestos nunca foram investigadas a fundo, o que denota, por parte de alguns que comandam a corporação, não existir interesse de coibir os desvios de conduta praticados por eles. Um dia chegou até nós uma filmagem mostrando policiais do serviço reservado, a famosa P2, descarregando cerveja e carne de um caminhão roubado para dentro de uma UPP. A filmagem foi levada pessoalmente ao major Foguinho, um dos responsáveis pela corregedoria, e ele simplesmente a ignorou e excluiu a denúncia.

O esquema montado por eles é grande, articulado e organizado. Não importa a gravidade das informações: se for contra oficiais corruptos, elas geralmente são engavetadas. Quando se trata de alguma denúncia envolvendo praças, os oficiais desonestos fazem questão de puni-los e ainda dão publicidade ao ocorrido, uma verdadeira cortina de fumaça para desviar o foco dos verdadeiros culpados. Por diversas vezes, o coronel levou ao conhecimento do público tais denúncias, por intermédio da imprensa, sempre dizendo que cortaria na própria carne, que a polícia não compactua com desvios de conduta nem com o cometimento de crimes praticados por seus agentes e que os maus policiais seriam excluídos. Uma maneira de tentar passar uma imagem de transparência e moralidade, quando na verdade o objetivo é encobrir crimes muito mais sérios. Eles utilizam delitos menores como boi de piranha, e assim desviam o foco de si mesmos, os verdadeiros narcopoliciais.

Outra ação adotada pelo novo coordenador da CPO foi a troca constante de comandantes das Unidades de Polícia Pacificadora. Isso passa para a população uma falsa sensação de combate a possíveis crimes e desvios de conduta, pois o fato de passarem pouco tempo nas unidades dificulta a articulação de ações criminosas. Porém, trata-se apenas de uma jogada de marketing; na prática, a troca não surte efeito algum, porque em diversas comunidades os crimes praticados por eles são os mesmos. Portanto, o comandante corrupto que sai da UPP já passa todos os esquemas montados naquela área para quem está assumindo. Para a alta cúpula corrupta, o que importa não é combater o crime, e sim parecer ser honesto. Mais de uma vez ouvi do coronel a seguinte frase:

– A mulher de César não precisa ser honesta, ela tem que parecer ser honesta.

Dizia isso entre risos e deboche, vendo graça em fazer da lei um escárnio. No fundo, achava ter motivos para estar feliz, afinal seu bolso estava cheio.

Com o passar do tempo, os delitos, que antes eram praticados apenas nas UPPs, passaram a acontecer dentro dos muros da própria Coordenadoria de Polícia Ostensiva. O coordenador foi trazendo cada vez mais oficiais de sua confiança e, com isso, expandiu seus negócios ilícitos. Ele já não se preocupava em escondê-los, pois a impunidade era certa. Cada seção dentro da Coordenadoria se tornou responsável por uma parte do esquema, por uma arrecadação diferente, e o projeto criminoso foi ganhando cada vez mais força. Foi criado dentro da P1 um balcão de negociatas, e qualquer policial que quisesse ser movimentado para algum batalhão próximo da sua residência precisava pagar; quanto mais longínqua e difícil fosse a movimentação, mais alto era o valor cobrado. Alguns residentes pagaram mais de R$ 6 mil a um major chefe da P1, uma prática que eu já tinha visto acontecer algum tempo atrás, quando estava lotado no batalhão do Centro.

Muitos policiais que estavam se formando eram naturais do interior do estado, por isso criou-se um setor extraoficial dentro da CPO para facilitar as movimentações fraudulentas. Valendo-se do desespero desses praças – muitos havia mais de um ano sem poder ir às suas casas devido ao curso de formação da polícia –, o major passou a faturar alto. Evidentemente ele não comia o bolo sozinho: dividia com o coordenador tudo que arrecadava. Enxergando uma ótima oportunidade de lucro rápido, a chefia da P1 passou a dificultar as movimentações legais para batalhões próximos das residências dos policiais e ainda requisitou mais agentes do interior do estado. Esses policiais recém-formados eram classificados nas piores UPPs, justamente para que fossem pressionados a pagar pelas suas transferências o mais rápido possível.

Coube ao oficial corrupto que chefiou a P3 da Coordenadoria de Polícia Ostensiva a tarefa de vender todos os setores que estavam sob sua jurisdição. Se um mercado, farmácia, casa lotérica, empresa de valores ou qualquer outro comércio quisesse uma viatura 24 horas parada à sua porta, era só pagar o preço cobrado. Obviamente, não é barato manter dois PMs e uma viatura baseada 24 horas por dia na frente de um estabelecimento comercial, mas, se não pagassem, por coincidência ou não, os comerciantes e empresários sofriam ataques de criminosos.

Essa prática é muito comum em diversos batalhões da Polícia Militar. A grande maioria dos setores de qualquer área do estado do Rio de Janeiro é negociada e leiloada. São estabelecidos acordos territoriais bem protocolados entre os grupos. Por isso vemos viaturas policiais diuturnamente paradas em frente a grandes supermercados, empresas de ônibus, frigoríficos, bancos, grandes empresas etc. Na maioria das vezes, esses setores são previamente comprados. O empresário paga ao corrupto chefe da P3 para que uma viatura faça a segurança do seu negócio. Porém, vale ressaltar que, na maioria das vezes, os policiais que são escalados para esses setores nada recebem por isso, nenhum dinheiro por fora chega às suas mãos; esses acertos são feitos por cima e custam caro.

O então chefe da P4 arquitetou e organizou o mais escandaloso esquema de desvio de peças de viaturas e de desmanche de carros já presenciado dentro dos muros de um batalhão de polícia. Não estou falando de um batalhão convencional qualquer, embora essa prática ocorra em muitos deles, mas sim da Coordenadoria de Polícia Ostensiva. Major Denílson, um dos mais bandidos que já conheci, baixava as viaturas, retirando-as de circulação sob a alegação de um problema mecânico inexistente, e as desmontava. Nessa época, o contrato com a empresa particular Simões do Brasil, responsável por fazer a manutenção preventiva e corretiva das viaturas da Polícia Militar, fora encerrado por determinação judicial, por haver fortes indícios de fraude. Aproveitando-se disso, o major determinou que todas as viaturas que apresentassem defeitos fossem recolhidas à CPO e posteriormente levadas para uma oficina da qual ele e um subtenente eram donos. Lá elas eram desmontadas.

É importante ressaltar que a legislação vigente proíbe que a Polícia Militar firme contratos com empresas cujos donos sejam policiais. Entretanto, oficiais corruptos firmaram contratos no valor de R$ 3 milhões com oficinas de PMs, e, mesmo sendo ilegal, a PM repassou mais de R$ 1 milhão a elas – e era justamente nessas oficinas que as viaturas eram depenadas. No entanto, chegou um determinado momento em que o esquema se tornou tão grande que viaturas passaram a ser desmontadas no próprio pátio da Coordenadoria de Polícia Ostensiva. Dentro da unidade foi montada uma oficina mecânica para esse fim, e centenas de viaturas e motos de patrulha foram recolhidas e depenadas de maneira clandestina. Suas peças eram vendidas no mercado negro, e até mesmo viaturas inteiras foram desviadas e vendidas em concessionárias da região. Era possível encontrar essas viaturas sendo comercializadas por concessionárias situadas em locais muito conhecidos no Rio de Janeiro por vender veículos, muitas vezes de procedência duvidosa. Esse esquema é um verdadeiro escândalo, um escárnio ao dinheiro do contribuinte e uma afronta à lei.

Visando maximizar os ganhos ilícitos e angariar ainda mais dinheiro, um outro comandante da P4 determinou que todo equipamento considerado obsoleto pela sua equipe fosse recolhido ao depósito da CPO e vendido como sucata. Assim foi feito, e dezenas de computadores, impressoras, peças de carro, sucatas automotivas e tudo o mais que havia sido possível roubar foi vendido como refugo para um ferro-velho pré-escolhido pela equipe do major. Tudo isso ao arrepio da lei e com as bênçãos daqueles que, por imposição legal, tinham o dever de impedir tais ações criminosas. O desonesto major chefe da P4 e sua equipe de oficiais ainda arquitetaram outro esquema fraudulento para enriquecer ilicitamente, e, aproveitando-se do corporativismo aliado à total falta de fiscalização que lhe é peculiar, planejou e executou uma empreitada que resultou em um prejuízo milionário aos cofres públicos. A falcatrua consistia em desviar a verba mandada pelo governo para reformar as cabinas blindadas das UPPs. O estado enviou recursos para a contratação de uma empresa especializada nesse serviço, a qual deveria recolher essas instalações, reformá-las e instalá-las no interior das UPPs. Porém, de maneira irregular, o major e sua equipe arrumaram um caminhão-reboque que levou essas cabinas para o pátio da CPO, juntaram alguns policiais e o oficial determinou que eles fizessem a reforma das cabinas, o que de boa-fé foi cumprido pelos PMs. Somente com essa falcatrua o major desonesto e os outros oficiais bandidos embolsaram milhares de reais.

A cada dia eles aumentavam e aperfeiçoavam os esquemas fraudulentos, mais e mais oficiais corruptos eram beneficiados e outros tantos não paravam de chegar. Mas nem todos conseguiam comer do bolo, pois não havia espaço para comportar todo mundo nas UPPs e na CPO. Para contornar esse problema e atender todos os padrinhos, o coronel criou departamentos fantasmas dentro da Coordenadoria, renomeou setores, e seções comuns foram reclassificadas como superintendências. Dessa forma, mais oficiais poderiam ser classificados como chefes, superintendentes e diretores. Muitas superintendências só existiam no papel, eram seções fantasmas, mas todas possuíam oficiais comandantes, e todos eles faziam jus a uma generosa gratificação prevista em regulamento. Ainda assim, a Coordenadoria continuou não comportando tanta gente no mesmo esquema, o quadro estava inchado demais para que fosse possível trazer mais pessoas. Foi aí que o então coordenador teve uma brilhante ideia (para o crime, ele de fato era criativo): organizou braços da CPO fora dos muros da unidade e neles classificou seus amigos íntimos – mais dinheiro público jogado no lixo. O coronel Mendes e o então comandante-geral determinaram a criação de várias Áreas de Polícia Ostensiva, algo como "miniCPOs", que seriam responsáveis por um grupo específico de UPPs; nelas, classificaram somente oficiais superiores amigos do coordenador e do comandante--geral, em sua grande maioria majores que pleiteavam promoção a tenente-coronel. Para ser promovido a esse posto, exige-se, além de haver vagas, que o oficial já tenha assumido cargos de comando, e com essas Áreas de Polícia Ostensiva o requisito seria cumprido. Ou seja, para atender a interesses privados, toda uma estrutura administrativa que não servia para nada foi montada, um verdadeiro desperdício de recursos e um enorme prejuízo para a sociedade. Entretanto, para aqueles oficiais inescrupulosos, a coisa foi vantajosa, pois o cargo de comandante de APO previa uma gratificação extra de R$ 4 mil, uma boa grana para não se fazer nada. Posteriormente, as inúteis APOs foram extintas, porém a verba à qual elas faziam jus foram provisoriamente concentradas na CPO e gerenciadas pelo corrupto major chefe da P4, o mesmo que desmanchava e depenava as viaturas. Novamente, esse dinheiro foi utilizado em benefício próprio e de outros oficiais corruptos.

A Coordenadoria de Polícia Ostensiva se transformou em um verdadeiro cassino. Nela se promoviam festas e apostas em jogos de azar, e em toda última sexta-feira de cada mês os oficiais realizavam um grande churrasco, sempre regado a muita bebida alcoólica, apostas ilegais, música alta etc. Essa unidade não era mais um quartel, e sim um bordel. Policiais fardados e armados ficavam completamente bêbados, um perigo, um crime, uma desfaçatez. Eles tinham certeza da impunidade. Nessas festas era comum a presença do próprio coordenador-geral. Ele desfilava tranquilamente entre seus subordinados, demonstrando que não se importava nem um pouco com os crimes penais e militares que estavam ocorrendo. No quartel, a farra era sem limites, não havia mais respeito ou consideração, nem mesmo para com a vida de outros policiais. Um episódio que nos marcou e magoou bastante ocorreu quando um policial militar foi alvejado e morto em serviço em uma UPP dentro do complexo de favelas, bem próxima à CPO. Esse fato aconteceu na última sexta-feira do mês, justamente no dia do churrasco do coronel comandante. Em nome do bom senso, muitos policiais pediram a ele que adiasse a festa, mas o então coordenador simplesmente falou:

– Morrer faz parte da profissão policial. Não quer morrer, sai da polícia!

Tudo estava pronto e organizado: lona montada, cerveja gelada e pagode rolando. Ele não ia cancelar a festinha particular junto com seus pelegos mercenários "simplesmente" porque um soldado morreu. Era "apenas" um praça, não era alguém de sangue azul, com estrelas no ombro. De certa forma, ele tinha razão. Praticamente todos os dias morrem policiais, e as vítimas, na esmagadora maioria, são PMs de baixa patente; infelizmente isso é algo comum e quase ninguém liga. Somente quando morre um policial de alta patente, algo extremamente raro – tanto que, de centenas de policiais que morreram dentro das Unidades de Polícia Pacificadora, um era oficial, todos os demais eram praças, policiais de baixa patente –, é que se procura dar a resposta apropriada. Quando ocorre com um oficial, eles montam uma operação de guerra, utilizam helicóptero, preparam-se para vários dias de atuação, impõem sufoco ao tráfico, marginais são mortos, e ainda decretam luto oficial em todo o estado. Quando morre um praça, poucos se importam, quase ninguém investiga, praticamente ninguém liga. Não há uma resposta, uma operação, nenhuma atitude é tomada. Para muitos oficiais, somos apenas números, RGs que podem ser substituídos por outros. Um exemplo disso é o caso de um policial recém-formado, covardemente assassinado com vários tiros após ser reconhecido como policial enquanto sofria um assalto em um posto de gasolina na Avenida Brasil. Ninguém da alta cúpula da PM se importou. Esse crime ocorreu há mais de uma década e até hoje está sem resposta. O soldado era um jovem de pouco mais de 20 anos, que levou ao menos cinco tiros após ser identificado como PM. Infelizmente, por ser praça, rapidamente foi esquecido pelos gestores.

Por fim, o coronel coordenador da CPO, o oficial superior que promovia festas, corrupto contumaz, ganancioso, envolvido com todo tipo de contravenção, amigo íntimo de traficantes, bicheiros, políticos desonestos e gente da pior espécie, ganha o mais desejado presente e tem o sonho de todo coronel corrupto realizado: é alçado ao Comando-Geral da PM. Esse posto, embora seja extremamente relevante e indispensável para a segurança pública, pode render muitas benesses, negociatas e propinas para um comandante inescrupuloso e desonesto.

Assumiu o comando da CPO, em substituição ao antigo coordenador e agora comandante-geral da PM, o coronel Nunes. Ele saiu do batalhão e foi direto para a Coordenadoria. Sua história na PM é manchada por diversos escândalos de corrupção, e, para piorar, ele trouxe consigo um major totalmente corrupto, mas de sua confiança, para ser subcoordenador, além de todo o time de estrelas. O que estava horrível piorou de vez, pois, sob a proteção do novo Comando-Geral, eles aperfeiçoaram ainda mais os esquemas que já haviam sido montados. Foi criada uma espécie de "miniBope" na CPO, um Grupamento Tático Ostensivo conhecido como GTO. Alguns policiais lotados nesse grupamento eram completamente desonestos, haviam perdido totalmente o senso de certo e errado – o que já era de se esperar, afinal, a tropa é espelho do comandante. Essa fração de policiais desonestos que trabalhava no GTO foi alvo de centenas de denúncias, abrangendo uma variedade de crimes: tráfico de drogas, tráfico de armas, homicídio de pessoas inocentes, prática de tortura, sequestro de suspeitos para forçar o pagamento de resgate e arrombamento de residências de moradores inocentes de comunidades carentes são alguns deles. Os moradores relataram que alguns policiais lotados no GTO roubaram de dentro das suas casas relógios, notebooks, TVs de LED, videogames, perfumes, tênis etc. Até mesmo caixas contendo pisos e outros materiais de construção foram surrupiados e levados para dentro do veículo blindado utilizado em operações. Segundo denúncias, os policiais praticavam todo tipo de pilhagem; tudo que era possível carregar eles levavam. Policiais honestos ficavam inconformados com tal situação, mas nada podiam fazer, pois esses bandidos fardados eram protegidos pelo comandante bandido. A própria tropa honesta apelidou-os de "praga de gafanhotos do Egito", pois, por onde passavam, dizimavam tudo. Policiais relataram que, em uma UPP onde esses policiais corruptos do GTO operavam, eles tiveram a coragem de depenar um carro para roubar as peças, e um cabo do GTO queria furtar até os passarinhos que um morador criava. Eram piratas atuando na PM. A desculpa que davam era sempre a mesma: dar prejuízo aos moradores. Para eles, morar em uma comunidade carente é um crime capital e já torna qualquer morador um bandido.

Mesmo com tantos crimes sendo praticados dentro da Coordenadoria, a Corregedoria de Polícia Pacificadora estava ganhando cada vez mais credibilidade perante a população carioca e os policiais honestos, pois, enquanto o tenente Maurício esteve no comando, sempre procurou melhorar o serviço. Ele dava o sangue pelo trabalho, buscava fazer a coisa certa, tinha muito talento para liderar e muitas ideias interessantes. Justamente por isso ele foi "movimentado": estava trabalhando bem demais. Mas nós já havíamos ficado bastante conhecidos em todo o estado do Rio de Janeiro – e, por isso, começaram a chegar centenas de denúncias de diversos batalhões do estado. Curiosamente, essas informações eram muito parecidas com as das UPPs. Elas apontam para o desvio de conduta de policiais de alta patente e para a criação dos mesmos esquemas criminosos existentes nas comunidades ditas pacificadas. Foram esses esquemas que desvirtuaram a função constitucional da Polícia Militar e ajudaram a transformá-la na maior empresa de segurança privada do estado, e os coronéis corruptos são os verdadeiros mentores intelectuais desses crimes.

Denúncias apontam que, em diversos batalhões do estado, muitos policiais de baixa patente têm seus direitos legais cerceados; licenças especiais, férias meritórias e até mesmo escalas melhores só são concedidas mediante prévio pagamento ao oficial corrupto que comanda a P1. Quem não paga não consegue usufruir de nenhum direito garantido por lei, fica "fedendo a peixe", uma expressão muito utilizada para descrever os policiais que não têm camisa[10] nos batalhões. Evidentemente, alguém que já é mal-remunerado não vai tirar dinheiro do próprio salário para pagar propina a um chefe desonesto; ele dará um jeito de mitigar o prejuízo, tentando, de maneira ilegal, arrumar esse dinheiro na rua, seja por meio de recebimento de

---

10. Expressão popular nos meios policiais, algo como não ter um padrinho influente no batalhão, não ser conhecido de alguém poderoso que o proteja.

propina, seja extorquindo pessoas ou cometendo outros delitos. E isso faz o crime virar uma bola de neve.

Outra denúncia recorrente diz respeito a áreas loteadas dentro dos batalhões. Comandantes corruptos leiloam setores a policiais também corruptos, que, por sua vez, exploram ilicitamente o território. O patrulhamento de trânsito de um determinado batalhão foi arrendado por R$ 7 mil mensais a policiais criminosos. Esses agentes extorquem motoristas e montam *blitze* com a finalidade de arrecadar dinheiro ilegalmente – qualquer pequena irregularidade só não é coibida caso haja pagamento de propina. Os crimes ocorrem em todo o estado do Rio de Janeiro, e ninguém de fato parece se importar. Líderes da instituição punem policiais de baixo escalão, do baixo clero, e vão a público dizer que estão cortando na própria carne, quando na verdade somente estão aparando arestas. A consequência de não punirem os cabeças, os líderes, foi que, em todo o estado, o esquema criminoso e corrupto ganhou cada vez mais corpo, força, forma, se aprimorou e ficou gigantesco.

Diversos governadores do Rio de Janeiro tiveram seus nomes envolvidos em escândalos de corrupção. Eles foram acusados e denunciados por montar verdadeiros esquemas criminosos dentro do estado. Muitos servidores de outros órgãos públicos sob seu comando também se organizaram para cometer crimes, e, obviamente, a Polícia Militar não escapou disso. Consequentemente, pilhas e mais pilhas de denúncias sobre crimes e desvios de conduta praticados por PMs não paravam de chegar, sempre passando pelo escrutínio do coronel, que decidia o que deveria ser investigado e o que deveria ser engavetado.

De nada adianta denunciar se não houver alguém para investigar; se ninguém agir, cada denúncia será apenas mais uma em uma pilha de papéis na gaveta de alguém. Foi exatamente isso que aconteceu com as denúncias que eram produzidas pela corregedoria. Devido à omissão e à cumplicidade de comandantes desonestos, a corrupção alcançou praticamente todos os setores da Polícia Militar; a alta cúpula se organizou, fechou-se e blindou-se. Eles criaram um sistema redondo e sem brechas. Volta e meia alguém cresce o olho demais e deixa algum furo, mas nada que não possa ser contornado pelos líderes da quadrilha que se instalou no estado-maior da corporação. E, mesmo havendo tantos escândalos de crimes cometidos por oficiais corruptos, a Corregedoria-Geral, órgão fiscalizador e responsável por coibir todos os desvios de conduta, continua a se mostrar omissa em muitos desses casos. Dentro da corporação, muitos sabem quem são os verdadeiros líderes, os bandidos travestidos de policiais, o cartel de marginais fantasiados de oficiais superiores liderado pela alta cúpula corrupta que se apoderou do Comando-Geral, porém não fazem nada! Somente os praças são punidos, só eles são presos e excluídos.

Diante de tantos crimes, de tantos escândalos, por que quase ninguém vai preso? Denúncias existem aos montes, mas são raras as atitudes correcionais tomadas. Essas ações delituosas acontecem diuturnamente, nunca acabam, e isso ocorre porque existem pessoas poderosas por trás da máquina pública que agem para que apenas praças sejam excluídos. Apenas peixes pequenos são presos e demitidos, enquanto os maiores bandidos, os verdadeiros tubarões, donos do crime, os cabeças, os chefes da gangue, continuam impunes. Oficiais que são presos em operações realizadas por outros órgãos, como Ministério Público, Polícia Civil ou Polícia Federal, não são excluídos; na maioria das vezes eles são promovidos, assumem cadeiras de comando e se perpetuam no poder. Já o praça é preso, rapidamente excluído e vai para presídios comuns, ficando junto dos marginais que ajudou a prender.

Enquanto um sargento é preso e excluído por algumas faltas e atrasos, sendo algemado, aparecendo na imprensa, tendo sua casa arrombada, com a Corregedoria-Geral querendo botar uma bomba na sua porta apenas por ter praticado pequenas transgressões disciplinares, tem coronel da PM que responde a mais de vinte processos por crimes gravíssimos – está lá na Delegacia de Polícia Judiciária Militar o inquérito de um deles –, e a Corregedoria da PM não prende ninguém. Nos praças, mete a algema; no oficialato, o rabo entre as pernas. A Corregedoria-Geral tem que atravessar a Rua Evaristo da Veiga, entrar no QG e fazer a investigação que precisa ser feita. Essa é a postura que a lei exige dos órgãos correcionais. Porque sacrificar a carreira do praça é a coisa mais simples do mundo, já houve isso muitas vezes. Sempre há um esquema: quem é que vai demitir quem? Como são os processos administrativo-disciplinares para o baixo clero? Eles fazem um acordo entre si: *vamos pegar a cabeça de um subtenente com vinte e cinco anos de serviço ativo, um sargento, um cabo; vamos ver por baixo quem a gente demite...* Foi sempre assim nos conselhos de disciplina. E a turma que financia tudo isso vai ficar de fora? Enquanto a corregedoria faz um estardalhaço terrível por causa de pequenas transgressões disciplinares, tem coronel recebendo propina de todos os lados, crime administrativo claro, mas entre eles está tudo em silêncio, eles não vão depor à justiça, não são investigados, não são confrontados. E a culpa é só nossa? Só o praça é bandido? Enquanto não se fiscalizar os fiscalizadores, a impunidade só vai aumentar.

Ser oficial desonesto é um grande negócio

Alguns dos oficiais que comandam as Unidades de Polícia Pacificadora perceberam que estavam diante de uma ótima oportunidade de enriquecer rapidamente. E, sob a proteção do corrupto ex-comandante-geral e do coordenador vigarista da CPO, eles montaram no estado do Rio de Janeiro um verdadeiro conglomerado de negócios ilegais, tendo como pano de fundo o projeto político fracassado de determinadas Unidades de Polícia Pacificadora, com o qual saíram ganhando empresários desonestos, oficiais corruptos da PM e políticos inescrupulosos. Na verdade, suspeita-se que, bem antes de a primeira Unidade de Polícia Pacificadora ser inaugurada, integrantes da alta cúpula da PM já haviam traçado um plano maquiavélico e mirabolante para ganhar dinheiro.

Antes da criação da primeira Unidade de Polícia Pacificadora, um helicóptero da PM foi abatido por tiros de fuzil disparados por narcotraficantes enquanto sobrevoava o Morro dos Macacos, na região da Tijuca. Esse ataque, considerado um crime de guerra, resultou na morte de quatro policiais que estavam a bordo da aeronave. A Tijuca sempre foi considerada uma área nobre do Rio de Janeiro, mas estava sofrendo uma grande depreciação devido à expansão descontrolada das favelas que a margeiam. Para piorar, essas comunidades eram controladas por facções criminosas rivais, o que ocasionava um permanente estado de guerra entre elas. Constantes tiroteios, favelização e a derrubada do helicóptero da PM foram fatores determinantes para que houvesse uma grande depreciação imobiliária na região. Apartamentos que anteriormente valiam entre R$ 600 mil e R$ 800 mil eram vendidos pela metade do valor por moradores que não suportavam mais tanta violência. Informações apontam que coronéis corruptos que comandavam essas áreas já sabiam com meses de antecedência quais favelas da Tijuca seriam pacificadas, então permitiam que o crime crescesse cada vez mais. A omissão tinha o intuito especulativo de desvalorizar os imóveis, o que de fato aconteceu. Com isso, diversos oficiais que participavam do esquema conseguiram comprar áreas gigantescas, lojas, apartamentos etc. a preços muito abaixo do que valiam no mercado. Posteriormente, pacificaram as comunidades em torno dos imóveis que adquiriram para supervalorizar seus investimentos. Suspeita-se que algumas UPPs foram instaladas exclusivamente para favorecer as transações imobiliárias. Apartamentos comprados por R$ 80 mil foram em pouco tempo supervalorizados com a pacificação, sendo revendidos por valores muito superiores aos da compra original. Segundo informações, um ex-coordenador da CPO comprou uma área gigantesca dentro de uma UPP, instalou bases avançadas no terreno e ainda colocou seu sobrinho para gerenciar seus negócios na respectiva comunidade.

Diversas Unidades de Polícia Pacificadora foram utilizadas de maneira criminosa para enriquecer quem as comandava. Em várias UPPs é possível constatar dezenas de crimes sendo praticados por agentes que deveriam combatê-los; nessas unidades, existe uma relação promíscua entre poder público e poder paralelo.

A seguir serão descritas as principais maracutaias utilizadas pelos desonestos comandantes das UPPs e demais PMs corruptos para ganhar dinheiro ilicitamente, além de outros crimes cometidos nesses territórios.

Furto e distribuição clandestina de sinal de TV a cabo e internet, acerto com a contravenção e venda irregular de gás

Várias Unidades de Polícia Pacificadora possuem uma central clandestina de furto e distribuição de sinal de internet e TV a cabo ("gatonet"). Esse é um negócio gigantesco e milionário, pois em muitas comunidades as empresas regulares são proibidas de entrar para oferecer o serviço legal. Isso faz com que os moradores fiquem sem opção, a não ser contratar um serviço clandestino.

Além disso, o gás de cozinha usado nas favelas só pode ser comercializado em depósitos que existem dentro da própria comunidade, sendo terminantemente proibido que qualquer morador compre botijões fora da favela. É importante ressaltar que esses botijões custam sempre mais caro do que no mercado regular. É possível imaginar quanto dinheiro é arrecadado com tais crimes. Milhares de pessoas adquirem esses serviços clandestinos, pois praticamente ninguém vive sem internet, TV e gás de cozinha.

Além disso, em muitas UPPs é possível encontrar apontadores em cada esquina escrevendo o jogo do bicho, bem como máquinas caça-níqueis ilegais em qualquer birosca da comunidade. A presença policial não incomoda nem inibe esses crimes, pois eles geram muito dinheiro aos comandantes corruptos e aos marginais, isto é, todo o lucro oriundo dessas atividades criminosas é dividido entre os comandantes da UPP que participam do esquema e o tráfico local.

Recuperação de carros com o propósito de receber resgate das seguradoras

Muitos carros roubados no entorno das favelas pacificadas são abandonados no interior dessas comunidades, o que já revela a ineficácia e inconsistência das ocupações policiais na região. Geralmente, em várias UPPs existem equipes organizadas para recuperar os veículos e receber o resgate, pois as seguradoras pagam um bônus a quem os recupera. Portanto, esses carros são largados propositalmente dentro das favelas para serem recuperados por policiais que, posteriormente, acionarão as seguradoras a fim de receber esse pagamento. Essa prática é uma afronta ao princípio da moralidade. Existem até grupos de WhatsApp para facilitar a logística e o rastreio dessas operações clandestinas. De acordo com relatos, um dos maiores desmanches de carros do Rio de Janeiro operava dentro de uma Unidade de Polícia Pacificadora, evidenciando a total indiferença dos criminosos em relação à presença policial na área.

Exploração de transporte clandestino

A maioria das favelas cariocas está localizada em território de difícil acesso, composto eminentemente por morros íngremes, com muitos becos e vielas. Logo, é inviável para o transporte público regular explorar esses locais; afinal, em muitos casos, é impossível que um ônibus trafegue livremente em um território com essas características. Sendo assim, o transporte de passageiros dentro das Unidades de Polícia Pacificadora é feito principalmente por mototáxi, kombis e vans piratas. Somente em uma UPP os mototaxistas movimentam um lucro anual aproximado de R$ 26 milhões, algo em torno de R$ 2,16 milhões por mês. Essa Unidade de Polícia Pacificadora fica em uma das maiores favelas do Rio de Janeiro.

Antes de existirem as UPPs, uma parte desse dinheiro ia para os marginais, pois qualquer morador que quisesse trabalhar com tais serviços tinha que pagar uma taxa semanal – um pedágio – ao crime organizado. Hoje, em várias Unidades de Polícia Pacificadora, ainda é necessário pagar para trabalhar, porém o dinheiro não vai mais exclusivamente para os traficantes, pois também é dividido com o oficial comandante da unidade.

Recebimento de propina do tráfico de drogas para não combater crimes

Engana-se quem acha que nas comunidades ditas pacificadas o tráfico de entorpecentes deixou de ocorrer.

Em muitas delas, diuturnamente policiais e comandantes corruptos estendem a mão para receber suborno e fazer vista grossa ao tráfico que acontece dentro das Unidades de Polícia Pacificadora. Por vezes, ainda facilitam o cometimento de outros crimes no interior desses territórios. Na prática, em muitas UPPs, o policiamento é distribuído de maneira a manter-se o mais longe possível das bocas de fumo. Geralmente, as viaturas são baseadas no entorno da comunidade para fazer a sua segurança, evitando que alguma facção criminosa rival promova ataques, além de parecer aos olhos da sociedade que ali há um policiamento ostensivo – o verdadeiro serviço para inglês ver. É terminantemente proibido aos policiais militares patrulhar o interior de ruas e vielas de algumas UPPs sem prévia autorização do oficial comandante. Caso o façam, correm sério risco de ser presos por descumprimento de ordem, mesmo que efetuem prisões ou apreensões. Além do mais, em diversas Unidades de Polícia Pacificadora é possível notar a presença maciça de bandidos fortemente armados, inclusive com fuzis. Eles desfilam livremente, pois sabem que não serão presos nem incomodados, tendo em vista a propina previamente paga para evitar que isso ocorra. Nas comunidades em que o tráfico não aceita pagar o arrego, o policiamento é distribuído em pontos críticos, geralmente onde existe boca de fumo – em muitos casos, não para coibir a ilicitude, mas para forçar o fechamento de um acordo, ou seja, pela imposição do poder, comandantes corruptos utilizam os policiais lotados nessas UPPs de maneira totalmente ilegal, movimentam os PMs como se fossem peões em um tabuleiro de xadrez, e, assim que o crime organizado aceita pagar a propina, os pontos de policiamento são automaticamente extintos.

Dentro de muitas UPPs, em todo fim de semana realizam-se bailes funk promovidos pelo tráfico, e nesses eventos tudo é liberado: bandidos fortemente armados desfilam livremente, músicas fazem apologia ao crime, a facções criminosas e ao sexo infantil, há consumo de drogas e bebidas alcoólicas por menores de idade e outras ilicitudes. Evidentemente, esses eventos só são autorizados após prévio pagamento de propina para o oficial que comanda a UPP, como já citado anteriormente nesta obra.

Excelente condição de vida aos marginais da lei e péssimas condições de trabalho aos policiais

Ao contrário da excelente condição de que os bandidos gozam dentro de diversas Unidades de Polícia Pacificadora, inclusive com livre acesso a alguns oficiais que as comandam, os praças da Polícia Militar lotados nesses locais, na grande maioria das vezes, são tratados como lixo. Trabalham em escalas sub-humanas, que em muito ultrapassam as 44 horas semanais previstas na Constituição Federal, são obrigados a prestar serviços extras sem receber absolutamente nada por isso, sofrem assédio moral – e por vezes sexual – e são forçados a fazer vista grossa a tudo de errado que existe. Esses PMs não têm a menor condição de trabalho, e o policial que ousar se rebelar contra o sistema será punido de duas maneiras: ou é movimentado de setor e colocado na pior escala e no lugar mais perigoso da favela, para ser assassinado, ou é punido geograficamente e movimentado para os batalhões mais distantes da sua residência.

Além do mais, policiais da tropa são expostos a condições insalubres de trabalho, carregam peso por muitas horas seguidas, não têm os horários de refeição e descanso respeitados e utilizam como alojamento contêineres fétidos, imundos, enferrujados, úmidos, mofados e, muitas vezes, sem banheiro, água potável nem saneamento básico – acomodações que mais parecem calabouços da Idade Média. Há muito mais de cativeiro do que de instalação policial nesses locais. A situação é tão absurda que a ONU não aceita nem mesmo que presos sejam encarcerados em contêineres, por entender que tal situação é degradante e vexatória, um atentado frontal à dignidade da pessoa. Mas, para certos comandantes da PM, essas instalações estão de bom tamanho, afinal, quem as ocupa são os praças, pessoas que, para alguns líderes da instituição, não passam de zés-ninguém.

Várias cabines blindadas que são alvejadas por disparos de fuzil e têm sua segurança comprometida não passam por nenhuma manutenção, expondo o policial que trabalha nelas a perigo real de vida. Uma dessas cabines localiza-se em uma UPP instalada na Estrada Grajaú-Jacarepaguá. Essa base foi alvejada por mais de trinta disparos de fuzil de diversos calibres, efetuados por marginais que atuam naquela região; o vidro, anteriormente blindado, está totalmente comprometido, trincado e com diversas perfurações, mas comandantes da PM descumprem frontalmente a legislação e não fazem o devido reparo. Apenas praças trabalham nessa cabine, por isso o descaso. Com absoluta certeza, se nessa instalação trabalhasse algum oficial superior, ela já teria sido reformada há muito tempo.

Em meio à pandemia que atravessamos em 2020, diversos praças da Polícia Militar perderam a vida após ter sido contaminados pela covid-19 – as péssimas e degradantes condições às quais foram expostos podem ter contribuído muito para isso. Dezenas de policiais militares dividem espaços de poucos metros quadrados com ratos, baratas, lacraias e outras pragas. Nos colchões fétidos e imundos em que fazem seu descanso regulamentar, revezam-se cachorros vira-latas que perambulam por esses locais. Há centenas de casos de policiais acometidos por sarna e outros parasitas característicos de locais onde a imundície impera.

Em uma Unidade de Polícia Pacificadora instalada numa comunidade na região da Tijuca, existia uma base avançada que nada mais era do que um buraco dentro de uma rocha, uma caverna, uma rachadura na pedra. Não havia banheiro, não havia saneamento básico, água potável ou condições mínimas de dignidade. Havia apenas um sofá velho para os policiais descansarem as pernas, sofá esse doado por moradores que se sensibilizaram com a situação degradante existente naquele local.

Um dos casos mais perturbadores relatados por policiais ocorreu enquanto havia um apoio em uma Unidade Pacificadora localizada na região de São Conrado. Inventaram um policiamento denominado "cerco", segundo o qual policiais eram baseados em diversos pontos da comunidade; um serviço sem o menor sentido. Um soldado e uma policial – que eram os mais recrutas do dia – foram escalados no pior lugar que existe: um baseamento no ponto mais alto da favela, bem próximo à mata. A policial informou ao tenente que, devido ao período menstrual, não poderia permanecer no setor determinado por ele, uma vez que não havia instalações sanitárias para sua higiene pessoal. Por essa razão, seria inviável para ela permanecer a noite toda lá. Este foi o diálogo entre eles, diante de vários outros policiais:

– Tenente, por favor, me mude de setor. Nesse local não tem banheiro, eu não posso ficar lá.

– O que está havendo, fem?

– Chefe, é algo íntimo! Por favor, me mude de setor!

Já era óbvio para todos do que se tratava, porém o tenente, sem nenhum pudor, proferiu a mais absurda frase que se pode dirigir a uma mulher:

– Já sei, tu tá de "chico", né?

– Sim, senhor tenente, estou menstruada – o constrangimento da policial era nítido.

Mas o que já era ruim ficou ainda pior:

– Fem, eu não sou vampiro para estar interessado no seu sangue. Esse golpe aí é velho. Se vira! Se não está satisfeita, pede pra sair ou faz concurso pra outra coisa. Aqui é militarismo, não é lugar pra mimimi. Tenha certeza de que na guerra é muito pior. Quero ver você ficar de melindre no campo de batalha. Além do mais, tu não é sapatão? Homem não menstrua. Banca, porra!

– Tenente, eu não vou para lá. Se o senhor me obrigar a ir, eu vou denunciar à Comissão de Direitos Humanos da Alerj e ao Ministério Público, além de acionar meu advogado.

– Quer me foder, me beija! Eu vou te tirar de lá, mas marquei a tua cara!

Esse oficial já havia humilhado outro policial nesse mesmo setor. Era um soldado acometido de gastroenterite e, por isso, passava mal. O agente explicou que não tinha condições de ficar em um local sem banheiro. Ainda assim, não teve jeito: a explicação entrou por um ouvido e saiu pelo outro. Foram oferecidas a ele duas opções: ou bancava o setor e cumpria a ordem, ou era preso por descumprimento de ordem. O policial optou por ficar, mas foi obrigado a fazer suas necessidades fisiológicas em sacolas plásticas de supermercado no meio do mato. Um absurdo! Abalado com a situação humilhante pela qual passou, começou a apresentar problemas emocionais e, por não conseguir superá-los, foi afetado psicologicamente. Atualmente ele se encontra afastado das ruas e passa por permanente acompanhamento com psicólogos e psiquiatras; aquela humilhação foi demais para ele.

Diariamente, policiais lotados em UPPs são obrigados a adentrar as comunidades ditas pacificadas com seus veículos particulares, correndo o risco de ser atacados por marginais, algo que inclusive já aconteceu. PMs relataram que tiveram seus carros incendiados e alvejados por disparos de arma de fogo no interior desses territórios, um risco desnecessário que correm por culpa de comandantes tiranos que, por puro ego, obrigam seus comandados a usar meios próprios para ir até o alto das favelas.

Muitas UPPs deveriam ser extintas, deixando para cada batalhão a responsabilidade de policiar a sua respectiva área de atuação. Relatórios mensais de produtividade em cada região ocupada por esses malditos marginais seriam, então, fornecidos pelos batalhões. O famigerado projeto político chamado UPP deve ser reformulado urgentemente, e a segurança dos bairros, reforçada com esses policiais que lá estão. Em suma, o que temos em várias UPPs são milhares de policiais trancados em falsas bases, que, por medo de sofrer perseguição e represália, se calam. A impressão que dá é que a maioria das UPPs foi leiloada para facções criminosas. E que, sem o menor pudor, oficiais corruptos colocam os praças em uma situação vexatória. Esses policiais são obrigados a conviver com bandidos que desfilam pelas ruas com armamento pesado – incluindo fuzis e granadas –, a cerca de cinco ou dez metros de onde estão, sem que possam reagir.

Infelizmente, as péssimas condições enfrentadas pelos policiais que trabalham em diversas UPPs se estendem à maioria dos praças da Polícia Militar em todo o estado. Muitos dizem que existem duas polícias dentro da mesma corporação: a polícia dos oficiais – uma instituição perfeita, a Disneylândia, onde tudo funciona às mil maravilhas e onde, independentemente do que aconteça, a maioria deles sempre se dará bem; e a polícia dos praças – instituição burocrática, autoritária, que por vezes não respeita a dignidade da pessoa humana, que costumeiramente assedia moralmente seus subordinados e por vezes não cumpre a lei, cometendo abusos de autoridade.

Ao ser classificado na corregedoria, acabei descobrindo por que muitos oficiais da Polícia Militar não são investigados, punidos ou presos, mesmo havendo diversas denúncias contra eles. Na verdade, há um acobertamento geral.

Corporativismo entre os oficiais corruptos da Polícia Militar: a raiz de todo o problema

Toda seção da Polícia Militar é comandada por oficiais, das menores às maiores; todas, sem exceção, têm pelo menos um oficial que as chefia, e na maioria das vezes esses oficiais se conhecem e se protegem. Concursos para formação de oficiais são abertos anualmente. Turmas de 80, 100 ou mais alunos são formadas; são três anos dentro da academia, tempo suficiente para que desenvolvam uma grande relação de amizade. Com a progressão natural da carreira, eles serão promovidos a coronel e ocuparão os mais importantes cargos dentro da corporação.

É justamente aí que começa o problema. A falta de um órgão fiscalizador externo, com poder punitivo, dificulta qualquer investigação de desvio de conduta, pois todo crime de cunho militar é investigado internamente, pela própria polícia, e isso não dá certo. É amigo investigando amigo, em um jogo de cartas marcadas e nenhuma probidade. Para se ter ideia do disparate existente entre as áreas correcionais envolvendo praças e oficiais, podemos destacar centenas de exemplos de oficiais bandidos, corruptos, pedófilos, homicidas, torturadores e milicianos que já foram condenados pela justiça comum, mas continuam sendo oficiais de polícia, mesmo que a justiça tenha determinado a perda do posto ou da patente. Enquanto a exclusão dos praças ocorre, no máximo em 60 dias – muitos são demitidos bem antes disso –, a dos oficiais se arrasta por anos ou décadas. Isso quando os processos administrativos são instaurados, porque, muitas vezes, esses processos são engavetados, ficam no limbo e, finalmente, caem na zona do esquecimento.

Todo funcionário público goza de estabilidade, então, para que a administração pública possa demiti-lo, é preciso que, primeiro, se instaure um processo administrativo disciplinar, o famoso PAD. Esse processo deve seguir todo o rito constitucional: produção de provas, oitiva de testemunhas, ampla defesa e contraditório etc. Ao término do processo, de acordo com o Estatuto da Polícia Militar, e dependendo da gravidade do fato e do que for apurado no PAD, algumas punições e sanções disciplinares são previstas: advertência, repreensão, detenção, prisão, exclusão ou reforma *ex officio* a bem da disciplina. O princípio da proporcionalidade deve ser respeitado, devendo a punição ser condizente com o delito julgado. Isso funciona muito bem para os praças – bem até demais. Centenas de casos de abuso de autoridade são apreciados nesses processos, e policiais de baixa graduação são punidos com prisões e tratados como marginais por superiores hierárquicos devido a atitudes bobas, como não prestar continência, por exemplo. Todos os anos efetuam-se exclusões arbitrárias ao arrepio da lei; a prova disso é a reversão dessas exclusões na justiça. Como já citado, com frequência os praças são excluídos apenas para que se dê uma resposta à sociedade e para desviar o foco dos verdadeiros culpados, os oficiais corruptos.

O Regulamento Disciplinar da Polícia Militar do Rio é uma lei estadual de 1983, mais antiga que a própria Constituição de 1988, por isso possui diversos aspectos não contemplados pela Carta Magna.

Em seu artigo 1º, traz o seguinte texto:

Art. 1º – O Regulamento Disciplinar da Polícia Militar (RDPM) tem por finalidade especificar e classificar as transgressões disciplinares, estabelecer normas relativas à amplitude e à aplicação das punições disciplinares, à classificação do comportamento policial-militar dos Praças e à interposição de recursos contra a aplicação das punições.

É possível notar que a lei que trata dos desvios de conduta de policiais militares e disciplina tais práticas traz expressamente a palavra "praças". Ou seja, desde 1983 os oficiais não possuem uma lei que regule sua conduta, puna-os, classifique seu comportamento ou determine o que de fato é considerado transgressão disciplinar. Logo, eles jamais incorrerão em mau comportamento, o que impossibilita a instauração de um processo administrativo disciplinar que poderia culminar em sua demissão.

O Estatuto dos Policiais Militares diz que, a depender das punições que forem imputadas ao praça, seu comportamento será reavaliado; ingressando no mau comportamento, o policial automaticamente deverá ir a conselho, o que pode levar à sua expulsão. Esse trecho da lei não se aplica a oficiais.

Devido à falta de regulamentação para sua conduta, o oficial ingressa na polícia classificado no comportamento bom e jamais será reavaliado, ou seja, nunca "irá ao mau". É fato público e notório que nenhuma lei possui palavras inúteis, por isso o termo "praça" pode ter sido propositalmente colocado para beneficiar os oficiais, em detrimento dos demais policiais; do contrário, o texto legal deveria referir-se ao comportamento "policial-militar", e não somente ao dos praças. Afinal, na teoria, oficiais e praças fazem parte da mesma polícia, isto é, são igualmente policiais militares. Mas isso é somente na teoria, pois, na prática, como já dito anteriormente, parece haver duas polícias distintas: a dos oficiais, que se protegem e se acobertam, e a dos praças, que são subjugados e tratados como lixo por superiores hierárquicos.

Há diversos exemplos de como essa separação nefasta promove corporativismo e impunidade. Oficiais bandidos que foram condenados pela justiça continuam a receber seus vultosos salários, e ainda são promovidos e protegidos por seus pares. Vejamos o que diz a lei sobre a instauração do Conselho de Justificação, processo administrativo disciplinar ao qual oficiais transgressores da lei e da disciplina se submetem – e se esse dispositivo legal tem sido cumprido.

DISPÕE SOBRE O CONSELHO DE JUSTIFICAÇÃO PARA OFICIAIS DA POLÍCIA MILITAR E DO CORPO DE BOMBEIROS E DÁ OUTRAS PROVIDÊNCIAS.

LEI DE JUNHO DE 1981.

O GOVERNADOR DO ESTADO. *Faço saber que a Assembleia Legislativa do Estado decreta e eu sanciono a seguinte Lei:*

Art. 1º - *O Conselho de Justificação é destinado a julgar, através do processo especial, da incapacidade do Oficial da Polícia Militar e do Corpo de Bombeiros, para permanecer na ativa, criando-lhe, ao mesmo tempo, condições para se justificar.*

Parágrafo único - *O Conselho de Justificação pode, também, ser aplicado ao oficial da reserva remunerada ou reformado, presumivelmente incapaz de permanecer na situação de inatividade em que se encontra.*

Art. 2º - *É submetido a Conselho de Justificação, a pedido ou ex officio, o Oficial da Polícia Militar ou do Corpo de Bombeiros:*

I.   acusado oficialmente ou por qualquer meio lícito de comunicação social de ter:

a) procedido incorretamente no desempenho do cargo;

b) tido conduta irregular; ou

c) praticado ato que afete a honra pessoal, o pundonor militar ou o decoro da classe;

II. sido considerado não habilitado para o acesso em caráter provisório, no momento em que venha a ser objeto de apreciação para ingresso em Quadro de Acesso ou Lista de Escolha;

III. sido afastado do cargo, na forma do respectivo Estatuto, por se tornar incompatível com o mesmo ou demonstrar incapacidade no exercício de funções a ele inerentes, salvo se o afastamento é decorrência de fatos que motivem sua submissão a processo;

IV. sido condenado por tribunal civil ou militar a pena restritiva de liberdade individual superior a 2 (dois) anos, em decorrência de sentença passada em julgado;

V. sido condenado, por sentença passada em julgado, por crimes para os quais o Código Penal Militar comina essas penas acessórias e por crimes previstos na legislação concernente à Segurança Nacional;

VI. sido condenado por crime de natureza dolosa, não previsto na legislação especial concernente à Segurança Nacional, em Tribunal Civil ou Militar, à pena restritiva de liberdade individual até 2 (dois) anos, tão logo transite em julgado a sentença;

VII. pertencido a partido político ou associação, suspensos ou dissolvidos por força de disposição legal ou decisão judicial, ou que exerçam atividades prejudiciais ou perigosas à segurança nacional.

Parágrafo único - *É considerado, entre outros, para efeitos desta lei,* *pertencente a partido ou associação a que se refere este artigo, o Oficial da Polícia Militar ou do Corpo de Bombeiros que, ostensiva ou clandestinamente:*

a. estiver inscrito como seu membro;

b. prestar serviços ou angariar valores em seu benefício;

c. realizar propaganda de suas doutrinas; ou

d. colaborar, por qualquer forma, mas sempre de modo inequívoco ou doloso, em suas atividades.

É possível perceber que a lei descreve diversas condutas que, quando praticadas por oficiais, obrigam a Polícia Militar a instaurar procedimento apurador, com a finalidade de determinar se o oficial que em tese as praticou deve ou não ser punido e excluído. Sendo assim, se o determinado em lei fosse cumprido, a realidade de hoje seria totalmente diferente. Infelizmente, não é o que ocorre.

Costumeiramente, o comando da corporação, representado por um coronel, vem a público dizer que a Polícia Militar não compactua com desvios de conduta e que corta na própria carne sempre que necessário. Isso é verdade quando se trata de praças; nesses casos, rapidamente se instauram processos administrativos disciplinares, que são resolvidos em poucos dias e em geral culminam na exclusão *ex officio* do policial. Porém, quando são oficiais, em especial os de alta patente, que cometem graves infrações disciplinares ou crimes, muitos desses processos se arrastam por anos, às vezes nem são instaurados, e o oficial criminoso continua gozando dos seus vultosos salários, rindo na cara da sociedade e se beneficiando desse corporativismo que gera impunidade. Existem diversos casos nacionalmente conhecidos e amplamente divulgados pela mídia envolvendo oficiais da corporação, inclusive de alta patente, que cometeram os mais diversos crimes, muitos deles gravíssimos, e que até hoje não tiveram seu processo de exclusão – os chamados Conselhos de Justificação – instaurado ou concluído. Uma verdadeira afronta à lei anteriormente mencionada. Vamos aos exemplos.

Tenente-coronel que mandou matar uma juíza

Na noite de 11 de agosto de 2011, após mais um dia tranquilo de trabalho, uma juíza retorna de carro para sua residência, no bairro de Piratininga, na cidade de Niterói. Ela havia saído do fórum de São

Gonçalo, em cuja vara criminal trabalhava. Ao chegar à sua residência, foi assassinada. Vinte e um tiros acertaram a juíza, um crime abominável, que se mostrou ainda mais perverso quando a justiça comprovou quem eram os mandantes do crime e por qual motivo cometeram essa atrocidade contra a magistrada.

A juíza nunca solicitara seguranças, pois a violência cotidiana não a assustava tanto. Ela, melhor do que ninguém, sabia que os piores bandidos não são ladrões pés de chinelo, e sim os narcopoliciais que se escondem atrás de uma farda para praticar os piores crimes; esses, ela combatia de maneira enérgica.

No decorrer das investigações, ficou comprovado que foi um tenente-coronel da PM que mandou matar a magistrada. Por esse motivo, ele foi condenado a 36 anos de prisão. O oficial superior da PM permaneceu preso em regime fechado desde o início do processo. Além da condenação, a justiça determinou a perda de posto e patente; entretanto, o processo administrativo disciplinar que poderia culminar em sua expulsão da polícia encontra-se parado. Já se passaram muitos anos desde a morte da juíza, e o tenente-coronel continua a figurar nos quadros da corporação, recebendo aproximadamente R$ 22 mil por mês. Em qualquer instituição policial do mundo esse homicida condenado pela justiça já teria sido demitido, mas na PM é diferente.

O histórico de oficiais superiores criminosos que maculam a imagem da instituição é amplamente conhecido. Eles são gananciosos e não hesitam em eliminar qualquer um que atrapalhe suas empreitadas delituosas. Oficiais corruptos figuram entre os mais ricos da corporação, acumulando sua fortuna de maneira ilícita. Segundo relatos, para evitar operações policiais em diversas comunidades, um coronel que comandava o batalhão responsável pela área determinou que as 42 favelas comandadas por ele lhe pagassem, cada uma, uma propina mensal de R$ 30 mil, perfazendo um total de R$ 1.260.000,00 por mês. Esse dinheiro era proveniente apenas da propina do tráfico de drogas, sem contar todos os outros acertos que ele possuía na área que comandava. Informações apontam que esse coronel mandava matar qualquer desafeto, tendo sido responsável pela morte de diversos policiais que considerava inimigos. Comandantes criminosos nunca temeram a lei, tanto que um deles, segundo a justiça, mandou matar

OFICIAIS DO CRIME

a juíza citada. Apesar de todo esse histórico criminoso, o assassino condenado continua sendo tenente-coronel. Relacionado a esse mesmo crime, outro oficial também foi condenado pela justiça. Um tenente foi sentenciado a 36 anos de prisão por ser o autor dos 21 tiros que mataram a magistrada. Tanto o coronel quanto o tenente estavam sendo investigados pela juíza por crimes de formação de quadrilha e recebimento de propina de traficantes na área de São Gonçalo. Segundo a justiça, eles a executaram por esse motivo. Ambos foram condenados por homicídio triplamente qualificado e formação de quadrilha.

Esses dois oficiais ainda não foram expulsos da corporação e estão com seus pagamentos em dia. Porém, o interessante é que outros nove policiais também foram condenados por terem participado do crime, todos praças, policiais de baixa graduação, e todos foram excluídos da PM poucos meses após a ação criminosa. Eles foram sumariamente demitidos. Para esses indivíduos, a lei foi finalmente aplicada, enquanto os responsáveis pelo crime ainda permanecem administrativamente impunes.

Há indícios de que munições desviadas da própria PM foram usadas nesse homicídio, algo que não é difícil de ter ocorrido, tendo em vista a desorganização existente nas reservas únicas de armamento.

Se o Ministério Público for a qualquer batalhão e fizer uma devassa na reserva de armamento (local onde se guardam armas e munições), provavelmente vai descobrir que estão faltando centenas de armas e milhares de munições. O controle de todo o armamento bélico é feito de maneira manual, em livros escritos de próprio punho pelo policial que está de serviço. Um total amadorismo e um prato cheio para desvios.

Coronel da PM pedófilo

Uma atendente de lanchonete está atônita. Anda de um lado para o outro sem saber o que fazer, até que avista uma viatura da PM parar do outro lado do estabelecimento em que trabalha. Ela atravessa a rua correndo e, em prantos, denuncia que uma bebê está sendo mantida em um carro branco por um senhor. Afirma que a neném está nua e chorando muito, e que já tinha visto essa mesma pessoa com outras crianças no mesmo veículo. Os policiais militares partem em direção ao carro informado. A pessoa em seu interior, ao perceber a aproximação dos PMs, tenta fugir em alta velocidade. É iniciada uma perseguição de cerca de 100 metros, até que finalmente os policiais conseguem deter o suspeito. Ao darem ordem para que ele desembarcasse do carro, percebem a menina de mais ou menos dois anos de idade deitada no banco do carona, completamente nua, com as pernas abertas, em prantos, muito agoniada. O homem que abusava da criança aparentava ter entre 50 e 55 anos. Um dos policiais ficou tão impactado com o estado da bebê que foi até uma farmácia comprar fraldas para ela – a menina, em pânico, se agarrava ao seu colo.

O senhor em questão era um coronel da PM que, após perceber que seria preso, ainda tentou subornar os policiais, oferecendo-lhes vantagens administrativas para encerrar a ocorrência. Ele disse: "Vocês podem pedir o que quiserem. Sou o presidente da Caixa Beneficente e coronel da PM; podem solicitar quaisquer benefícios. Como oficial superior, posso conceder escalas e locais privilegiados para trabalhar".

O coronel pedófilo foi preso em flagrante e autuado por estupro de vulnerável e corrupção. No decurso das investigações, ficou comprovado que ele integrava uma quadrilha de pedófilos que vendavam as crianças e delas abusavam sexualmente. Ele foi condenado a 11 anos de prisão pelos crimes de estupro de vulnerável e corrupção, mas continua a ser investigado, pois há suspeitas de que tenha praticado diversos outros estupros envolvendo crianças. Em 1993, ele já tinha sido preso em flagrante ao lado de um bebê; na época, a suspeita era de tráfico de crianças, mas acabou sendo denunciado por maus-tratos e abandono. Pedófilo confesso, teve o seu caso revelado e noticiado nacionalmente pela imprensa, mas, mesmo assim, após vários anos, seu processo de expulsão continua totalmente parado, ou seja, ele recebe normalmente um salário mensal de R$ 36 mil. Um verdadeiro escárnio ao dinheiro do cidadão pagador de impostos.

Coronel ladrão ex-chefe do Estado-Maior da PM

Segunda-feira, nove horas da manhã, o quartel do Comando-Geral da PM se prepara para mais uma reunião com oficiais de alta patente. Coronéis comandantes de importantes setores começam a chegar ao prédio, e cada viatura que cruza o portão do quartel é anunciada pelo policial que está de sentinela – "oficial superior", ele brada. A cada sedã preto de luxo que chega, o ritual se repete; dentro dos veículos estão as figuras mais poderosas da instituição.

Os motoristas estacionam as viaturas descaracterizadas em frente ao Estado-Maior, pois é lá que vai ter lugar a reunião. Segundo a denúncia feita por um dos coronéis condenados, que fechou acordo de delação premiada, o motivo do encontro não era nada republicano: ele foi organizado para definir como seria feito o desvio de dinheiro do Fundo de Saúde da PM e quanto cada oficial receberia de propina. Entre os presentes, segundo informações, estaria um ex-chefe do Estado-Maior administrativo da corporação, coronel que tinha a terceira função mais importante dentro da Polícia Militar. Ele, de acordo com a denúncia, era o responsável direto pela compra dos insumos dentro da instituição, e estava envolvido em uma compra fraudulenta de 71,5 mil litros de ácido paracético, um produto químico utilizado na limpeza de material hospitalar. Cabe ressaltar que a média mensal de consumo desse material nos hospitais da corporação não ultrapassa 250 litros.

Por esse crime, o coronel ex-chefe do Estado-Maior administrativo acabou condenado a 12 anos de prisão em regime fechado. Na sentença, a Auditoria Militar afirmou que o coronel corrupto recebeu parte da propina em seu gabinete, dentro do quartel-general da Polícia Militar. Até hoje não se sabe se a PM instaurou o processo administrativo disciplinar em seu desfavor. Ele continua recebendo mensalmente seu vultoso salário, o que demonstra um completo descaso pela lei, além de ser uma prova concreta de que existe corporativismo entre oficiais corruptos da PM.

Coronel da PM que faliu o sistema de saúde da polícia

Cumprindo o que foi planejado naquela reunião no QG, oficiais de alta patente continuaram executando o plano de roubar o dinheiro do Fundo de Saúde da PM. Como consequência, um outro coronel da PM, que estava presente naquele encontro e também participou do esquema, acabou sendo investigado, preso e condenado a oito anos de cadeia por estar envolvido no desvio de R$ 16 milhões do Fundo de Saúde da Polícia Militar (Fuspom).

Esse coronel, ao ser condenado, algo que nunca tinha acontecido com ele – pois, na PM, sempre tivera vida fácil e gozava de toda a impunidade decorrente da vista grossa que alguns dos seus pares oficiais faziam para os seus crimes –, se desesperou. Ao se ver diante do cárcere iminente, chamou o Ministério Público, fechou um acordo de delação premiada e desandou a falar. Deu nome aos bois e entregou toda a quadrilha de oficiais que saqueou o sistema de saúde da polícia. Ele confessou que, sozinho, levou R$ 4 milhões. Graças à sua delação e às provas que entregou, a justiça pôde comprovar que havia outros oficiais envolvidos. Como consequência, foram presos e sentenciados três coronéis, um major, um capitão e um tenente.

Esses marginais travestidos de policiais foram condenados pelo maior saque já feito ao setor de saúde da corporação. Eles roubaram o dinheiro de milhares de outros policiais e de seus familiares; foram responsáveis por falir o setor de saúde da PM. Quantos policiais morreram por não ter sido atendidos de maneira decente nos hospitais da Polícia Militar? O desvio de verbas e a má gestão administrativa podem ter contribuído para que o Hospital da Polícia Militar em Niterói, o HPMNIT, deixasse de prestar atendimento de emergência a PMs e a seus dependentes que moram naquela região, que com isso viram-se obrigados a se deslocar para a capital fluminense para obter atendimento no Hospital Central da Polícia Militar (HCPM), localizado no Estácio. Os policiais precisam percorrer vários quilômetros para chegar a esse nosocômio, e ainda assim muitas vezes são recebidos com péssimo atendimento, pois o HCPM encontra-se totalmente sucateado, em grande parte como consequência do descaso e do crime cometido por oficiais corruptos que assaltaram a saúde da corporação.

Todos esses criminosos já foram condenados pela justiça e enviados para a cadeia, que é o lugar deles. Porém, continuam sendo oficiais e recebem em dia seus gordos salários. Milhões de reais do dinheiro do contribuinte são usados para dar boa vida a esses marginais, tudo com a devida permissão e omissão da alta cúpula corrupta, que em flagrante afronta à lei não inicia o processo de expulsão desses bandidos.

Como se já não bastasse tamanho absurdo, alguns comandantes entenderam que a melhor punição para eles seria a aposentadoria. Assim, foi-lhes concedido esse benefício, com salário integral, e seus vencimentos foram publicados em boletim ostensivo, para que todos vissem que quem manda são eles, por isso fazem o que querem.

Um coronel, apontado como um dos líderes da quadrilha, por ser amigo de pessoas influentes na corporação, recebeu um presente adicional antes da aposentadoria: mesmo após ser condenado pela justiça, teve seu mestrado em Administração Pública pago pela PM e foi enviado para Harvard para se aperfeiçoar como gestor. Uma piada sem a menor graça.

O processo comprovou que praças da polícia foram aliciados e também participaram do esquema criminoso, entretanto, por serem policiais de baixa graduação, não oficiais, foram rapidamente excluídos. O próprio site do Tribunal de Justiça[11] estampa uma reportagem que expõe os nomes de toda a gangue de oficiais que se locupletaram com o roubo do dinheiro do Fundo de Saúde da PM. Segue um trecho do artigo:

O Conselho de Sentença da Auditoria Militar do Tribunal de Justiça condenou seis oficiais da Polícia Militar, ex-administradores do Fundo de Saúde da PM (Fuspom) e acusados de terem realizado em 2016 uma licitação fraudulenta para aquisição de 18 mil kits de substrato fluorescente que seriam destinados ao Hospital da Polícia Militar de Niterói. Conforme a denúncia, o esquema causou prejuízo ao erário estimado em R$ 2 milhões e os acusados receberam da empresa vencedora da licitação uma propina de até 10 por cento da compra, em torno de R$ 178 mil.

Foram condenados a oito anos e quatro meses de prisão o coronel ex-chefe da Diretoria Geral de Administração e Finanças do fundo e uma capitã; e a pena de oito anos foram condenados o coronel ex-diretor administrativo do hospital da PM de Niterói; um tenente-coronel; um major e um tenente. O major, o tenente-coronel e o tenente cumprirão a pena em regime semiaberto e os demais em regime fechado.

Também acusado, o coronel ex-comandante do Estado-Maior da PM foi absolvido após um julgamento que durou mais de oito horas, presidido por uma juíza da Auditoria da Justiça Militar. A decisão de absolvê-lo foi tomada pelo conselho, composto por quatro oficiais superiores da PM, apesar da posição contrária do Ministério Público e

---

11. Disponível em https://www.tjrj.jus.br/noticias/noticia/-/visualizar-conteudo/5111210/6137324.

da própria juíza, que recomendaram a condenação do coronel. Em sua justificativa, a juíza destacou:

Esta Magistrada votou pela condenação do 1º acusado, Coronel PM, já que na época era o Chefe do Estado-Maior Administrativo, integrante da cúpula da PMERJ, e assim possuía a condição de ordenador de despesas na PMERJ, e teria concorrido ativamente para os delitos, estabelecendo, inclusive, o valor das propinas que deveria ser arrecadado, no caso de até 10% do valor contrato (sic). Como possuía elevado poder hierárquico e autonomia administrativa, tratava diretamente com o outro Coronel sobre todas as aquisições para o setor de saúde da PMERJ, inclusive conferindo poderes a esse gestor do Fuspom e subdiretor da DGS para concentrar todas as aquisições, sem que este tivesse que se reportar, o que seria o normal, ao então Diretor Geral de Saúde, como ocorreu no presente caso envolvendo aquisição de 18 (dezoito) mil testes de substratos fluorescentes para o HPMNIT, justamente para evitar que as fraudes fossem controladas, detectadas e evitadas. Como se depreende dos autos, ele comandou as ações dos demais acusados e foi um dos principais beneficiários da propina dos fornecedores e, na hipótese em apreço, da aquisição fraudulenta dos 18 (dezoito) mil testes de substratos fluorescentes, tendo dado assentimento para a contratação e concordando quanto ao valor da propina a ser paga pela sociedade fornecedora[12].

A juíza destacou também que "o dinheiro desviado resolveria outros problemas prioritários do hospital. Além disso, os acusados utilizaram estratégias que dificultaram a persecução criminal e tiveram motivos altamente reprováveis para cometer o crime, visando lucro fácil e expressivo, sem considerar qualquer dever ético, moral ou jurídico. O desvio de verba importante e necessária para a saúde poderia e deveria ter sido utilizado para melhor atender os pacientes e estruturar os hospitais da própria corporação".

Veja que absurdo! Embora uma magistrada, juíza de Direito togada, tenha votado pela condenação do coronel ex-chefe do Estado-Maior administrativo, entendimento seguido também pelo Ministério Público, alguns coronéis PMs, "magistrados de ensino médio", votaram pela sua absolvição e, consequentemente, o inocentaram. Mais um indício de que

---

12. Disponível em https://www.tjrj.jus.br/noticias/noticia/-/visualizar-conteudo/5111210/6137324.

existe dentro da instituição um corporativismo entre muitos oficiais – mesmo que alguns integrantes da chefia da PM soubessem que foram eles os verdadeiros mandantes e mentores do crime, nada fizeram para expulsá-los.

Coronel corrupto ex-chefe do Estado-Maior Geral

À medida que o coronel delator foi entregando mais provas e demonstrando que a gangue de oficiais superiores expandira seu campo de atuação para outras áreas, o Ministério Público deflagrou mais uma fase na operação que apurava desvios de verbas da saúde da PM. Alguns oficiais já haviam sido condenados, até que um coronel ex-chefe do Estado-Maior Geral, ex-comandante do Bope e ex-comandante de outras unidades operacionais da corporação, também é citado em delação premiada por recebimento de propina. No decorrer das investigações, foi apurado que cada batalhão da Polícia Militar pagava uma mesada de R$ 15 mil ao Estado-Maior da corporação, dinheiro proveniente de propina cobrada de empresas de transporte irregular, comerciantes, bingos, bicheiros etc. Essa quantia, segundo a denúncia, era entregue dentro do QG, na antessala do Comando-Geral. Assim como nos casos anteriores, não se sabe se a chefia da PM tomou alguma atitude investigativa para apurar a conduta do oficial. Não há informações de que tenha havido quaisquer movimentações para averiguar a veracidade dos fatos. Aqueles que eram responsáveis pela administração pública policial militar se mostraram totalmente inertes em mais esse escândalo envolvendo oficiais de alta patente.

Coronel ex-comandante-geral da PM envolvido com corrupção e contravenção no Rio

Com quase toda a alta cúpula da PM envolvida em escândalos de corrupção, desvio de verbas da saúde e recebendo propina, a pergunta que todos faziam é: por que o comandante-geral não toma uma providência? Será que ele não está envolvido nas falcatruas?

Para muita gente, era nítido o envolvimento do alto escalão da PM e até mesmo do ex-comandante-geral, tendo em vista que absolutamente ninguém tomava uma atitude administrativa para punir os meliantes já condenados na justiça. Até que, finalmente, o Ministério Público do Estado do Rio de Janeiro (MPRJ), um órgão externo, e não a Corregedoria da PM, apontou que, àquela altura, o próprio ex-comandante-geral da Polícia Militar estava se beneficiando do desvio milionário do Fundo de Saúde da PM. Além disso, havia indícios de sua participação no recebimento de propina da Federação das Empresas de Transportes de Passageiros do Estado do Rio de Janeiro (Fetranspor) e das quadrilhas que administram o jogo do bicho no estado. O coronel também foi acusado de cobrar propina de todos os batalhões do Rio. De acordo com a denúncia, ele recebia em seu gabinete uma parte dos R$ 15 mil que cada batalhão mandava para o Estado-Maior.

Como já explicado, esse dinheiro procedia, segundo a investigação, da propina cobrada por policiais corruptos de empresas de transporte e comerciantes para que ignorassem as irregularidades cometidas pelos empresários e de propina paga por contraventores. Há ao todo 42 batalhões da PM, totalizando R$ 630.000,00 por mês. Um negócio extremamente lucrativo e vantajoso para os envolvidos. Até hoje não se tem notícia da abertura de processo administrativo disciplinar para apurar a possível conduta criminosa dos envolvidos. O salário superior a R$ 30 mil que o coronel recebe mensalmente está em dia.

Tenente-coronel da PM preso por roubar milhões de reais da Secretaria de Estado de Saúde do Rio

Na tarde do dia 11 de março de 2020, a Organização Mundial da Saúde declarou o surto de covid-19, doença causada pelo novo coronavírus, uma pandemia. Enquanto o mundo recebia com preocupação essa declaração e se preparava para combater a doença, que já matara milhares de pessoas, um oficial da PM percebe que está diante da galinha dos ovos de ouro. Oficiais corruptos da Polícia Militar já haviam acumulado bastante experiência em fraudar sistemas de saúde, afinal, em um passado recente, haviam roubado milhões de reais do fundo de saúde da corporação, e não poderiam deixar passar essa oportunidade.

O Rio de Janeiro é um dos estados mais corruptos da Federação, por isso poucas coisas têm a capacidade de surpreender a população carioca.

Já estamos calejados e acostumados a nos deparar com os mais variados crimes praticados por agentes públicos. Por não aguentar mais tantos escândalos, a população elegeu um novo governador para o estado, um candidato sem histórico político, que, em nome da moralidade, prometeu combater a corrupção com firmeza. Ledo engano. Esse ex-governador está sendo acusado de participar ativamente em crimes de corrupção, e, por esse motivo, foi requerida sua prisão e ele teve seu mandato cassado pelo tribunal. Após ser condenado em um processo de *impeachment*, ele teve, ainda, seus direitos políticos suspensos, ficando inelegível e impedido de ocupar qualquer cargo público por cinco anos. É importante destacar que esse ex-governador se elegeu sob o discurso de ser o bastião da moralidade, porém tornou-se o primeiro governador a sofrer um *impeachment* desde o fim da ditadura. Ele levou para a Secretaria de Estado de Saúde (SES) um tenente-coronel da PM com formação acadêmica em medicina, e esse oficial superior, de acordo com as investigações, foi capaz de fazer o inimaginável: usar a pandemia que assolou a população mundial para enriquecer ilicitamente.

Segundo a denúncia do Ministério Público, utilizando brechas da lei que autorizam compras sem licitação em situações emergenciais, o tenente-coronel chefiou a quadrilha que em pouco mais de quatro meses desviou da SES mais de R$ 1 bilhão, dinheiro que deveria ser usado no combate à pandemia do coronavírus. Durante seu mandato como secretário de Saúde do Rio de Janeiro, ele foi acusado de liderar uma organização criminosa que realizou uma fraude massiva na compra emergencial de respiradores pulmonares. O esquema desviou R$ 180 milhões dos cofres públicos, e nenhum respirador foi entregue, privando milhares de pacientes em estado crítico de um equipamento essencial para salvar suas vidas. A investigação revelou um nível chocante de corrupção e desrespeito pela vida humana. Ao efetuar a prisão do ex-secretário, o Ministério Público Estadual descobriu mais de R$ 8,5 milhões escondidos em uma de suas residências. Desse montante, aproximadamente 7 milhões estavam em notas de reais, e o restante em dólares americanos, euros e libras esterlinas. Além do dinheiro, foram encontrados documentos e registros que indicam a extensão da rede de corrupção, envolvendo diversos funcionários públicos e empresários.

Por ser oficial superior, o acusado precisou ser conduzido à delegacia por outro oficial PM, tendo em vista as prerrogativas que o posto lhe conferia. O tenente-coronel fechou acordo de delação premiada e comprometeu-se a devolver tudo que roubara, além de entregar o restante da quadrilha envolvida nesse crime deplorável. O interessante é que, novamente, a área correcional da PM se manteve inerte a tudo isso.

Na declaração dada à imprensa, foi dito que a corporação optou por aguardar o desenrolar do processo e ter acesso à delação premiada, por isso não havia prazo para que o coronel acusado de todos esses crimes graves fosse submetido ao Conselho de Justificação. Uma desculpa esfarrapada e sem o menor sentido, pois a lei é explícita em dizer que comandantes da PM não precisam aguardar o prosseguimento da ação, tendo em vista que o processo administrativo é independente.

Esse oficial superior já estava sendo investigado pelo Ministério Público havia meses, inclusive com seu nome nacionalmente divulgado na mídia, e líderes da corporação pareciam alheios ao que a lei determina: instaurar um processo administrativo e enviá-lo ao Conselho de Justificação. Com sua atitude deplorável, o oficial corrupto não só feriu o brio policial como também pode ter contribuído para a morte de milhares de pessoas, por não terem tido acesso a equipamentos apropriados e atendimento digno.

Enquanto comandantes da PM reviram a vida de um praça pelo avesso pelo fato de possuir um automóvel um pouco melhor, fazem vista grossa para os oficiais milionários que enriquecem cometendo os mais escabrosos crimes. O salário mensal de quase R$ 18 mil pago pela PM ao tenente-coronel acusado de todos esses crimes está em dia. A corporação poderia ter essa mesma paciência e atitude em relação aos milhares de praças que são injustamente excluídos, pois muitos deles, mesmo posteriormente inocentados pela justiça, não são reintegrados. Isso porque muitos oficiais nos veem apenas como um bando de jagunços à procura de um suspeito de quem tomar alguns trocados. Uma mesma corporação, porém com dois pesos e duas medidas. Para quem quer ser desonesto, deve ser muito bom ter uma carta patente.

Coronel da PM ladrão, traficante de armas e drogas

Um grupo de policiais militares cumpre uma ordem de policiamento chamada Ação Repressiva de Revista (ARep 3), operação popularmente conhecida como *blitz*. Eles param quatro viaturas em "V" e utilizam cones no meio da rua para afunilar o trânsito. O objetivo da operação, em tese, é prender criminosos e apreender armas e drogas.

Os policiais montam uma *blitz* na Estrada do Galeão, Ilha do Governador, justamente na única saída terrestre que liga a ilha ao Rio, um local sensível por ser rota de fuga de criminosos do Morro do Dendê. Um a um, veículos considerados suspeitos são abordados pelos policiais; os que não apresentam nenhuma irregularidade são liberados. Em dado momento, um policial determina que um automóvel encoste no canto da via. Nessas operações, cada policial já tem a sua função predefinida: um aborda o veículo, outro faz a segurança da área, outro revista os suspeitos etc. Rapidamente, o policial responsável pela abordagem ordena que todos os ocupantes do veículo desembarquem. Após uma breve checagem na documentação, constata-se que o veículo era clonado, e é dada voz de prisão ao motorista. Outro policial começa a revistar o automóvel e, em seu interior, encontra fuzis, granadas, pistolas, carregadores e munição. Nesse momento, todos os policiais envolvidos na operação se reúnem em volta dos ocupantes do veículo e, após interrogatório, descobrem que estão diante de cinco traficantes que acabaram de sair do Morro do Dendê após uma reunião da cúpula da facção Terceiro Comando Puro (TCP).

Teoricamente em cumprimento ao que determina a operação, três homens acabaram presos em flagrante por portarem um fuzil e pistolas. A princípio, uma ocorrência digna de elogios, mas o que ninguém poderia imaginar é que essa ocorrência iria desmascarar uma quadrilha que atuava dentro do batalhão policial da Ilha do Governador.

Diferentemente do que foi alegado pelos PMs, havia cinco indivíduos dentro do veículo, mas somente três foram detidos; os outros dois foram liberados após pagar uma propina no valor de R$ 300 mil. Além disso, segundo a acusação, nem todo o armamento apreendido foi entregue na delegacia. Os policiais desviaram 4 fuzis, 18 granadas, 3 pistolas, 8 carregadores e munição, negociando a devolução desse material bélico aos próprios criminosos por R$ 140 mil. De acordo com a denúncia do Ministério Público, a revenda das armas, granadas e munição, além da liberação dos dois criminosos, rendeu aos acusados R$ 440 mil.

Toda essa operação foi descoberta graças a uma denúncia feita ao Ministério Público pelos próprios bandidos que foram soltos após pagar propina aos policiais. Além disso, uma câmera de segurança registrou toda a ocorrência, confirmando a ação criminosa.

No processo resultante da denúncia do MP, um coronel da PM, ex-comandante do batalhão policial da Ilha do Governador, e um tenente chefe da P2 da mesma unidade foram condenados a vinte anos de prisão em regime fechado por roubo qualificado, extorsão e recebimento de propina no valor de R$ 140 mil de traficantes locais. Eles também foram condenados por não coibir o tráfico de drogas e por liberar traficantes do Morro do Dendê que haviam sido presos, entre outros crimes.

A condenação foi baseada em diversas provas, inclusive no testemunho de um policial que fazia parte da quadrilha do coronel e que colaborou com o Ministério Público por meio de um acordo de delação premiada. Além do coronel e do tenente, dez praças também foram presos e condenados pelos mesmos crimes. O coronel recebeu a maior pena, devido ao seu papel de liderança na quadrilha.

Curiosamente, no que se refere aos PMs de baixo escalão, a lei foi cumprida, e todos os praças envolvidos no crime foram rapidamente considerados culpados e demitidos da Polícia Militar, antes mesmo de serem condenados pela justiça comum. Já os oficiais ainda continuam nas fileiras da corporação. Tanto o coronel quanto o tenente ainda são policiais e estão recebendo seus salários normalmente – no caso do coronel, um belo salário: cerca de R$ 20 mil por mês. A justiça comprovou que os oficiais foram mandantes e responsáveis diretos pelos crimes, mas, para a Corregedoria da PM, parece que isso não é motivo para dar prosseguimento ao processo de expulsão.

É importante ressaltar que o coronel deixou o comando do batalhão da Ilha do Governador na véspera da sua prisão, após decisão da cúpula da Polícia Militar de realizar diversas trocas nos batalhões. E, mesmo já sendo de conhecimento público que o coronel era o líder do esquema criminoso de propinas, inclusive com reportagens sendo divulgadas por um grande jornal carioca, a alta cúpula da PM o designou para chefiar o Comando de Policiamento Especializado, um órgão estratégico, principalmente com relação ao patrulhamento de vias expressas.

Na residência do coronel, os investigadores descobriram R$ 14 mil em notas de baixo valor. Também encontraram notas fiscais de uma loja de material de construção da Ilha do Governador, registradas em nome da esposa e dos cunhados do ex-comandante da unidade. Alguns cupons tinham anotações como "Batalhão Ilha" e "majorar nota fiscal", indicando possível superfaturamento das despesas. Com base nesses documentos, uma nova investigação foi iniciada e o ex-comandante pode ser acusado de improbidade administrativa.

O coronel foi preso em uma mansão no Jardim Guanabara, uma região de classe alta na Ilha do Governador. Já o tenente foi preso em um apartamento de alto padrão em um bairro de classe média alta no Rio. Ambos já davam notórios sinais de enriquecimento ilícito, ostentando um padrão de vida incompatível com sua renda; entretanto, a corregedoria não investigou de fato os oficiais – e, mesmo depois de eles terem sido condenados pela justiça, ainda são mantidos nos quadros ativos da corporação.

Coronel ex-comandante do Bope que cedeu "informalmente" armas que foram apreendidas com traficantes

Uma intensa troca de tiros assusta moradores da região de Madureira, zona norte do Rio de Janeiro. É apenas mais um capítulo da guerra travada entre traficantes fortemente armados de quadrilhas rivais. Na tentativa de conter a expansão do crime nas comunidades que ali existem, o Bope sobe a Favela da Serrinha, dando origem a mais um intenso tiroteio, dessa vez entre policiais e traficantes. Após estabilizar o terreno, policiais apreendem criminosos, armas e drogas. Estava tudo correndo como o previsto na operação, não fosse um detalhe: um fuzil importado AK-47, calibre 7,62 mm, que fora apreendido com marginais, era de propriedade de um coronel da PM do Rio e estava registrado em seu nome. Isso ficou constatado após uma investigação comprovar, mediante documentos enviados pelo Exército à PM, que o fuzil era mesmo do coronel. Uma situação absurda, porém não tanto quanto os fatos subsequentes.

Ao tomar conhecimento de que a arma do oficial superior estava em poder de traficantes da Serrinha, a PM abriu uma sindicância para apurar os fatos e chamou o coronel para se explicar. Em sua defesa, ele disse que havia doado de maneira informal o fuzil e outras armas que tinha. Uma desculpa esfarrapada e descabida, especialmente por estarmos falando de um coronel da PM, que, inclusive, comandou o Bope – alguém que tem total conhecimento do perigo representado por uma arma de guerra em poder dos traficantes. Portanto, ele deveria cumprir à risca toda a legislação vigente, justamente para evitar que esse tipo de situação ocorresse. Ele, melhor do que ninguém, conhece a letalidade de um fuzil na mão de criminosos.

No entanto, a coisa não para por aí. Quando lhe foi perguntado para quem havia doado suas armas, afirmou que era colecionador, mas que cedera informalmente as armas, que imaginava estarem em situação irregular, para um capitão da PM. O ex-comandante do Bope ainda disse que não sabia o paradeiro das armas nem se o capitão havia realizado algum tipo de registro ou comunicação da cessão dos artefatos aos órgãos competentes. O capitão para quem o coronel informou ter doado suas armas já é falecido, e, como todos sabemos, morto não fala, por isso não foi possível sequer checar a veracidade da informação. Por mais absurda que tenha sido a conduta do coronel, inclusive dizendo que não cumpriu a legislação vigente relativa à doação de armas por mero esquecimento, o comando da PM se deu por satisfeito com a desculpa esfarrapada e encerrou a sindicância, determinando que ele apenas respondesse a um Documento de Razão de Defesa. Quando procurado pela imprensa para dar sua versão dos fatos, o coronel disse que estava sem tempo para falar sobre o assunto.

Apesar de não ter seguido rigorosamente as formalidades exigidas pelas normas vigentes para registro, transferência e posse de arma de fogo, o que resultou no extravio de um fuzil importado AK-47, calibre 7,62 mm, e possivelmente de outras armas, o coronel não foi alvo de investigação nem foi indiciado pela PM. Como de praxe, ele apenas perdeu o comando do Bope, foi transferido para a Diretoria-Geral de Pessoal (DGP) e, posteriormente, para a inatividade na corporação.

Esse coronel já se envolvera em outros problemas durante sua carreira, cometendo inclusive infrações de trânsito gravíssimas. Ao ser abordado em uma operação da Lei Seca, ele fugiu dos agentes que estavam realizando a *blitz*. Ademais, no momento da abordagem, ele dirigia um veículo Porsche avaliado em mais de R$ 600 mil, valor incompatível com sua renda mensal como coronel da PM. Diante dessas situações escabrosas, podemos ter certeza de que, se fosse um praça no lugar do coronel, ele seria rapidamente preso e excluído, com a cúpula da PM divulgando o caso na mídia e dizendo nas entrevistas que a instituição não compactua com desvios de conduta e que, sempre que necessário, corta na carne.

Tenente-coronel preso acusado de ser segurança do chefe da máfia de máquinas caça-níqueis

Policiais civis, agentes do Ministério Público Estadual e promotores do Grupo de Atuação Especial de Combate ao Crime Organizado, o Gaeco, estavam nas ruas para realizar novas diligências. A operação teve como alvo as quadrilhas de bicheiros envolvidas na exploração de jogos ilegais. O principal objetivo era capturar um importante bicheiro carioca, mas ele conseguiu escapar antes da chegada da polícia. No galpão da quadrilha, foram encontradas peças suficientes para fabricar mais de mil máquinas caça-níqueis, além de aproximadamente R$ 700 mil em dinheiro.

Durante as investigações, descobriu-se o envolvimento de um tenente-coronel da PM, lotado na Diretoria-Geral de Pessoal da Polícia Militar. Ele foi acusado de ser o chefe da segurança do bando e acabou sendo preso. Além dele, também foram detidos um capitão da PM, lotado no Comando de Operações Especiais, e um sargento do Bope, o batalhão de elite da polícia. As investigações revelaram que os policiais não se contentaram apenas com os subornos recebidos. Eles simularam um assalto à sede da quadrilha e conseguiram levar R$ 700 mil, dando um golpe no próprio bando que protegiam. Era bandido fardado roubando bandido paisano, e talvez por isso alguns comandantes tenham perdoado os oficiais; provavelmente, eles concordam com o ditado popular que diz que ladrão que rouba ladrão merece cem anos de perdão.

Esse tenente-coronel preso na operação já se envolvera em outros problemas sérios. Ele foi acusado, ainda quando era major, uma patente inferior à que agora possui, de planejar matar um coronel da PM.

Atualmente, os promotores investigam o envolvimento dele nesse crime. Em 2009, segundo as denúncias, ele teria recrutado oito policiais para um complô. O grupo tinha planos de matar o coronel que mais tarde assumiu o Comando-Geral da PM do Rio. Na época, o coronel que eles queriam matar era subcomandante do acusado.

Mais uma vez, é importante destacar que todos os praças envolvidos nesses crimes foram rapidamente submetidos a conselho disciplinar, enquanto os oficiais, mesmo tendo sido presos, ainda não sofreram nenhuma séria punição por parte da chefia da PM.

Coronel duplamente condenado que foi promovido e condecorado

Sexta-feira é o dia mais importante para policiais corruptos: é dia de pedir bênção ao padrinho – em outras palavras, dia de buscar o arrego pago por criminosos, comerciantes e empresários. Por isso, a cena se repete: policiais vão até o calçadão de Bangu e entram em diversas lojas; apertam a mão de uns, abraçam outros, param a viatura à porta de empresas de ônibus, supermercados e outros estabelecimentos. O roteiro é planejado com antecedência e, independentemente do que ocorra, deve ser cumprido na íntegra.

Até que, em 2014, após meses de investigação, o Ministério Público e a Polícia Civil prenderam vários policiais corruptos, inclusive oficiais de alta patente, como o então tenente-coronel comandante do Batalhão Policial de Bangu, responsável pelo policiamento em Bangu e em regiões próximas no Rio de Janeiro. Além dele, foram detidos oficiais de alta patente da P2: dois majores e dois capitães, todos ocupando importantes cargos de chefia no batalhão. Um dos capitães presos nessa operação já havia sido detido um ano antes, por corrupção e envolvimento com quadrilhas de jogo do bicho, mas foi mantido nas funções de comando e, ciente da impunidade administrativa, voltou a delinquir, sendo novamente preso.

De acordo com a denúncia do MP, o tenente-coronel, os dois majores e os capitães, juntamente com subtenentes, sargentos, cabos e soldados, se uniram para praticar crimes de lavagem de dinheiro e realizar operações comerciais com os lucros obtidos por meio de propinas. Além disso, cometeram extorsão e prevaricação e receberam mensalmente propinas que variavam entre R$ 2,5 mil e R$ 30 mil para não fiscalizar a venda de produtos roubados no calçadão de Bangu.

Segundo o Ministério Público, o Batalhão Policial de Bangu, comandado pelo então tenente-coronel, transformou-se em um verdadeiro balcão de negócios ilícitos. De novo, os praças envolvidos nos crimes foram rapidamente excluídos da PM, bem antes da condenação judicial. Já os oficiais, mesmo os reincidentes, ainda não sofreram nenhuma punição administrativa. Embora o tenente-coronel, de acordo com o MP, fosse o mandante do esquema, nem sequer foi instaurado Conselho de Justificação em seu desfavor; pelo contrário, ele foi promovido a coronel e coordenador da Coordenadoria de Operações Especiais (COE) da PM. Tornou-se, assim, responsável por chefiar todos os batalhões operacionais existentes na Polícia Militar: Bope, Batalhão de Polícia de Choque (BPChq), Batalhão de Ações com Cães (BAC), Grupamento Aeromóvel (GAM) e Recom ficaram sob sua chefia. Uma verdadeira afronta à lei e a comprovação de que, para oficiais corruptos, o crime compensa.

Quatro anos mais tarde, em 2018, o agora promovido coronel foi novamente preso, junto com seu subcomandante, um major, também já reincidente na prática de crimes. Eles foram acusados de enriquecimento ilícito e lavagem de dinheiro. Segundo o Ministério Público, o coronel montou um esquema de lavagem de dinheiro ao adquirir dois imóveis: um no Grajaú, zona norte do Rio, avaliado em R$ 422 mil, e outro na zona oeste, no valor de R$ 200 mil. Na compra desses imóveis, o MP afirma que o coronel pagou R$ 70 mil em dinheiro vivo. Além disso, o major não conseguiu justificar a origem de R$ 300 mil em espécie encontrados em sua casa, que estavam embalados em montantes de R$ 5 mil, conforme a investigação. Ambos os oficiais foram condenados a seis anos de prisão. Mesmo assim, novamente ninguém ouviu falar sobre a instauração de algum processo administrativo disciplinar que pudesse culminar com a expulsão dos oficiais superiores.

Se o inquérito do MP levou o coronel e o major à prisão, a investigação interna da PM sobre propina em Bangu acusou apenas os praças. O inquérito policial militar (IPM), conduzido por um tenente-coronel, investigou o crime militar de concussão e resultou no indiciamento de 53 praças, dos quais 35 eram sargentos. Os autos do inquérito, divididos em

57 volumes, foram enviados aos promotores da Auditoria Militar e logo encaminhados aos promotores do Gaeco. Apesar de o comando da PM ter poupado os oficiais do batalhão, os promotores do Gaeco decidiram que as provas reunidas pela Subsecretaria de Inteligência (Ssinte) eram suficientes para denunciar o coronel, os três majores e os dois capitães pelo crime de concussão. Todos os oficiais tiveram prisão preventiva decretada pelo crime de formação de quadrilha e foram presos no Batalhão Especial Prisional (BEP).

Embora a PM tenha punido e excluído rapidamente todos os praças envolvidos, não foi capaz de fazer o mesmo com o coronel – aquele que foi condenado por ser o chefe da quadrilha – nem de punir qualquer outro oficial. Talvez alguns estejam esperando a melhor oportunidade para promovê-lo novamente. Temos uma certeza: o salário de mais de R$ 20 mil está em dia.

Esse é mais um caso a ser destacado no rol de impunidade, acobertamento, corporativismo e prevaricação por parte de oficiais corruptos da Polícia Militar. O coronel foi duplamente condenado, e tanto ele quanto os outros oficiais, em vez de serem punidos disciplinarmente, foram administrativamente absolvidos e promovidos, o que lhes deu a chance de cometer novos crimes.

Tenente-coronel assassino

Sábado, um dia como outro qualquer. Dentro de uma padaria, clientes estão conversando normalmente sobre assuntos aleatórios e ninguém está muito preocupado com a violência da cidade. A noite parece tranquila, mas de repente um carro para à porta do comércio e um homem de meia-idade caminha em direção ao dono do estabelecimento, que está atrás do balcão. Ele o chama pelo nome, e, pensando se tratar de um conhecido, o dono da padaria atende ao chamado. Nesse momento, o até então desconhecido saca sua arma e efetua alguns disparos em direção ao proprietário da padaria, matando-o instantaneamente e ferindo outras pessoas.

A cena descrita foi protagonizada, de acordo com a denúncia oferecida pelo Ministério Público, pelo ex-subcomandante do Batalhão Policial de Copacabana, um tenente-coronel PM. Ele foi preso após ser acusado de assassinar o dono de uma padaria no Cachambi, zona norte do Rio de Janeiro. O motivo do assassinato, segundo as investigações, seria ciúme da sua mulher. A vítima foi morta com cinco tiros. Na empreitada criminosa, além de matar a vítima, o tenente-coronel ainda feriu outra pessoa, atingida por estilhaços de bala. Nada se fala sobre Conselho de Justificação ou possível sanção disciplinar. Ele continua recebendo salário.

Coronel da PM, ex-chefe da Secretaria de Estado de Administração Penitenciária, investigado por improbidade administrativa

Um ex-governador finalmente é preso e sentenciado a mais de duzentos anos de cadeia por embolsar milhões de reais dos cofres públicos. Na sentença, o juiz determina que o réu seja mandado para o Batalhão Especial Prisional (BEP), presídio da Polícia Militar. Esse presídio, assim como todos os demais, era chefiado por um coronel e ex-comandante-geral da PM – ele fora colocado no cargo justamente pelo governador então condenado.

É óbvio que isso ia acabar em acordo de compadres – e foi exatamente o que aconteceu. Uma vistoria do Ministério Público feita na cadeia onde estavam presos o ex-governador e outros políticos poderosos encontrou camarão, queijo de cabra e até iogurtes em baldes de gelo, apesar de uma resolução da Secretaria de Estado de Administração Penitenciária (Seap) proibir a entrada de alimentos *in natura* nas prisões. Um dos baldes tinha o nome do ex-governador na tampa, indicando que ele era o proprietário dos alimentos. Como consequência das irregularidades encontradas pelo MP, o coronel e ex-comandante-geral foi afastado do comando da Seap, sendo acusado de proporcionar regalias ao ex-governador, enquanto este estava preso.

Mais uma vez percebe-se como as irregularidades alcançam os níveis mais altos dentro da PM e irradiam-se para outros órgãos do Estado. Esse coronel ocupou o cargo mais importante da corporação e chegou ao nível mais alto dentro do sistema prisional; foi comandante-geral e, posteriormente, secretário da Administração Penitenciária. Ele é mais um oficial de alta patente que tem seu nome envolvido em escândalos de desvio de conduta.

O coronel PM também está sendo investigado por improbidade administrativa. O Ministério Público requer a indisponibilidade e o sequestro de seus bens, além do ressarcimento integral do dano causado ao Fundo da PM (no montante de R$ 266.685,78). Também é solicitada a restituição dos bens ou valores ilegalmente acrescidos ao seu patrimônio, a perda da função pública, a suspensão dos direitos políticos por cinco a oito anos, o pagamento de multa civil e a proibição de contratar com o poder público ou de receber benefícios ou incentivos fiscais ou creditícios.

A 8ª Promotoria de Justiça de Tutela Coletiva da Cidadania da Capital acusa o coronel de ter instituído um regime de despesas inexistentes e ilegal para os batalhões, o que permitiu aos comandantes dessas unidades efetivar despesas em desacordo com o dispositivo legal. Mesmo diante de tantos escândalos praticados pelo oficial superior, até o momento a PM não instaurou nenhum procedimento administrativo disciplinar ou Conselho de Justificação para investigar a conduta do coronel. Seus vencimentos mensais de mais de R$ 35 mil estão em dia.

Coronel dono de paiol de armas contrabandeadas do Exército Brasileiro

Com o objetivo de verificar informações recebidas, a Polícia Civil e o Exército Brasileiro saem para mais uma operação policial contra o crime organizado. O destino é a sede de uma empresa de segurança e vigilância, localizada na Taquara, zona oeste do Rio de Janeiro. Ao chegarem ao local para checar a veracidade das denúncias, os policiais se surpreenderam ao encontrar um verdadeiro arsenal de armas ilegais, sendo constatado que, em sua grande maioria, haviam sido desviadas do Exército Brasileiro. Foram apreendidas espingardas de calibres variados (12, 22 e 38), pistolas e revólveres, além de um carregador alongado com capacidade de munição superior à permitida pelo Exército.

As armas irregulares poderiam ser utilizadas para a prática de diversos crimes, como declarou o delegado adjunto que participou da operação: "Caso as armas não tivessem sido apreendidas, elas poderiam ser destinadas a colecionadores, atiradores, e acreditamos que isso também estava alimentando a milícia e o tráfico de drogas, principalmente a parte da munição".

Mas a principal pergunta é: qual facção criminosa é dona desse paiol de armas, muitas delas desviadas ilegalmente do Exército Brasileiro? A resposta: nenhuma! Segundo as investigações, as armas foram apreendidas na sede de uma empresa de segurança de propriedade de um coronel da PM. Pois é, mais um coronel da PM que, com a certeza da impunidade, escondeu-se atrás de seu posto de oficial superior e, contando com a benevolência e a cumplicidade de seus pares, mancha a imagem da instituição.

Esse é mais um caso que expõe a maneira como certos oficiais superiores se comportam. Alguns deles, ao longo da carreira, provavelmente participaram de centenas de exclusões de policiais, muitas delas por meras transgressões disciplinares, e agora vêm à tona as suas condutas criminosas.

Porém, diferentemente de como alguns gestores da PM agem com praças, novamente eles se mostram inertes quando se trata de crimes praticados por oficiais de alta patente. Após a PM tomar conhecimento do envolvimento do coronel nesse crime lastimável, por meio de uma reportagem feita pelo jornal carioca *O Dia*, foi divulgada uma nota dizendo que o caso envolvendo o referido coronel da reserva será analisado pela corregedoria da corporação. E que, caso se confirmem os indícios, haverá a instauração de um procedimento para averiguar a conduta do oficial.

Obviamente, uma desculpa esfarrapada para ganhar tempo e fazer o caso cair no esquecimento. Não existe a necessidade de esperar o resultado das investigações para depois, se for o caso, acionar a corregedoria e, posteriormente, se instaurar um processo administrativo disciplinar, pois esse processo é independente e autônomo. A PM não precisa nem deve esperar que a pessoa seja condenada pela justiça para instaurar o procedimento apuratório.

O delegado afirmou que o coronel da PM deve responder por crime de peculato militar e por posse ilegal de arma de fogo e acessórios. Enquanto isso, o armamento será encaminhado para perícia e depois ao Exército, para destinação final. Já a PM afirmou que vai aguardar.

Coronel envolvido com extorsão e cobrança de propina

Um prédio situado no Centro do Rio é uma importante sede de comando da Polícia Militar. Porém, por diversas vezes, ele pôde ser confundido com a Cidade da Polícia, que, por assim dizer, seria a sede de comando da Polícia Civil. Isso em razão da grande movimentação de viaturas da Polícia Civil que adentram o QG da PM para cumprir diligências e investigações. Toda vez que isso acontece, é um pandemônio terrível: gente que trabalhou lá jura que viu alguns oficiais se escondendo dentro dos banheiros de gabinetes, com medo de serem presos.

Foi justamente em uma dessas operações no quartel-general da Polícia Militar que a Polícia Civil e o MP acabaram chegando a um coronel chefe da Subsecretaria de Inteligência da PM, um setor importantíssimo dentro da instituição, justamente por ser responsável por instruir investigações de crimes cometidos por outros policiais. O coronel PM teve seu nome envolvido em um escândalo de corrupção depois de assumir a Subsecretaria de Inteligência e levar seus homens de confiança para trabalhar com ele, policiais que atuavam no Grupo de Intervenções Táticas e no Serviço Reservado (P2). Por se tratar de uma área correcional, a chefia da PM deveria criar diretrizes rigorosas para selecionar os policiais que trabalham nela, o que não acontece. Cada oficial que assume o comando faz o que bem entende; o que prevalece é a autonomia das vontades, e o resultado é previsível.

A conduta desse coronel é prova de que cada oficial superior faz o que quiser na PM, pois, logo ao assumir a chefia da Subsecretaria de Inteligência, levou consigo 20 praças e 12 oficiais. Entre eles, cinco de sete agentes presos pela Polícia Civil por participarem de uma organização criminosa que extorquia comerciantes em bairros do Rio. Quase toda a estrutura do batalhão policial em que ele anteriormente trabalhava foi levada para a Ssinte. Todos os chefes de departamentos internos do batalhão seguiram trabalhando com o coronel no QG. Entre eles, na época, o subcomandante do batalhão – um major, também envolvido no escândalo. As mudanças aconteceram em um período de dois meses. O resultado da farra provocada pelo coronel: sete policiais lotados na Ssinte foram detidos sob acusações que incluem sequestro, extorsão, concussão, participação em organização criminosa e roubo qualificado.

OFICIAIS DO CRIME

Segundo a denúncia, esses policiais identificavam irregularidades cometidas por comerciantes e os chantageavam, ameaçando-os de prisão caso não pagassem propina. Além disso, o grupo também praticava furto de produtos dos estabelecimentos. Durante diligências realizadas pela Polícia Civil no quartel-general da Polícia Militar, foram encontrados R$ 40 mil escondidos no coturno de um dos oficiais envolvidos, provenientes dos crimes cometidos. Entre os detidos está um tenente da PM, acusado de ser um dos líderes do esquema. Tanto ele quanto os demais policiais presos tinham histórico de trabalhar com o coronel em outras unidades. Cinco dos militares envolvidos já haviam servido sob o comando do coronel em outros dois batalhões policiais. O tenente detido anteriormente ocupava o cargo de oficial de operações no antigo batalhão policial, antes de sua transferência para a Subsecretaria de Inteligência. Cabe ressaltar que esses policiais acusados de corrupção montaram todo esse esquema criminoso apenas dois meses após chegar à Subsecretaria de Inteligência, o que demonstra como estavam acostumados a praticar esse tipo de crime. Como a operação da Polícia Civil prendeu oficiais e apontou o envolvimento de um coronel, comandantes da PM proibiram que o porta-voz da instituição fornecesse informações à imprensa.

Todos os policiais militares de baixo escalão acusados de participar desse crime já tiveram seus processos de expulsão da polícia instaurados. Porém, os verdadeiros responsáveis, os que segundo a denúncia são líderes da organização criminosa, permanecem impunes. O coronel e o tenente foram apenas transferidos para a DGP, a "geladeira" da corporação. Não se tem nenhuma notícia de processo administrativo ou Conselho de Justificação aberto pela PM em desfavor dos acusados. Por serem de alta patente, eles não foram expulsos nem tiveram seus salários cortados e, provavelmente, em pouco tempo estarão novamente comandando outras unidades.

Falso coronel que enganou a cúpula da segurança pública do Rio

Um coronel estava se tornando respeitado na PM do Rio. Ele vinha ganhando cada vez mais prestígio com os projetos que tinha implementado na instituição. Após reformular todo o setor de patrulhamento de três batalhões diferentes, ele se tornou o homem de confiança do secretário de Segurança Pública estadual. Começou a ser cada vez mais requisitado para dar palestras e logo tornou-se o coronel responsável por planejar o policiamento, redistribuir viaturas da PM pelos bairros e treinar agentes. Chegou a comandar, armado, operações nas ruas. Sua popularidade cresceu tanto que ele foi convidado para trabalhar na Secretaria de Segurança. Ele participou de uma operação para prender traficantes que tinham invadido um estabelecimento comercial, na zona sul do Rio, e acompanhou a negociação para que os bandidos se entregassem e libertassem os reféns. De colete, ele estava dentro da área de isolamento, à porta do estabelecimento. No auge da sua popularidade, foi nomeado coordenador da Subsecretaria de Planejamento e Integração Operacional, e seu gabinete foi instalado no centro do comando. De lá, recebia informações dos batalhões, tinha reuniões com coronéis e fiscalizava operações nas ruas. Era visto como um oficial superior exemplar, muito prestigiado por seus pares, mas um detalhe acabou com sua carreira: ele nunca foi coronel, nunca esteve matriculado na academia de polícia, nem sequer frequentou o curso de formação de oficiais e nunca terminou a faculdade de Direito, da qual se dizia bacharel.

Mas como um homem que nunca prestou concurso para a Polícia Militar conseguiu enganar a alta cúpula da segurança pública e o Estado-Maior da corporação? A resposta foi dada pelo estelionatário: "Quando você passa a ser tenente-coronel e apresenta o seu trabalho, nossa, todo mundo diz amém e funciona". Foi exatamente isso que ele fez: comprou uma farda, mandou bordar seu nome nela, colocou estrelas nos ombros, autodeclarou-se tenente-coronel e, como num passe de mágica, passou a comandar setores importantes e estratégicos dentro da PM.

Assim funcionam as coisas em uma instituição em que a hierarquia, o cumprimento de ordens e as aparências prevalecem sobre a lei e o bom senso. O gatuno enganou a alta cúpula da segurança pública, passou a perna em diversos oficiais superiores da PM, teve acesso a armas e informações sigilosas, participou ativamente de operações e submeteu a sociedade a grande risco, mas não era incomodado nem questionado, pois, mais importante do que ser alguma coisa, ele aparentava ser, o que para muitos já é o suficiente.

Finalmente, o salafrário foi desmascarado, passou dois meses na

OFICIAIS DO CRIME

prisão e agora responde a processos de falsa identidade e porte ilegal de arma de uso restrito; se condenado, pode pegar até seis anos de prisão. Já na PM, nenhum oficial foi punido por tamanha displicência, omissão e descuidado.

Major comete abuso de autoridade ao prender capitão que investigava crimes cometidos por outros oficiais

Muitas denúncias informando que oficiais da PM estavam praticando diversos crimes dentro de um batalhão começaram a chegar à corregedoria. As informações apontavam que a oficina da unidade estava sendo utilizada em proveito próprio, com oficiais se beneficiando de maneira irregular da administração pública. De posse das informações, uma operação foi montada, e um oficial da PM parte para o batalhão a fim de averiguar a veracidade das denúncias. Enquanto realizava diligências, um capitão da corregedoria da corporação foi preso em um batalhão policial por investigar crimes cometidos por oficiais. O investigador foi preso pelo subcomandante da unidade, um major, assim que entrou na sede do batalhão, no Centro do Rio, para investigar uma denúncia de que policiais militares estavam usando a estrutura do quartel para consertar motos particulares. A investigação revelou que três oficiais usavam a oficina do batalhão e os serviços de praças lotados na unidade para consertar suas motos pessoais. Foram indiciados pelo crime militar de peculato um major, um capitão e uma tenente.

Em depoimento, o capitão da corregedoria afirmou que havia ido ao batalhão para checar uma denúncia anônima. Ao chegar à oficina, encontrou uma moto em situação irregular sendo consertada – com placa ilegível e licenciamento vencido. O veículo pertencia a outro capitão, que foi indiciado. Durante a diligência, o oficial da corregedoria foi abordado pelo capitão, dono da moto irregular, que servia no batalhão. Esse capitão pediu ao investigador que o acompanhasse até a sala do subcomandante, já que o comandante, um coronel, não estava presente. O major, em sua sala, deu voz de prisão ao investigador por não ter comunicado sua presença no batalhão, justificando a detenção com base em um item do regulamento disciplinar da corporação, que exige que o oficial visitante cumprimente o comandante ao entrar na unidade.

Em depoimento, o capitão da corregedoria explicou que desejava manter o sigilo da diligência e ser rápido na verificação da denúncia, a fim de flagrar os envolvidos. Posteriormente, ele foi liberado.

Ressalte-se o tamanho do absurdo e da covardia praticada por esse major: ele simplesmente usou um item do regulamento para prender o capitão, que realizava seu trabalho. E mais: mesmo diante do crime de peculato, parece que o major subcomandante não se importou, apenas indignou-se com a postura do capitão, que não havia se apresentado para ele. Utilizou a covarde tática de "prender no coturno sujo", um jargão militar utilizado em referência a um superior que, utilizando uma brecha qualquer, prejudica o subordinado.

O inquérito policial militar concluiu que a conduta dos oficiais causou "prejuízo ao erário na utilização de serviços e mão de obra de servidor em detrimento da atividade-fim, que é a Segurança Pública, para o desvio de finalidade no conserto e manutenção de motocicletas de propriedade particular". O inquérito foi encaminhado ao Ministério Público, que vai decidir se oferece denúncia contra os oficiais.

Até agora, o major não sofreu nenhuma punição administrativa por ter prendido o capitão. Quando procurada pela imprensa para se posicionar sobre o ocorrido, a Polícia Militar respondeu ao jornal *Extra* que "a apreciação da conduta do subcomandante do batalhão está sobrestada, aguardando o julgamento da Auditoria de Justiça Militar". Segundo a corporação, "a normatização da utilização do serviço (de conserto de motos na oficina do batalhão) também será avaliada pela Auditoria de Justiça Militar".

Major comandante de UPP preso em flagrante com armas e drogas

Policiais civis estão em uma Unidade de Polícia Pacificadora para cumprir diligências. A operação requer muito cuidado e sigilo, pois envolve um oficial de alta patente. Quando a Polícia Civil chega à base da UPP, os policiais militares parecem não se importar, pois todos acham que os agentes estão ali para prender algum bandido foragido da justiça. Até que o delegado responsável entra no gabinete do ex-comandante da UPP, um major, e informa que ele é o alvo da operação. Sem entender nada, e ainda não acreditando no que estava acontecendo, recebe voz de prisão.

O major ainda tentou se livrar do flagrante. Ele foi preso quando armas ilegais, drogas e munições foram encontradas dentro do seu armário, no interior do seu gabinete, na base da UPP que comandava. O arsenal, bem como os entorpecentes encontrados com ele, servia, de acordo com a denúncia, para incriminar pessoas que eram mortas em confronto com PMs da Unidade de Polícia Pacificadora e não estavam de posse de nada ilícito. O objetivo era incriminar a vítima e forjar algum delito para dar impressão de legalidade à ação.

O major, oficial superior da PM, já respondia a dois outros processos por posse ilegal de arma de fogo antes de ser preso, um na 2ª Vara Criminal e outro na Auditoria Militar. A ação que culminou com sua prisão em flagrante foi fruto de uma investigação do Ministério Público. De acordo com a denúncia, no momento que os policiais chegaram para prendê-lo, ele ainda tentou se livrar do flagrante, arremessando da janela do seu gabinete munições e entorpecentes para o telhado da UPP.

O major ficou preso apenas um mês. Após ser solto, foi classificado como chefe do Centro de Comando e Controle das Unidades de Polícia Pacificadora, função que lhe deu acesso às ocorrências de todas as UPPs, além da possibilidade de coordenar deslocamentos de viaturas. Essa movimentação foi considerada uma afronta à sociedade, e somente após diversas denúncias feitas pela imprensa é que ele foi transferido para a Diretoria-Geral de Pessoal, no quartel-general.

O processo administrativo se arrasta há anos, sem que haja punição efetiva para o major. O oficial superior da PM continua com seus vencimentos mensais em dia.

Major comandante de UPP condenado por invadir residências de moradores

Moradores de uma comunidade finalmente rompem a barreira do medo e procuram a Defensoria Pública para pedir ajuda. O objetivo é denunciar policiais que, a comando de um major, estão invadindo suas residências e transformando-as em verdadeiras trincheiras. Como consequência da atitude desses policiais, os moradores estão sofrendo represália de traficantes, que os acusam de colaborar com a polícia. Por isso, os marginais estão expulsando-os da favela.

Esses moradores estão entre a cruz e a espada. Vivem sob o medo de retaliação dos bandidos que os ameaçam e o medo dos policiais que têm invadido as suas residências. Mas finalmente eles resolveram falar. Como consequência das acusações que fizeram, o major ex-comandante da UPP foi denunciado pelo Ministério Público Estadual do Rio de Janeiro por invasão de domicílio e cerceamento dos direitos à liberdade individual dos moradores dessa comunidade.

A denúncia relata que policiais comandados pelo major constrangiam moradores e entravam clandestinamente em suas casas, além de arrombar outros imóveis. O major acabou sentenciado a 1 ano e 11 meses de detenção em regime aberto por esses crimes. Ao proferir sua sentença, a juíza argumentou que o Judiciário não pode, sob qualquer hipótese, coadunar com a linha estratégica desenhada pelo major enquanto comandante da Unidade de Polícia Pacificadora, a qual tolerava e naturalizava a violação do direito fundamental à moradia dos que viviam naquela localidade.

Não se sabe se a Corregedoria da Polícia Militar instaurou algum procedimento contra o major para verificar se a conduta adotada por ele é condizente com os preceitos da corporação. Atualmente, esse oficial superior possui outro cargo de chefia dentro da PM.

Major condenado por tortura e homicídio

As últimas imagens de um pedreiro desaparecido percorrem o mundo. Nelas, o que mais chama a atenção é que, antes de sumir, ele havia sido abordado por policiais militares de uma UPP. Na gravação, é possível perceber a vítima rodeada por PMs enquanto é conduzida por outros policiais. De acordo com as investigações, o morador foi torturado e morto.

No decurso do processo, vários policiais foram condenados e expulsos da corporação. Entretanto, como sempre, foram usados dois pesos e duas medidas.

Sentenciado a treze anos de prisão em regime fechado por tortura seguida de morte, o major ex-comandante da unidade não foi punido pela Polícia Militar. Esse oficial superior, segundo a denúncia, está diretamente envolvido no caso do pedreiro, que ganhou repercussão internacional. Afinal, veio a público que o morador da comunidade havia sido sequestrado, torturado e morto por policiais da UPP sob o comando do major.

Esse caso, juntamente com o da juíza assassinada por oficiais da PM, escancara a desproporcionalidade com que o alto comando da Polícia Militar trata oficiais e praças que têm a mesma conduta. O major e outro oficial da PM, um tenente subcomandante da UPP, também condenado pelo assassinato do pedreiro morador da comunidade, continuam atuando como policiais, sendo que o ex-comandante da UPP é tratado como uma espécie de herói por outros oficiais da PM. Ao todo, doze policiais militares foram condenados pela morte do pedreiro: dez praças e dois oficiais. Os praças foram sumariamente expulsos da corporação; foram instaurados conselhos disciplinares que rapidamente culminaram nas exclusões, sendo essas demissões amplamente divulgadas. Cabe ressaltar que o major foi o maior sentenciado, sofrendo a mais pesada condenação. Ficou comprovado, de acordo com a sentença, ter sido ele o chefe da operação que resultou na morte da vítima, por isso a justiça o condenou à maior pena de prisão – mesmo assim, ele não foi demitido.

Em 2019, o caso sofreu uma reviravolta: a justiça inocentou quatro dos doze condenados pelo homicídio. Todos os absolvidos eram praças. Eles já tinham cumprido mais de seis anos de cadeia em regime fechado, uma verdadeira injustiça, talvez uma das maiores já praticadas contra policiais militares. Esses praças da PM, mesmo absolvidos, mesmo com a sua inocência comprovada, não foram imediatamente reintegrados à Polícia Militar. Eles tiveram seu emprego e seus salários retirados de maneira totalmente injusta e arbitrária. Ainda que inocentes, o comando da PM alegou que eles feriram o brio da corporação, por isso não são dignos de ser automaticamente reintegrados.

Esse episódio desgraçou a vida de diversos policiais. Um deles faleceu dentro da prisão; outros estão doentes, acometidos de depressão profunda. Um policial que foi testemunha-chave no processo que desmentiu a versão dos oficiais foi executado com um tiro na cabeça. PMs que tiveram apenas seus nomes citados no processo precisaram fugir do país, com medo de represálias. Enquanto isso, o major, que de acordo com a justiça é o maior culpado, bem como o tenente, não sofreram nenhum tipo de punição por parte da corporação e continuam recebendo seus vultosos salários: o major recebe cerca de R$ 12 mil mensais; desde que foi preso, já embolsou do estado mais de R$ 1 milhão.

Não se sabe se o Conselho de Justificação, que pode culminar em sua expulsão, foi instaurado. Nada mudou no tocante à Polícia Militar para esses oficiais. Eles seguem suas carreiras normalmente.

Major chefe de milícia e integrante do Escritório do Crime

Nos últimos anos, surgiu e cresceu um novo grupo criminoso no estado do Rio de Janeiro. Esse é ainda mais perigoso, pois, diferentemente dos que já existem, ele se utiliza do aparato estatal para praticar dezenas de crimes. Essa nova facção, a milícia carioca, é hoje uma das mais poderosas e perigosas facções criminosas em atividade no Rio. Ela é composta eminentemente por agentes que deveriam combater o crime em vez de praticá-lo: policiais, ex-policiais, bombeiros, agentes penitenciários etc. Eles agem como qualquer outro grupo criminoso, praticam os mesmos crimes, mas gozam de uma grande vantagem: conhecem a fundo as nuanças do poder e utilizam isso a seu favor. Dentro dessas milícias, há diversos policiais militares de alto escalão que desfrutam de privilégios especiais fornecidos por pessoas influentes na instituição, por isso quase nunca são punidos. Se não fossem órgãos externos, como a Polícia Civil e o Ministério Público, eles nem mesmo seriam pegos.

Preso pela força-tarefa do Ministério Público do Rio em 2019, um major da PM é acusado de ser o chefe da milícia de Rio das Pedras, na zona oeste do Rio. Ele foi detido em seu apartamento, em um condomínio fechado próximo ao Parque Olímpico, um imóvel que, de acordo com moradores, pode valer mais de R$ 1 milhão. Segundo o MP, o oficial é acusado de diversos crimes, incluindo grilagem de terras, pagamento de propina a agentes públicos (inclusive outros oficiais de alta patente da Polícia Militar e políticos), agiotagem violenta e construções ilegais.

Essas construções irregulares, realizadas pela milícia sob a liderança do major, levaram a uma tragédia na região da Muzema: o desabamento de dois prédios em um condomínio em Itanhangá, que resultou na morte de 24 pessoas. Além disso, o major é suspeito de integrar uma cúpula que ficou conhecida como Escritório do Crime, uma quadrilha especializada, formada por matadores de aluguel e acusada de cometer

OFICIAIS DO CRIME

diversos assassinatos no estado. Investigações apontam envolvimento de membros dessa quadrilha no assassinato da vereadora Marielle Franco e de seu motorista, Anderson Gomes, em março de 2018, no Centro do Rio.

Mesmo com um histórico tão criminoso, esse major é muito respeitado por alguns dos seus pares oficiais dentro da Polícia Militar, tanto que, mesmo preso, foi convidado para participar de um evento no qual deveria assinar um documento referente ao Curso Superior da Corporação. Ele só não compareceu por estar preso em uma penitenciária de segurança máxima.

A prisão desse major acabou não sendo surpresa para ninguém; a única surpresa é ele ainda continuar na Polícia Militar. Seu histórico de violência e assassinatos fez com que se tornasse um velho conhecido da justiça carioca. Em 2003, quando ainda era capitão, ele e outros policiais que faziam segurança particular foram acusados de sequestrar, torturar e assassinar quatro jovens que haviam se envolvido em uma briga na saída de uma casa de shows, em São João de Meriti, na Baixada Fluminense. O então capitão foi denunciado, preso e condenado a 76 anos e 8 meses de prisão, por ter torturado e executado os jovens com pelo menos três tiros de fuzil na cabeça de cada um. Os corpos foram localizados em um poço cheio de água e lama no meio de um matagal, em uma antiga fazenda no distrito de Imbariê, em Duque de Caxias, também na Baixada Fluminense.

Todos os praças envolvidos no crime foram presos e excluídos da polícia com muita rapidez. Já o oficial, que é apontado pela justiça como o chefe da quadrilha, não teve o mesmo destino; ao contrário, ainda respondendo ao processo de homicídio, foi autorizado a participar do Curso de Aperfeiçoamento de Oficiais e, com autorização do comando da PM, viajou para Recife, em Pernambuco. Ele acabou progredindo ao posto de major e promovido a oficial superior. Mesmo preso, seu salário de R$ 18.898,00, referente ao posto de major, continua sendo depositado mensalmente. Além disso, não se tem notícia de haver contra ele nenhum processo administrativo disciplinar ou de expulsão da PM.

Capitão condenado por homicídio, chefe de milícia e grileiro de terras

Em Jacarepaguá, no Rio de Janeiro, há uma grande área de proteção ambiental chamada Maciço da Pedra Branca, na Taquara. A legislação proíbe que residências sejam construídas nessa área. Entretanto, na Estrada do Curumaú, dentro da reserva, mais de mil metros quadrados já foram desmatados para dar lugar a construções clandestinas. Curiosamente, essa área fica bem perto de um batalhão da PM, e nem isso foi capaz de impedir a invasão e o desmatamento.

Mesmo diante de flagrante crime ambiental, a Polícia Militar não se dignava a investigar. E não era por falta de denúncias: PMs informaram, em condição de anonimato, que choviam denúncias feitas anonimamente ou por moradores via 190, o telefone da central de polícia. Em todas, a mesma história: havia um grande desmatamento em curso para dar lugar a construções irregulares. Ainda assim, a PM não verificava. Até que finalmente as denúncias foram enviadas também para a Polícia Civil e o Ministério Público, e estes, sim, decidiram agir. Deflagraram uma grande operação e o desfecho foi previsível: PMs de alta patente haviam montado um grupo paramilitar e, gozando de toda a impunidade que lhes é peculiar, fundaram uma milícia para explorar a área protegida. Porém, diferentemente da alta cúpula da PM, o MPRJ e a Polícia Civil agiram conforme determina a lei e botaram a mão na massa.

Preso em 2020 por integrar uma milícia que atua na Taquara, em Jacarepaguá, Rio de Janeiro, um capitão da Polícia Militar foi denunciado pelo Ministério Público por grilagem de terra e por construção e venda de casas irregulares nessa região. A Operação Condomínio Fechado, realizada pelo Ministério Público juntamente com a Polícia Civil, demonstrou que a quadrilha liderada pelo capitão construiu um condomínio clandestino de casas na Estrada do Curumaú, dentro de uma área de preservação ambiental, e que essa construção havia começado em 2012. O capitão foi filmado por câmeras escondidas de uma equipe da TV Globo no momento em que negociava a venda de imóveis clandestinos por valores superiores a R$ 100 mil, além de vender ilegalmente terrenos por valores superiores a R$ 40 mil. A prefeitura do Rio cobra dessa organização criminosa uma multa pelo desmatamento ilegal e o ressarcimento do custo de replantio de 100 mil mudas de plantas nativas da Mata Atlântica.

Esse capitão já havia sido preso e condenado a mais de treze anos de prisão quando ainda era segundo-tenente, um posto bem inferior ao que ocupa agora, por um crime ocorrido anteriormente: a vítima foi abordada e extorquida por policiais militares, e entre eles estava o então segundo-tenente e agora capitão. O segundo-tenente, de acordo com a denúncia, exigiu a quantia de R$ 20 mil, alegando que seu preço era maior, pelo fato de ser oficial e ocupar uma posição de destaque na corporação. Porém, a vítima só tinha R$ 1 mil, por isso os policiais a mantiveram refém até o dia amanhecer, momento em que se dirigiram à agência da Caixa Econômica Federal para sacar mais R$ 1 mil. Não satisfeito com a quantia arrecadada, o grupo passou a fazer ligações para o celular da vítima para acertar a data da entrega do restante do dinheiro. Por meio de imagens do circuito interno de TV da agência bancária, ficou comprovado o saque de R$ 1 mil, e, com a quebra do sigilo telefônico, comprovou-se que os réus se comunicavam durante a empreitada delituosa. A juíza da Justiça Militar condenou por esse crime o então segundo-tenente a mais de 13 anos de prisão, um cabo a mais de 18 anos de reclusão, um soldado a mais de 10 anos e outro soldado a 12 anos de reclusão. Posteriormente, o tenente conseguiu uma decisão favorável da Câmara Criminal, que o inocentou.

Novamente destaca-se que todos os praças envolvidos no crime relatado foram excluídos da Polícia Militar com muita celeridade; eles tiveram seus processos administrativos abertos por mera formalidade e foram sumariamente expulsos. Já o segundo-tenente ganhou duas promoções de presente: foi alçado ao posto de primeiro-tenente e, posteriormente, ao de capitão. Dez anos depois foi novamente preso, acusado de ser chefe de milícia, grileiro de terras e de construir e vender irregularmente imóveis e terrenos em áreas de proteção ambiental. Não se tem notícia de nenhum processo administrativo disciplinar aberto contra ele. A PM continua pagando seu salário em dia. Não será surpresa se em breve ele receber uma nova promoção, com um gordo aumento de salário.

Capitão preso acusado de ser chefe de milícia, traficante de drogas e armas e de praticar extorsão, homicídio e agiotagem

Às seis horas da manhã, policiais do Grupo de Atuação Especial de Combate ao Crime Organizado do Ministério Público do Estado (Gaeco/MPRJ) saem às ruas para realizar a prisão de mais um criminoso perigoso. De acordo com a denúncia, o meliante aterroriza moradores das regiões de Vargem Grande e Vargem Pequena, na zona norte do Rio. Esse marginal é de alta periculosidade e comete seus crimes com muita violência, por isso é temido na região. O procurado é ninguém menos que um capitão da Polícia Militar, mais um oficial que se esconde atrás da farda para cometer crimes.

O capitão em questão é acusado de montar e chefiar um grupo paramilitar – uma milícia armada – e de praticar diversos crimes, como tráfico de drogas e armas, extorsão, agiotagem, homicídio e corrupção ativa. O grupo é suspeito de ter assassinado seis pessoas em apenas dois anos. A vida criminosa que o capitão leva não é exatamente um segredo, e dentro da corporação muitos conhecem sua conduta delituosa. No entanto, justamente por ser oficial e ostentar estrelas no ombro, integrantes da alta cúpula da PM não fizeram quase nada para investigá-lo e prendê-lo; ao contrário, ele foi presenteado com a chefia do Departamento de Contratos da Diretoria de Transportes. Lá, o capitão era responsável por fiscalizar gastos da corporação, supervisionar contratos com as oficinas mecânicas credenciadas pela PM para fazer a manutenção das viaturas e punir administrativamente empresas fornecedoras que não cumpriam os contratos.

O capitão também foi nomeado responsável por apurar quem descumpria contratos de fornecimento de alimentos para os batalhões, bem como por verificar atrasos na entrega dos gêneros alimentícios. Comandantes do Estado-Maior da PM colocaram um possível criminoso, corrupto e miliciano para fiscalizar contratos e gerenciar verbas da corporação. O oficial acusado de cometer tantos crimes ainda participava do Conselho de Justificação, que julgava se outros oficiais também acusados de praticar crimes como os dele poderiam ou não permanecer na PM. O resultado desses julgamentos é altamente previsível.

Poucos dias antes de ser preso, o capitão foi elogiado e ainda teve sua permanência à frente do órgão fiscalizador da PM defendida, com integrantes da corporação dizendo que sua presença era de suma importância no comando da Diretoria de Transportes, pois vinha desenvolvendo a função satisfatoriamente. Talvez por isso vemos tantos ranchos[13] servindo comida de péssima qualidade, muitas vezes apenas arroz, feijão e ovo, e com tantas licitações possivelmente fraudadas. Afinal, um dos oficiais responsáveis por impedir que tais coisas ocorressem foi acusado de cometer delitos gravíssimos. A mesma operação que prendeu o capitão também deteve um cabo da PM, que muito provavelmente será excluído. Seu processo administrativo disciplinar foi aberto em pouco tempo após as denúncias e muito provavelmente culminará na sua expulsão da corporação. Líderes da instituição o veem apenas como um boquirroto, um zé-ninguém, um praça. Já o capitão foi enviado para a DGP e, quando a poeira baixar, provavelmente será promovido aos postos mais altos da instituição. Ele tem o perfil ideal para ocupar certos cargos.

Major acusado de planejar o roubo de um caixa eletrônico

O ano de 2004 foi tenebroso para o estado do Rio de Janeiro, pois os números da violência explodiram. Roubos a pedestres e a veículos estavam em alta, e uma nova modalidade de crime crescia velozmente: o roubo a caixas eletrônicos – isto é, os bandidos passaram a roubar os caixas eletrônicos, e não as instituições bancárias em si. Nesses crimes, utilizavam dinamite para explodir os caixas e roubar o dinheiro.

Enquanto autoridades se esforçavam para tentar prender essa quadrilha de marginais, que utilizava táticas terroristas para cometer seus crimes, o impensável acontece: um oficial da Polícia Militar dirige-se à Corregedoria da PM para denunciar um outro oficial, um capitão, alegando que ele estava buscando ajuda para efetuar furtos a caixas eletrônicos. O tenente relatou que, na ocasião, o tal capitão teria proposto a ele participar do furto que ocorreria naquela madrugada na área em que trabalhava. Ainda de acordo com o tenente, o capitão teria sugerido que, se ele não quisesse participar da escolta do produto do

---

13. Nome que se dá ao refeitório onde os praças se alimentam.

roubo, ao menos deveria afastar o policiamento previsto para o local e facilitar o sucesso do crime.

Naquela madrugada, o capitão, que era lotado no batalhão policial responsável pelo patrulhamento da Barra da Tijuca e imediações, estava de plantão em uma ocupação de uma comunidade próxima. Segundo o processo administrativo, ele trocou de motorista e de viatura sem o conhecimento e sem a autorização de ninguém, passando a usar uma viatura sem GPS dirigida por um policial de sua confiança: um ex-cabo, expulso da corporação após o caso vir à tona. Eles percorreram 186 quilômetros de maneira clandestina para executar a empreitada delituosa.

Mesmo com esse histórico absurdo, o capitão foi promovido ao posto de major. Já os policiais militares que estavam com o capitão naquela noite, e que sob seu comando cumpriram suas determinações, inclusive o motorista que estava com ele e dirigia a sua viatura, foram presos e rapidamente expulsos da PM, enquanto o recém-promovido major ganhou de presente, após sua empreitada criminosa, o cargo de subcomandante de um batalhão policial envolvido em diversas denúncias de corrupção.

O major chegou ao cargo de subcomandante em um dos batalhões que, segundo denúncias, está entre os mais corruptos da Polícia Militar: somente em 2017, 96 policiais de baixo escalão lotados nesse batalhão foram presos e expulsos, acusados de envolvimento em corrupção. O processo contra o agora major se arrasta desde 2004 e até hoje não houve solução. Se na época em que era capitão não houve nenhuma punição administrativa ou disciplinar por ele ter planejado um furto a caixa eletrônico, imagine agora, que é major de polícia e oficial superior.

O caso relatado é mais um exemplo que escancara o corporativismo existente entre os oficiais corruptos da corporação e como isso pode ser prejudicial à sociedade: situações como essa minam a confiança nas instituições, distorcem o funcionamento da justiça e perpetuam um ciclo de impunidade.

Não é incomum o envolvimento de agentes em roubos a instituições bancárias. Policiais afirmaram que muitos anos atrás existiu uma quadrilha de oficiais conhecida como Bonde das Estrelas, e eles eram especialistas em roubar caixas eletrônicos e assaltar bancos, mas, nesse caso, há um detalhe: essa quadrilha era composta por tenentes, oficiais em início de carreira. Segundo os mesmos relatos, já se passaram muitos anos e esses tenentes nunca foram punidos; hoje, são oficiais superiores, coronéis de polícia, muitos deles comandantes de batalhões de regiões extremamente pobres e violentas, e, coincidentemente, após assumirem esses batalhões, houve vários roubos a caixas eletrônicos e agências bancárias. No mesmo dia em que um desses coronéis e possível integrante do Bonde das Estrelas assumiu o comando de um batalhão, houve um grande assalto na área dessa unidade, e três agências bancárias foram explodidas e roubadas. É muita coincidência. Especula-se que, quando eram tenentes com poderes limitados, eles já praticavam esses delitos e ficavam impunes. Agora, como coronéis, com todo o poder que possuem, será que deixaram de praticar esses ou outros crimes? A resposta, podemos presumir.

Oficiais de alta patente que chefiavam uma Coordenadoria de Policiamento de Área acusados de envolvimento em corrupção

Muitas denúncias começam a pipocar na Corregedoria da Polícia Militar. Todas convergem para o mesmo sentido: oficiais de alta patente que trabalham numa Coordenadoria de Policiamento de Área (CPA), uma espécie de órgão responsável por chefiar os batalhões convencionais da PM, estão envolvidos em um grande escândalo de corrupção. Aliás, como dizem alguns policiais, certas CPAs deveriam ter o nome de "Coordenadoria de Policiamento do Arrego", pois são as responsáveis pela logística do dinheiro que é arrecadado de maneira ilícita, destinando a quem de direito sua parte do arrego.

As informações são precisas e demonstram com riqueza de detalhes como o crime ocorre: PMs percorrem o comércio por causa de alguma irregularidade que eles mesmos identificam para achacar os proprietários e receber propina para não autuá-los. Esses policiais, lotados no serviço reservado (P2), também vão a pontos de jogo do bicho e a bares com maquininhas caça-níqueis para buscar o arrego, ameaçando fechar os estabelecimentos e prender os donos que se recusarem a pagar a propina exigida.

O crime está configurado, mas existe um detalhe que impede que qualquer operação policial seja deflagrada: há nomes de oficiais de alta patente em jogo. Há coronel, major, capitão e tenente no meio, e isso complica as coisas. Antes que a investigação prossiga e os culpados sejam presos, deve-se pensar num jeito de incriminar e excluir somente os praças envolvidos, sem prejudicar os oficiais. A tarefa é difícil, tendo em vista o grau de envolvimento dos oficiais, mas foi cumprida.

Um sargento lotado na P2 de uma Coordenadoria de Policiamento de Área foi preso em flagrante com R$ 17 mil na bolsa. O dinheiro estava separado e continha anotações indicando postos e nomes de oficiais de alta patente lotados na CPA. Resultado da investigação interna realizada por integrantes da Polícia Militar: os oficiais eram todos inocentes. Embora o dinheiro apreendido com o sargento estivesse separado e identificado com as iniciais dos nomes e as patentes de oficiais lotados naquela coordenadoria, e fosse de conhecimento que ele apenas cumpria a ordem de buscar a quantia fruto de pagamento de propina, nenhuma atitude enérgica contra os oficiais foi tomada, nenhuma outra investigação foi aberta. Apenas o praça com mais de 20 anos de polícia foi sumariamente demitido.

O inquérito aberto chegou à conclusão de que os oficiais não tinham nenhum envolvimento com o crime, mas, mesmo sendo declarados inocentes, o Estado-Maior tomou a atitude de trocar o coronel comandante da CPA e movimentá-lo junto com os demais oficiais para a DGP, a "geladeira" da PM, prática comum quando envolve oficiais de alta patente. Uma ação no mínimo estranha, já que se chegou à conclusão de que eles não eram culpados.

Major condenado por assassinar a ex-mulher não foi expulso da corporação; como forma de punição, foi apenas aposentado

Com a chegada do final do ano, muitas famílias se reúnem para as festas de *réveillon*. Era exatamente isso que uma bancária carioca pretendia fazer ao ir à casa do ex-marido: buscar o filho para que, juntos, comemorassem a chegada do Ano-Novo.

Ela caminhou até o portão da casa e chamou o ex-marido várias vezes, mas não obteve resposta. Ao perceber que seu filho, um bebê, não estava no local, resolveu buscar informações sobre o paradeiro da criança. Nesse momento, ela foi surpreendida pelo ex-marido, que estava

OFICIAIS DO CRIME

armado. Ela tentou correr, mas sem sucesso: o homem desferiu onze tiros na ex-esposa. Três disparos acertaram as costas da vítima, que caiu no meio da rua. O assassino ainda desferiu mais oito tiros na mulher, já caída e sem a menor chance de defesa. Ela morreu no local. Seu corpo ficou jogado no meio da rua, sendo abraçado pelo pai, um senhor de 64 anos que, desolado, não acreditava no que estava acontecendo.

Esse crime monstruoso aconteceu à luz do dia e diante de várias pessoas. A bancária já havia denunciado seu ex-marido várias vezes à polícia, pois havia muitos anos vinha sofrendo com o relacionamento violento, inclusive sendo vítima de sequestro, abusos, agressões, tortura física e psicológica. Porém, mesmo diante de tantas denúncias, o acusado nunca havia sido preso. O pai da vítima contou à polícia que o homem estava havia um ano aterrorizando a mulher e dizendo que, se ela o largasse, ele mataria toda a família. A irmã também relatou que ele arrombou o apartamento da vítima, retirou o neném de lá e o levou para a sua residência. Ele a obrigou a assinar o termo de guarda da criança, sem que fosse preciso ir à justiça, dizendo que, quando ela quisesse ver o filho, bastaria ir à casa dele. Nesse sentido, ficou claro que ele premeditou o assassinato.

Diante de tanta barbaridade e de sinais claros de que uma tragédia era iminente, por que o homem nunca havia sido preso? Por que nenhuma medida protetiva foi oferecida pelo estado a essa vítima? A resposta: o homicida é major da PM.

Logo após cometer o crime, o major acendeu um cigarro e entrou calmamente em sua casa, onde vestiu sua farda de oficial da PM e ligou para o 190. Menos de dez minutos depois, uma viatura do batalhão de Niterói chegou ao local para levá-lo à delegacia. Ao recebê-lo, seus colegas de farda prestaram continência ao major assassino. Na delegacia, ele alegou ter agido em legítima defesa, afirmando que a vítima o teria ameaçado de morte para ficar com o bebê. O oficial superior da PM foi autuado por homicídio duplamente qualificado, com dois agravantes: motivo fútil e sem dar chance de defesa à vítima. Três anos e quatro meses após cometer o bárbaro assassinato, o major foi condenado pelo tribunal do júri a uma pena de 23 anos de prisão em regime fechado. Na esfera comum, a justiça foi feita, já na administrativa o corporativismo maquiavélico existente falou mais alto. O major não foi punido pelos seus pares oficiais, tampouco ficou preso administrativamente. A vítima já o tinha denunciado à PM, mas nunca foi aberta uma sindicância para apurar os fatos. Agora, veja a sentença que o Conselho de Justificação, formado por outros colegas oficiais da PM, impôs ao assassino condenado: " E, atento a tudo que restou apurado nestes autos de Conselho de Justificação, tenho que não é conveniente que se decrete a perda do posto da patente do oficial, por faltar proporcionalidade a essa apenação extrema. Dessa forma, embora considerado não justificado o oficial, declarando-se sua incapacidade de permanecer na ativa, determina-se a sua reforma com proventos proporcionais ao tempo de serviço".

Ele foi reformado e aposentado, e comandantes da PM entenderam que expulsá-lo da corporação seria uma pena desproporcional ao bárbaro homicídio que cometeu. Ou seja, para alguns líderes do Estado-Maior da PM, é mais grave expulsar um oficial que matar alguém. O assassino vai continuar recebendo normalmente seu salário da PM.

A absurda decisão foi publicada no Boletim Disciplinar Reservado da corporação. Desde quando cometeu o assassinato ele já recebeu dos cofres públicos mais de 1 milhão de reais.

Major comandante de UPP acusado de praticar diversos crimes

Policiais de uma UPP começam a estranhar a postura de um comandante em relação à sua subordinada. Carícias e afagos são trocados entre eles, encontros a portas fechadas dentro do alojamento e saídas durante o expediente estão se tornando cada vez mais comuns. Coincidentemente, a policial militar envolvida começa a gozar de cada vez mais privilégios em relação aos demais policiais. Ela não usa mais farda, vai trabalhar quando quer, não é mais escalada em serviços extras e começa a se comportar como subcomandante da unidade. Essa PM é cabo de polícia, uma graduação muito baixa, por isso ela é proibida pelo regulamento de assumir qualquer posto de comando.

Até que, por fim, um escândalo vem à tona: uma denúncia aponta que o major comandante estava tendo um caso extraconjugal com sua subordinada, que era casada. Uma conduta que deveria ser discutida na esfera cível, não fosse uma particularidade: atos libidinosos estavam sendo praticados entre os dois dentro das instalações militares, o que é proibido por lei. Adicionalmente, o major foi acusado por outro major de praticar diversos outros crimes enquanto era comandante de uma Unidade de Polícia Pacificadora. A denúncia relata que o chefe da unidade havia mantido relações sexuais com uma cabo da PM dentro do alojamento em pleno horário de expediente, além de costumeiramente promover churrascos regados a muita bebida alcoólica durante o trabalho, embriagando-se em serviço. O major também é acusado de manipular escalas para beneficiar policiais com os quais mantém relação de confiança e, finalmente, de estelionato, tráfico de influência, pederastia, falsidade ideológica e prevaricação.

Cabe ressaltar que essas acusações foram feitas por outro major, colega de trabalho, após este descobrir que sua esposa, uma cabo, mantinha um relacionamento extraconjugal com o major comandante da UPP. Apenas dois dias após essas denúncias virem à tona, inclusive com ampla divulgação da imprensa, a cabo envolvida no escândalo foi punida geograficamente e transferida para outra unidade. Entretanto, o major que figura como denunciado, por ser oficial de alta patente, não sofreu nenhuma punição, absolutamente nada, nem mesmo foi retirado do comando da UPP.

O caso mencionado parece insignificante diante de tantas denúncias graves que se acumulam contra várias Unidades de Polícia Pacificadora. Em outra UPP, policiais relataram que a unidade enviava um suborno de R$ 100 mil para a alta cúpula corrupta da corporação. De acordo com essas denúncias, o valor semanal da propina paga pelo tráfico era de R$ 200 mil, sendo que R$ 100 mil eram mandados diretamente para o alto escalão, e o restante era dividido entre o major ex-comandante da UPP e o coronel ex-chefe da Coordenadoria de Polícia Ostensiva. Talvez quem olhe de fora possa se impressionar com essa quantia – afinal, R$ 200 mil semanais perfazem um montante muito alto. Entretanto, esse pensamento depende exclusivamente do ponto de vista de quem olha. Essa Unidade de Polícia Pacificadora foi, durante muito tempo, uma mina inesgotável de dinheiro ilícito. São milhares de maquininhas caça-níqueis, centenas de pontos de jogo do bicho e inúmeras bocas de fumo espalhadas por toda a favela. Em qualquer ponto da comunidade, mesmo nas vias principais, é possível constatar a prática desses e de diversos outros crimes. Basta percorrer as vias e estradas principais, locais de fácil acesso e de grande movimentação de pessoas, inclusive turistas, para testemunhar a omissão do poder público. Segundo informações, outra grande fonte de renda gerada pelo crime organizado e dividida com os comandantes corruptos envolve os milhares de imóveis alugados pelo tráfico aos comerciantes e moradores, além do maior serviço de mototaxistas de todo o estado do Rio de Janeiro. Só esse serviço movimenta um lucro anual de cerca de R$ 26 milhões, aproximadamente R$ 2 milhões por mês. Além do mais, o gás e a água comercializados na comunidade só podem ser comprados de depósitos existentes dentro da comunidade onde existe a UPP, a preços superfaturados, sendo que o gás vendido nessa comunidade é o mais caro de todo o estado do Rio, o que gera uma grande receita. O sistema ilícito criado no interior dessa comunidade é tão bem organizado que faria inveja a muita empresa de logística. Então, para o tráfico, vale muito a pena pagar R$ 800 mil de arrego e não ser incomodado em um negócio que gera um lucro de dezenas de milhões de reais.

Segundo informações, o dinheiro da propina é pago pelo "sintonia", pessoa responsável por viabilizar o pagamento via associação de moradores. É um acordo espúrio em que todos saem ganhando, menos a população honesta.

Ante o exposto, independentemente das denúncias ou dos escândalos que surgiram nessa UPP, enquanto o comando corrupto não caísse, o comandante da unidade também não sairia. Por isso, víamos uma total omissão por parte de integrantes do Estado-Maior da PM diante de todos os escândalos que costumeiramente eram noticiados na mídia referentes a essa unidade. Desde que o oficial superior assumiu essa UPP, diversas imagens de marginais fortemente armados desfilando tranquilamente pelas ruas da região foram vistas; em diversas ocasiões, o próprio líder do tráfico de drogas, com mais de dez mandados de prisão em aberto, também estava presente.

Um outro comandante teve a audácia de emitir uma diretriz oficial permitindo que uma produtora filmasse dentro das instalações de uma coordenadoria. Além disso, autorizou a sobreposição de adesivos aos nomes oficiais das bases e a participação de policiais como atores, utilizando veículos muito semelhantes aos oficiais. Isso representa um completo desvio de finalidade e uma afronta ao princípio da moralidade.

Sobre o caso extraconjugal entre o comandante e sua subordinada, sobrou mesmo para a cabo segurar sozinha toda a responsabilidade pelos crimes. Por ela ser praça, possivelmente será punida; já o major, é bem provável que seja promovido a coronel.

Em que pese a acusação de que relações sexuais foram praticadas entre o oficial comandante e sua subordinada dentro das instalações militares e em horário de expediente, não houve surpresa alguma quando se soube que o major ficaria impune. Afinal, embora seja um crime tipificado no Código Penal Militar, trata-se de uma prática comum dentro de algumas unidades da PM. Assim como esse caso ocorrido na UPP, centenas de outros semelhantes se espalham pelos batalhões. Houve até um episódio cômico ocorrido com o comandante de um batalhão: ao praticar relações sexuais com uma policial dentro do seu gabinete, em horário de serviço, o coronel acabou derrubando a divisória da parede e caindo no interior de outra seção junto com a policial, ambos completamente nus. Embora soubessem que isso já ocorria havia meses, inclusive culminando com o flagrante, ninguém fez absolutamente nada, pois se tratava do "zero um" do batalhão.

Quadrilha de oficiais que furtava cabos de fibra ótica

A cena se repete nas madrugadas cariocas: uma suposta empresa de telefonia para o carro em um bueiro de rua da zona sul e pseudotécnicos supostamente realizam manutenção preventiva e corretiva nas redes subterrâneas de fibra ótica. São homens uniformizados e identificados com crachá; eles utilizam todo o equipamento de segurança normativo, por isso, qualquer um que passe pelo local pensa se tratar de um serviço normal. Os homens trabalham praticamente a madrugada toda, acabam o serviço e partem para o trabalho em outra localidade, sempre com escolta policial. O material que manipulam é muito valioso, por esse motivo a equipe é escoltada por uma viatura da Polícia Militar. A proteção se faz necessária, pois alguns furtos de equipamentos têm sido relatados por empresas de telefonia regulamentares.

Ao contrário do que possa parecer, o que ocorre não é um serviço normal preventivo e corretivo nas redes de telefonia, e sim um crime; os homens uniformizados que ali trabalham não são técnicos, e sim bandidos: eles estão furtando cabos de fibra ótica. Mas e a viatura da PM que os escolta, será que também é algum veículo adulterado, assim como os veículos adesivados de empresas fictícias que participam da ação? Lamentavelmente, não! Na verdade, o que foi descrito é mais uma ação criminosa da qual bandidos e agentes do estado se locupletam igualmente.

Diante de uma crescente onda de furtos de cabos de telefonia, a Polícia Civil passa a investigar essas quadrilhas, para tentar descobrir como elas agem e quem são seus líderes. Com a elucidação do crime e a prisão em flagrante de alguns homens, o que vem à tona é estarrecedor: os chefes dessas quadrilhas, segundo a denúncia da Polícia Civil, são oficiais da Polícia Militar, e eles estavam utilizando veículos da corporação para dar suporte a toda a empreitada criminosa, sem levantar suspeita.

Com o resultado das investigações, dois oficiais da Polícia Militar acabaram presos por terem montado e liderado esse esquema criminoso. Dois capitães, ambos lotados em batalhões da PM, foram detidos em flagrante, coordenando e dando cobertura ao crime. Um deles enganou até mesmo outros PMs, pois, usando de sua ascendência funcional, determinou que dois policiais militares fossem com uma viatura escoltar o falso serviço noturno de manutenção que seria realizado. De boa-fé, os PMs cumpriram a determinação, porém não faziam ideia de que o que estava ocorrendo na verdade era um crime. Os dois capitães, segundo a denúncia, lucravam em cada ação em torno de R$ 300 mil com o roubo dos cabos. Porém, nem mesmo as prisões realizadas pela Polícia Civil foram capazes de levar o comando da PM a expulsar os oficiais marginais. Incoerentemente, esses oficiais presos integravam o conselho responsável por julgar processos administrativos de praças da PM; provavelmente, muitos dos praças excluídos por eles foram demitidos de maneira injusta, por vezes de forma ilegal. Ilogicamente, diversos oficiais que votam para expulsar um praça por uma mera transgressão disciplinar são os mesmos que cometem os mais gravosos crimes.

Tenente Band, atravessador de bebida alcoólica para dentro do presídio

O Rio é uma cidade quente, onde a temperatura passa facilmente dos 30 ºC. Para muitos policiais, uma boa maneira de se refrescar é tomar a popular cervejinha, muito cultuada nos encontros de PMs. Nos

OFICIAIS DO CRIME

churrascos não pode faltar a bebida gelada, por isso ela é comprada em grande quantidade e com antecedência.

Um grande encontro de policiais está próximo de ser realizado. E, para não faltar a cervejinha do guarda, uma imensa quantidade de bebidas foi encomendada – 2.628 latas de cerveja de 475 ml, os populares "latões", para ser mais exato. A carga foi entregue no prazo, está tudo pronto para a festa começar. Fotos mostrando a quantidade gigantesca de cerveja são compartilhadas nas mídias sociais, e isso gera uma dor de cabeça terrível, não por causa das cervejas em si (afinal, tomar uma geladinha não é crime), mas sim por causa do local onde elas estavam e do lugar onde seria realizada a festa. A confraternização, segundo a denúncia, foi organizada por policiais presos no Batalhão Especial Prisional (BEP), presídio que mantém detidos os PMs acusados de crimes no Rio de Janeiro, e a carga de latas de cerveja foi encontrada no estacionamento desse local.

Um dos responsáveis pela unidade na época era um tenente bastante conhecido entre os oficiais da Polícia Militar. Ele ostentava um apelido bem curioso entre seus pares: era popularmente conhecido como "Tenente Band". O motivo, muitos sabem: em tudo que era ilicitude e contravenção penal se dizia que ele estava envolvido. Esse oficial foi instrutor do Curso de Formação de Soldados da PM. E, segundo relatos, em vez de ministrar as aulas, vivia divulgando as festas clandestinas que promovia, sempre com a presença de prostitutas, muita bebida alcoólica e o que mais qualquer um quisesse levar. Ele dizia que o limite era não ter limite. O nome de uma das festas que ele promoveu foi "Vem pro meu mundo", pois disse que levaria suas garotas de programa particulares para alegrar a rapaziada. O ingresso custava R$ 100 e era negociado no interior do pelotão, durante as aulas.

O Tenente Band foi condenado a seis meses de prisão pela Justiça Militar por ter liberado a entrada de um carro carregado com 2.628 latas de cerveja no Batalhão Especial Prisional (BEP), em Benfica. Os policiais que estavam de serviço no dia foram presos em flagrante delito e rapidamente mandados embora da PM. A exceção foi o Tenente Band. Oficiais da PM que o julgaram entenderam que, mesmo sendo ele o chefe da operação clandestina, ainda era digno do posto que ocupava. Como consequência, aplicaram-lhe a "severa" punição da aposentadoria compulsória, mantendo-o nas fileiras da corporação com seu posto de oficial e seu salário integral em dia. Um oficial bem jovem ganhou como punição uma aposentadoria vitalícia por ter sido condenado pela justiça comum. Já os praças envolvidos no mesmo escândalo, alguns deles inocentados na justiça, ganharam uma justa causa e foram expulsos da PM, sem direito a nada.

Os episódios aqui mencionados, em sua maioria, são amplamente conhecidos, inclusive foram noticiados nos mais importantes meios de comunicação do país. Eles envolvem oficiais que desonraram o nome da Polícia Militar, criminosos que foram condenados por diversos delitos, muitos deles graves, e mesmo assim nada sofreram no âmbito administrativo. Eles foram beneficiados pelo corporativismo nefasto que impera no oficialato da Polícia Militar.

Uma instituição bicentenária que por vezes é chefiada por uma quadrilha que desonra sua história

Para cumprir suas obrigações constitucionais, a PM possui uma estrutura gigantesca; são dezenas de batalhões, divisões e instalações. Todas essas unidades são comandadas por oficiais e, infelizmente, em muitas delas há corrupção. Em diversos batalhões, CPAs, CPOs, instalações hospitalares e, principalmente, nos quartéis de comando, existe algum esquema fraudulento acontecendo. A maneira como a Polícia Militar é estruturada facilita a perpetuação dos crimes – o erro já começa na forma como se dá o ingresso nas fileiras da corporação. Como já foi explicado anteriormente, existem duas portas de entrada: o concurso para ingressar na carreira de oficial (CFO) e o concurso destinado a formar praças (CFSD). Essa diferença já cria desde os bancos escolares uma segregação absurda na Polícia Militar. São realmente duas instituições distintas.

Embora vários oficiais nutram o sentimento de que são indispensáveis à corporação e de que sem eles a polícia acabaria, a realidade é completamente diferente; muitos nem participam ativamente do patrulhamento ostensivo, outros são apenas burocratas, meros assinadores de documentos. Por isso, diversamente do que imaginam, talvez eles sejam os maiores responsáveis pela decadência que ocorre na instituição, pois, como já demonstrado, na maioria das unidades, com raríssimas exceções, a corrupção vem de cima para baixo, e o crime impera intramuros. De acordo com a Pesquisa Nacional de Vitimização (realizada e publicada em 2013 e encomendada pelo Ministério da Justiça) e com pesquisa feita pelo Programa das Nações Unidas para o Desenvolvimento (encomendada ao Instituto Datafolha), a PM é a polícia mais corrupta do país, sendo que, do total de pessoas extorquidas por policiais militares no Brasil, 30,2% são do estado do Rio de Janeiro. Segundo esses levantamentos, o Rio de Janeiro tem mais vítimas de extorsão policial do que todos os demais estados da região Sudeste somados, incluindo São Paulo, que tem a maior população. A amostra da pesquisa entrevistou 78 mil pessoas. De acordo com outra pesquisa, feita pelo Instituto Gerp em 2014, a maior parcela dos cariocas (39%) identificava a corrupção como o principal problema da PM. O excesso de violência era o quarto quesito apontado (8%), depois da falta de treinamento (20%) e da remuneração (13%). Podemos concluir, a partir dos dados apresentados, que a PM está muito longe de oferecer à população em geral o serviço de excelência que deveria prestar, e a maior culpa disso é da sua liderança, que é totalmente incompetente.

Os oficiais são chefes, gestores e comandantes, e muitos deles são totalmente incapazes de fazer seu trabalho corretamente. Portanto, nunca foi tão necessário debater seriamente uma reformulação total na Polícia Militar. Está comprovado, principalmente pela qualidade do serviço ofertado à população, que o modelo de liderança empregado na PM é totalmente ineficaz. Como já dito, embora o cidadão de modo geral não tenha a menor ideia da existência de todas as mazelas da instituição, ele certamente é afetado por elas. Quando um policial para um carro e, constatando alguma irregularidade, solicita ao motorista uma propina para liberá-lo, podemos fazer o exercício de olhar de trás para a frente: esse mesmo policial corrupto é obrigado a pagar propina ao seu chefe de companhia para não ser perseguido; o chefe, por sua vez, repassa uma parte ao seu superior; no final, a propina chega às mãos do coronel. Esse efeito dominó vira uma bola de neve, até atingir diversos setores da corporação. A corrupção cega o agente público e o impede de agir de acordo com a lei. Definitivamente, a corrupção é um câncer metastático.

É claro que ela não é exclusividade de integrantes da PM, já que servidores de muitos outros órgãos também se envolvem em escândalos de corrupção. No entanto, ao contrário do que ocorre em outras instituições, parece haver um esquema de encobrimento de crimes na liderança da PM. Oficiais corruptos se acobertam e se protegem; consequentemente, perpetuam-se no poder e, mesmo cometendo os mais graves desvios de conduta, continuam eternamente impunes. Enquanto não houver um órgão correcional externo atuante, não haverá nenhuma melhoria na instituição. A Corregedoria da Polícia Militar praticamente não investiga a fundo oficiais de alta patente, a polícia reservada (P2), muito menos. A maior parte das operações correcionais só é realizada no alojamento dos praças, quase nunca no dos oficiais. Não se tem notícia de que algum órgão correcional interno tenha ido até o alojamento de oficiais, em especial oficiais superiores, para realizar algum tipo de diligência. Arrombamentos e operações de busca e apreensão em armários de coronéis nunca ocorreram. A prática delituosa não só é tolerada como é institucionalizada dentro da PM. Pode-se afirmar com certeza que, na maioria dos batalhões em todo o estado, há crimes sendo praticados por quem deveria combatê-los. Alguns batalhões em especial são campeões no quesito corrupção. Vamos aos exemplos.

Batalhão de Duque de Caxias

O município de Duque de Caxias, na Baixada Fluminense, estado do Rio de Janeiro, tem uma área total de 467.271 km, e sua população, em 2019, era de 919.596 habitantes – é o município mais populoso da Baixada Fluminense, o terceiro mais populoso do estado e o 18º mais populoso do país, e toda a sua área é atendida por um único batalhão.

Esse município é considerado por oficiais superiores corruptos a mina de ouro da PM, a joia da coroa, pois é bastante industrializado e possui várias favelas dominadas por facções criminosas. Uma combinação perfeita, um terreno rico para ser minerado. Afinal, segundo informações, empresários corruptos, jogo do bicho, contravenção penal e, principalmente, o tráfico de drogas das favelas do Lixão, Corte Oito, Complexo da Mangueirinha, Santa Lúcia, Parada Angélica, Vila Ideal, Vila Operária e Parque das Missões pagam milhões de reais em propina para não ser incomodados em suas práticas criminosas.

Só um determinado coronel que comandou a unidade, de acordo com informações repassadas pela tropa, recebia em torno de R$ 100 mil por semana para não coibir os delitos que ocorrem no município. São R$ 400 mil por mês exclusivamente para o coronel corrupto. Inclusive, um subtenente PM irmão de um dos coronéis que já comandaram o batalhão é suspeito de ser um dos maiores milicianos do município de Duque de Caxias e o responsável por fazer todas as articulações entre o poder paralelo e o poder do estado. Há denúncias de que setores do batalhão são leiloados para policiais corruptos; quanto mais rentável for o setor, mais alta será a propina paga aos oficiais desonestos. Informes dizem que oficiais corruptos cobram de policiais igualmente corruptos até R$ 2 mil para quem quer trabalhar em setores como Grupamento de Ações Táticas (GAT), Patrulhamento Tático Motorizado (Patamo) e Policiamento de Trânsito e Serviço Reservado (P2), valores que certamente são pagos por alguns, pois eles faturam muito mais que isso com práticas criminosas. O batalhão é dividido e diversos setores precisam pagar uma caixinha semanal a alguns oficiais chefes de companhia; estes, por sua vez, dividirão com outro superior, até que chegue ao desonesto coronel comandante a parte que lhe pertence.

Essa unidade está constantemente na mídia, infelizmente por motivos pouco positivos, e rotineiramente tem seu nome envolvido em escândalos de corrupção. De 2012 a 2020, mais de 150 policiais lotados no batalhão de Duque de Caxias foram presos e expulsos da PM, todos policiais de baixa graduação, por envolvimento em diversos tipos de crime: extorsão a traficantes, recebimento de propina, assassinatos, sequestros, tráfico de armas e drogas etc. O crime alcançou níveis tão inaceitáveis nessa unidade que, durante algum tempo, policiais já expulsos da corporação, segundo informações, assumiram o serviço e foram trabalhar normalmente – mesmo não pertencendo mais à corporação, pegaram armas que pertenciam à PM dentro da reserva de armamentos e passaram a cometer novos crimes. Investigações apontam que policiais desonestos chegaram a cometer assassinato e a jogar dois corpos atrás do muro do batalhão, arremessando a cabeça decepada de um deles para dentro do pátio da unidade, por cima do muro. Estranhamente, de todos os policiais presos e excluídos, nenhum é de alta patente. Mesmo que muitos saibam que os mais corruptos do batalhão, os reais responsáveis pelos esquemas praticados na unidade, sejam comandantes desonestos, não se tem notícia de que algum deles tenha sido preso pela PM ou excluído, um verdadeiro absurdo praticado por líderes da instituição. O resultado de tamanha impunidade é a expansão do crime no município de Duque de Caxias.

Batalhão da Penha e seu entorno

Foram três dias de intenso tiroteio na região do complexo da Cidade Alta, um conjunto de comunidades formado pelas favelas Porto Velho I, Pé Sujo, Beira, Pica-Pau, Vista Mar, Bancários, Divineia, Avilã, Serra Pelada, Vila Cambuci, Ministro e Cinco Bocas. Como na imensa maioria das comunidades carentes do Rio de Janeiro, na Cidade Alta também há forte presença do tráfico de drogas. Porém, os tiroteios que estavam ocorrendo durante esse período eram atípicos, deixando os moradores do bairro de Cordovil bastante assustados. Todavia, mesmo com a escalada da violência, o batalhão da área se manteve totalmente inerte, até que a guerra explodiu, culminando em morte de pessoas inocentes, moradores feridos, ônibus incendiados na Avenida Brasil e uma noite inteira de intensos tiroteios.

Diante de tudo isso, a pergunta persiste: por que o batalhão responsável pela área se manteve estático diante da guerra? A história da unidade nos ajuda a entender.

Localizado no bairro de Olaria, esse batalhão também é bastante cobiçado por oficiais superiores corruptos. E eles já envolveram o nome da unidade em diversos escândalos de corrupção, chegando até mesmo, de acordo com denúncias oferecidas pelo Ministério Público, a alugar o seu veículo blindado para traficantes do Comando Vermelho, pelo valor de R$ 1 milhão.

Segundo informações, alguns policiais lotados no batalhão recebem propina mensal do tráfico de drogas das favelas situadas em sua área de atuação. Há suspeitas de que sua maior arrecadação seja proveniente do complexo da Cidade Alta, cujos traficantes chegam a pagar R$ 500 mil por mês a agentes da unidade para não ser incomodados e para que o tráfico de drogas não seja combatido. Os policiais que trabalham em setores mais tranquilos relatam que precisam pagar ao oficial chefe para continuar trabalhando nesses locais, do contrário são mandados para os piores lugares, os mais violentos e com as piores escalas, e passam a ser perseguidos pelos comandantes. É óbvio que um policial que já é mal remunerado não vai tirar do próprio salário para pagar a propina, por isso tentará de alguma forma minimizar o prejuízo e arrecadar o dinheiro de maneira ilícita na rua.

O episódio descrito e que definitivamente maculou a história desse batalhão ocorreu justamente na Cidade Alta. As investigações comprovaram que policiais dessa unidade receberam mais de R$ 1 milhão em propina da facção criminosa Comando Vermelho para auxiliar na retomada da comunidade – o CV havia perdido o controle dos pontos de venda de drogas para a facção rival Terceiro Comando Puro. Segundo a denúncia do Ministério Público, os policiais utilizaram o veículo blindado do batalhão para ajudar os criminosos a chegar ao alto do morro e depois desceram com o líder do Comando Vermelho dentro da viatura policial, após ele ter sido ferido no tiroteio.

Nas gravações às quais a investigação teve acesso, aparecem diversos bandidos reclamando da rasteira que haviam levado dos policiais desse batalhão, que tinham ajudado o Comando Vermelho porque a facção criminosa TCP não concordava em pagar R$ 500 mil por mês de propina. Na ocasião, traficantes tiveram acesso a fardas da Polícia Militar e as utilizaram para, juntamente com PMs, deflagrar a guerra contra os bandidos rivais.

O resultado dessa ação criminosa: várias pessoas mortas, ônibus queimados na Avenida Brasil e três dias de puro terror no Rio de Janeiro. Tudo por culpa da corrupção e da ganância de policiais desonestos. O curioso é que nove policiais foram presos e expulsos da corporação, todos praças, mas aqueles que comandavam a unidade não sofreram absolutamente nenhum tipo de punição, apenas foram transferidos para a Diretoria-Geral de Pessoal.

Batalhão de São Gonçalo

Responsável pela segurança de uma das áreas mais perigosas e violentas do estado do Rio de Janeiro, esse batalhão atua em toda a região de São Gonçalo. Dentro desse município, centenas de ruas foram fechadas por barricadas instaladas por bandidos, e seu território tornou-se praticamente intransitável devido à violência que se instalou.

Porém, o que para a maioria da população é ruim, para uma parcela corrupta de policiais militares é algo muito bom e vantajoso. Quanto mais crimes forem praticados na região, maior será a propina paga a agentes corruptos. A prova disso é que esse batalhão foi alvo da maior operação contra a corrupção policial já realizada no estado do Rio de Janeiro, batizada de Calabar – nome inspirado em Domingos Fernandes Calabar, considerado por muitos o maior traidor da história do país. Segundo historiadores, Calabar foi um conhecido senhor de engenho do Brasil Colonial (século XVII), da capitania de Pernambuco, que se aliou aos holandeses que haviam invadido as terras brasileiras, na época sob domínio português. Conhecedor da região, teria ajudado nas conquistas holandesas. Pois é justamente isso que policiais corruptos fazem: aliam-se ao inimigo e traem o cidadão pagador de impostos; juntam-se ao crime organizado para buscar vantagens indevidas.

Nessa operação, 96 policiais militares foram denunciados por participação em um esquema de extorsão de traficantes, que rendia ao batalhão cerca de R$ 1 milhão por mês. A investigação revelou que os PMs atuavam como suporte logístico para o crime, oferecendo uma variedade de serviços aos traficantes. Por exemplo, eles escoltavam comboios de criminosos, conhecidos como "bondes", e alugavam armas da corporação, inclusive fuzis. Escutas telefônicas autorizadas pela justiça confirmaram que policiais militares sequestravam traficantes e exigiam R$ 10 mil de resgate. O inquérito também concluiu que viaturas do batalhão circulavam semanalmente por São Gonçalo, de quinta-feira a domingo, exclusivamente para coletar propinas, pagas em dinheiro pelos criminosos para garantir que os policiais não interferissem em seus negócios. O valor exigido pelos PMs variava entre R$ 1,5 mil e R$ 2,5 mil para cada equipe de policiais em serviço. Os investigadores estimam que só o esquema de venda de favores e a cobrança de propina exigida a traficantes renderiam pelo menos R$ 350 mil por semana aos PMs do Grupamento de Ações Táticas (GAT), do Patrulhamento Tático Motorizado (Patamo), do Serviço Reservado (P2), do Destacamento de Policiamento Ostensivo (DPO) e da Ocupação em São Gonçalo. Além disso, ficou evidenciado que policiais subiam as favelas fardados para recolher o arrego pago em dinheiro vivo. Há suspeitas de que alguns membros do Estado-Maior da corporação tinham conhecimento dos esquemas de corrupção no batalhão e nada fizeram para impedir. A descoberta do crime só foi possível graças às investigações da Polícia Civil e do Ministério Público.

Logo após as prisões e a divulgação da operação por parte da mídia, assessores de imprensa da PM se apressaram em divulgar uma nota que dizia aos policiais militares que todos haviam iniciado aquele dia incomodados com a operação que estava em curso. Prosseguiam dizendo que todos sentiam na própria pele toda vez que policiais militares eram acusados de crimes graves. E que não se podia deixar de salientar que a operação se fazia necessária para fortalecer a todos. E, ainda, que tal operação, ao contrário do que alguns alegavam, tivera participação constante da Corregedoria Interna da PM, o que mostrava que não tinham sido órgãos externos que haviam protagonizado a ação. Ainda desafiavam outro órgão correcional de qualquer segmento profissional a mostrar resultados tão contundentes quanto a Corregedoria da PM na apuração de desvios e na exclusão de seus agentes[14].

Essa nota de nenhuma maneira reflete a realidade dos fatos. Ao contrário do que ela diz, a corregedoria não fez praticamente nada além de dar suporte, pois todo policial militar quando é preso, independentemente das circunstâncias da prisão ou de quem a efetuou, deve ser escoltado por outro militar mais antigo que ele; por isso, sempre são vistos policiais da Corregedoria da PM junto com membros do MP ou da Polícia Civil nessas operações. Porém, eles só estão lá para conduzir e escoltar os presos. Diferentemente do que ocorre em casos de corrupção envolvendo praças da corporação, em que a área correcional atua de maneira contundente, a corregedoria muitas vezes se mostra leniente quando crimes e transgressões disciplinares são praticados por oficiais do alto escalão. O que se observa é que ela tem se comportado cada vez menos como órgão correcional e cada vez mais como advocacia-geral dos oficiais, especialmente quando há casos que envolvem oficiais de alta patente. Foi criada, inclusive, uma força-tarefa dentro da corregedoria para fiscalizar as redes sociais dos praças da PM. Qualquer policial que, indignado com tantos escândalos de corrupção envolvendo oficiais superiores, ouse postar algo, sofrerá sanções, pois em pouco tempo a

---

14. Disponível em https://g1.globo.com/rio-de-janeiro/noticia/policia-civil-do-rj-faz-megaoperacao-contra-corrupcao-para-prender-pms-e-traficantes.ghtml.

corregedoria inicia uma averiguação com finalidade punitiva buscando calar o policial e, com isso, cercear sua livre manifestação de pensamento, direito garantido pela Constituição Federal. Nessas averiguações, não raro são formados tribunais inquisitoriais com o objetivo de julgar e excluir aqueles que eles entendam representar um risco aos esquemas praticados pelos poderosos. Esse comportamento adotado por alguns comandantes da corregedoria caracteriza total desvio de finalidade e corporativismo, além de ser completamente ilegal.

Há muito tempo desconfia-se que uma parte da corregedoria sabia que oficiais de alta patente estavam envolvidos nos esquemas de corrupção e em nenhum momento agiu para prendê-los. E mais: ao contrário do que se tenta fazer acreditar, os oficiais nem sequer foram investigados, tampouco foi instaurado Conselho de Justificação ou processo administrativo disciplinar em seu desfavor. Excluíram rapidamente da corporação os praças, e novamente os verdadeiros líderes das quadrilhas, os piores bandidos fardados, saíram impunes.

Batalhão de Irajá

Um caminhão que trafegava por Teresópolis, região serrana do Rio, é interceptado por bandidos fortemente armados com fuzis, pistolas e até granadas. Os marginais rendem o motorista e o obrigam a dirigir por centenas de quilômetros. O veículo roubado transportava cigarros, uma carga com alto valor de mercado, avaliada em mais de R$ 600 mil. A mercadoria é muito cobiçada por marginais, pela facilidade de ser descarregada e revendida, por isso muitos roubos como esse vêm acontecendo em todo o estado do Rio de Janeiro. Mas o que um delito ocorrido na região serrana tem a ver com um batalhão localizado em Irajá, a centenas de quilômetros de distância do local do crime? Ele revela o *status quo* que se instalou em mais uma unidade da PM. Vejamos: o batalhão de Irajá é responsável por territórios extremamente perigosos e violentos do Rio de Janeiro. Sua área de patrulhamento abrange bairros cariocas da zona norte que ostentam números alarmantes de crimes, pois são cercados de favelas dominadas por facções criminosas e pelo tráfico de drogas. Novamente, utiliza-se o mesmo raciocínio: quanto mais áreas conflagradas, mais crimes; quanto mais crimes, mais propina recebida.

O traficante não é burro. Ele sabe que operações policiais dificultam a venda de drogas e geram um enorme prejuízo aos negócios, por isso é melhor pagar o arrego e traficar livremente do que ser costumeiramente incomodado por ações repressivas. Sendo assim, batalhões que ficam em áreas conflagradas e com muitas bocas de fumo são os mais disputados por oficiais corruptos, exatamente por serem os mais lucrativos. Estima-se que, em apenas uma das muitas favelas existentes na área do batalhão, traficantes paguem mensalmente R$ 300 mil de arrego a policiais corruptos. E foi justamente nas imediações dessa favela que a carreta de cigarros foi recuperada e desviada para dentro do próprio batalhão.

O caminhão citado, que havia sido roubado por criminosos em Teresópolis, possuía um equipamento de rastreamento acoplado e registrou alguns trechos da rota de fuga dos criminosos. Por volta de meia-noite, ele passou pela região entre as favelas do Dique e da Ficap, na zona norte, e às duas horas da madrugada estacionou na Rua Embaú, na Pavuna. Foi ali que os PMs informaram ter encontrado o caminhão. O batalhão informou que o veículo foi encontrado por um oficial, que não teve o seu nome revelado, e estava completamente vazio. Entretanto, em vez de cumprir todos os protocolos legais obrigatórios em qualquer ação policial dessa natureza – as ocorrências devem ser encaminhadas de imediato à delegacia e informadas às autoridades competentes –, quando o caminhão foi encontrado, nem a empresa de segurança, nem a delegacia especializada, nem o Pátio Legal (que cuida da recuperação de veículos roubados) foram comunicados. O equipamento de rastreio do caminhão continuou operando e registrou que, por volta das sete horas da manhã, ou seja, cinco horas depois de ter sido encontrado pelo oficial, o veículo estava dentro da Central Estadual de Abastecimento (Ceasa) e, em seguida, estacionou no pátio do batalhão. Ressalte-se que o caminhão, de acordo com o depoimento do oficial que o encontrou, estava completamente vazio, mas estranhamente foi levado para dentro da Ceasa. A empresa de segurança avisou a Polícia Civil, que acionou a Corregedoria da Polícia Militar, e ambas foram para a sede da unidade. Lá encontraram o caminhão completamente revirado e sem as caixas de cigarro.

O procedimento realizado pelos policiais foi feito de maneira totalmente irregular, mas nenhum oficial, inclusive o que primeiro encontrou o caminhão, foi investigado. Isso não causa surpresa, pois, segundo informações, a corrupção nessa unidade é sistêmica, a ponto de haver discussões acaloradas entre policiais desonestos por desentendimentos relativos à divisão da propina. Houve um episódio, relatado sob condição de anonimato absoluto, em que, durante uma reunião de oficiais (nesse tipo de reunião, é terminantemente proibida a presença de praças), um tenente chegou a apontar a arma para um capitão, oficial de posto acima do seu, por causa de desavença em relação à partilha do dinheiro proveniente da corrupção. Se verdadeiro, esse episódio deveria ter acabado com o tenente preso em flagrante, pois vários crimes e transgressões disciplinares foram cometidos, mas é como sempre ouvimos: na sacanagem não existe hierarquia. Até mesmo uma vereadora do Rio de Janeiro já havia denunciado a corrupção estruturada e a violência policial nessa unidade. Ela escreveu em suas redes sociais: "Precisamos gritar para que todos saibam o que está acontecendo neste momento... O batalhão está aterrorizando e violentando moradores.... Nesta semana, dois jovens foram mortos e jogados em um valão. Hoje, a polícia andou pelas ruas ameaçando os moradores. Acontece desde sempre e com a intervenção ficou ainda pior". Quatro dias após ter feito essas denúncias, a vereadora Marielle Franco foi assassinada com três tiros na cabeça e um no pescoço. Seu motorista, Anderson Gomes, que dirigia o veículo, também foi assassinado, com pelo menos quatro tiros.

Tanto nesse vergonhoso e obscuro episódio do caminhão roubado como em muitos outros que o antecederam ou sucederam, nenhum oficial foi expulso ou punido; nem mesmo foram abertos contra eles processos administrativos disciplinares para apurar se a conduta foi criminosa.

Batalhão de Belford Roxo

Quem passar pela Rua João Fernandes Neto, em Belford Roxo, Baixada Fluminense, irá se deparar com um pequeno bar, um boteco mesmo, desses que são apelidados de "boteco raiz" e vendem orelha de porco, ovo cor-de-rosa tingido com anilina, sardinha frita com cabeça e tudo, cigarro a varejo e música tocando no *jukebox*. Constantemente, o botequim vive cheio de gente afogando as mágoas e bebendo para esquecer os problemas da vida. Outra cena que chama a atenção é a quantidade de viaturas que param no bar para pegar garrafinhas de água mineral doadas pelo dono – na gíria policial, ele é mais um padrinho dos PMs da área.

Nada disso é crime, porém, o que aparentemente não passa de um boteco, na verdade é mais uma prova de como a corrupção sistêmica alcança os mais variados níveis dentro da PM – e basta pagar o arrego que fica tudo certo. No fundo da birosca há uma pequena porta estreita, um verdadeiro portal. Do outro lado, existe um autêntico mundo paralelo: há várias máquinas caça-níqueis, e o bar serve de fachada para uma casa de bingo clandestina. E não é segredo para ninguém o que acontece ali; assim como esse bar de fachada, existem centenas de outros espalhados por toda a cidade de Belford Roxo e por todo o estado do Rio de Janeiro.

Aliás, uma olhada mais atenta pela cidade faz qualquer cidadão cair para trás, dada a quantidade de crimes que são praticados sem nenhum tipo de repressão. E não estamos falando de crimes como furto de veículos, roubo de pedestres, assalto a propriedades e outros. Embora o número desses crimes seja bastante elevado, na medida do possível eles são combatidos diuturnamente e a custo de muito esforço por valorosos policiais. Aqui falamos do crime de corrupção, da promiscuidade existente entre policiais desonestos, comandantes corruptos, da milícia e do crime organizado, todos mancomunados entre si para, mediante um acordo de cavalheiros, lucrar com atividades ilícitas. Exploração de jogos de azar ilegais, furto e comercialização irregular de sinal de TV a cabo, extorsão disfarçada de segurança particular cobrada de comerciantes e moradores, tráfico de drogas e outros crimes espalhados por toda a cidade são a prova do acordo que existe entre poder público e poder paralelo.

Apontadores de jogo do bicho estão por todos os lados, inclusive nos centros comerciais, e são outra prova contundente de mais um crime praticado sem nenhuma repressão. Ficam ali tranquilamente exercendo a atividade criminosa, muitas vezes na cara da polícia, sem preocupação, pois sabem que não serão incomodados. No bairro Três Setas, Centro da cidade, ao lado de um açougue, tem uma padaria muito antiga, sediada no mesmo local há mais de quarenta anos. Desde muito tempo, à porta dessa padaria, pode-se encontrar um apontador escrevendo o jogo ilegal. A situação é tão cômica – para não dizer trágica – que, ao se consultar o endereço do estabelecimento no Google Maps, o serviço de pesquisa e visualização de mapas e imagens de satélite da Terra fornecido e desenvolvido pelo Google, é possível visualizar a banquinha do jogo do bicho. Isso mesmo, a imagem que pode ser vista por qualquer pessoa no mundo comprova o crime. Na frente da banca de apostas de jogos ilegais ficava baseada uma viatura da PM, e nem isso foi capaz de inibir a contravenção. Na verdade, qualquer policial militar que ouse incomodar o jogo do bicho estará assinando sua transferência para a pior região do estado e posterior sentença de morte, pois essas bancas são intocáveis, já que algum oficial corrupto que comanda a unidade recebe muito dinheiro da contravenção. Sobre o jogo do bicho, é importante ressaltar as palavras de uma promotora de Justiça. Ela declarou: "O jogo não é inocente como parece para a sociedade. Não é uma mera contravenção. Por quê? Porque por trás do jogo nós temos uma grande quadrilha, uma grande organização criminosa, que pratica os mais terríveis crimes, desde homicídios por disputa de território até extorsões, ameaças, lavagem de dinheiro e corrupção".

Embora seja um dos municípios mais pobres do Brasil – de acordo com o IBGE, quase 40% da sua população vive com meio salário mínimo – e ostente uma grande quantidade de comunidades carentes, Belford Roxo ainda é capaz de deixar qualquer comandante corrupto de batalhão rico, e é exatamente isso que tem acontecido. Nos últimos anos, a população desse município viu explodir o número de favelas na cidade, todas isoladas por barricadas, e os locais que não são dominados pelo tráfico são dominados pela milícia – ambos, segundo informações, contam com o apoio logístico de policiais corruptos do batalhão. Há suspeitas de que a Favela da Guachá, o complexo do Gogó da Ema, o Morro do Machado, a Comunidade da Caixa d'Água, o Morro do Castelar, a Favela do Bom Pastor, a comunidade do Parque São José e muitas outras pagam uma boa grana a policiais desonestos.

Segundo informações, o complexo do Gogó da Ema é dono do maior serviço de mototaxistas de Belford Roxo, e ele paga uma generosa propina para evitar que policiais inescrupulosos do batalhão da área fiscalizem irregularidades praticadas pelos mototaxistas. Esse gigantesco serviço de mototáxi fica no Centro da cidade, próximo à ciclovia, em uma das regiões mais populosas do município. Certo dia, policiais militares que patrulhavam a área por meio do programa Polícia Presente – e não eram, portanto, lotados no batalhão policial de Belford Roxo – começaram a abordar esses mototaxistas, motoqueiros que transportam passageiros irregularmente. Todos os que foram parados apresentaram alguma situação irregular, e foram mais de cem, no total. Uns não tinham habilitação, outros não possuíam a documentação da moto em dia (ou mesmo qualquer documento do veículo), havia menores de idade trabalhando de maneira irregular, motos sem placa etc. Uma bagunça, enfim. Porém, quando eram parados, informavam que não entendiam por que estavam sendo incomodados, tendo em vista que o pagamento semanal estava em dia. É assim que funciona a maracutaia: o setor recebe arrego do tráfico, verdadeiro dono do mototáxi, para fazer vista grossa a todas as irregularidades cometidas; esse setor, por sua vez, pega uma parte do arrego e a repassa aos oficiais corruptos, que dividem toda a propina arrecadada pela unidade com os coronéis corruptos do alto escalão.

É incrível o grau de promiscuidade que existe entre poder público e poder paralelo; basta pagar a propina que está tudo certo. O cidadão talvez não saiba do acordo ilegal que existe naquela área, mas várias pessoas já foram atropeladas por motoqueiros não habilitados ou acabaram vítimas de assaltantes que estavam rodando em motos sem placa. O contribuinte é vítima de uma relação delituosa entre crime e policiais desonestos. Muitos policiais honestos também são vítimas dessas mesmas relações delituosas. Um episódio que comprova isso é o ocorrido com um cabo da Polícia Militar que foi fuzilado por marginais logo após sair de serviço. Esse homicídio ocorreu à luz do dia, em uma das áreas mais movimentadas da cidade. O mandante do crime, de acordo com informações, seria o gerente das bocas de fumo de uma comunidade que estava insatisfeito com a atuação repressiva que o policial vinha exercendo em relação ao serviço de mototáxi. Não houve nenhuma resposta por parte do batalhão para esse crime bárbaro e covarde, e dois fatores principais contribuíram para isso. O primeiro: informações apontam que a favela paga muito dinheiro a policiais corruptos do batalhão. O segundo: a vítima era praça.

Polícia Militar: uma corporação que necessita urgentemente de uma completa reformulação

Não existe país no mundo que possa abdicar do serviço policial, pois sem limites não há cidadania, e sem polícia não há limites. Partindo dessa premissa, é possível afirmar que a Polícia Militar exerce um papel essencial no exercício da democracia – talvez seja ela a última barreira antes da instalação do caos. Todavia, mesmo sendo indispensável, a PM vem sofrendo ao longo de anos com os desmandos de uma quadrilha de oficiais superiores corruptos que dela se apoderou, visando proveito próprio. Em praticamente qualquer unidade, os crimes cometidos são os mesmos, não importa a região. Nas Unidades de Polícia Pacificadora, nos batalhões convencionais ou em qualquer outra unidade, o *modus operandi* é idêntico: entra comandante, sai comandante, trocam-se coronéis e chefes, mas absolutamente nada muda. Neste exato momento, oficiais corruptos de alta patente estão recebendo propina, corrompendo-se, praticando dezenas de crimes e saindo impunes. A corrupção não acaba, pois ela corre de cima para baixo, e vice-versa. Comandantes desonestos que chefiam batalhões recebem propina e repassam uma parte a coronéis corruptos do mais alto escalão. E mesmo que alguém decida não pagar propina, logo atrás haverá uma fila de outros dispostos a pagar para obter aquele comando e explorar a área – isso porque existe e persiste um sistema arraigado de favorecimentos e práticas questionáveis, em que o acesso ao poder é monetizado e a ética, muitas vezes, cede lugar ao interesse pessoal e ao oportunismo. Aquele pequeno ato de corrupção praticado por chefes com poucos poderes hierárquicos vai ganhando consistência à medida que o dinheiro ilícito vai subindo, até chegar às mãos de quem de fato mantém toda a podridão funcionando: os poderosos coronéis que sucumbem à corrupção.

Não importa de qual unidade da PM se trate, há grande probabilidade de que algum esquema fraudulento esteja ocorrendo nela. Entretanto, esses crimes ultrapassam os muros dos quartéis e atingem toda a sociedade. Em muitas unidades, o PM que quiser exercer seu direito legal de tirar a licença especial (uma premiação ao policial que completa dez anos de efetivos serviços prestados à Polícia Militar, que lhe dá o direito de ficar por até seis meses em casa recebendo seus salários) tem que pagar propina à P1. Até mesmo férias ou algum outro benefício perfeitamente legal que o policial pleiteie só é concedido depois de feito o pagamento. Em diversos batalhões, caso se faça uma checagem comparativa entre o efetivo lotado na unidade e a escala de serviço, ficará comprovado que alguns policiais não trabalham, estão na chamada escala fantasma. Esses policiais, em sua esmagadora maioria, são envolvidos com crimes ou contravenção penal. Portanto, para eles, é mais vantajoso pagar ao oficial comandante para sair da escala do que ir trabalhar todos os dias. O PM que faz a segurança do jogo do bicho, do dono da milícia etc. não precisa do salário da PM, apenas da "condição" ofertada por ela: a carteira e a arma. Então, ele chega para o seu comandante de companhia, entrega o cartão da conta salário com a senha e está resolvido o problema. Ele sai da escala automaticamente e o comandante fica com o seu pagamento mensal.

Quando o cidadão passa na rua e vê o apontador escrevendo o jogo do bicho tranquilamente, máquinas caça-níqueis expostas em qualquer bar de esquina, exploração de transporte irregular, bailes funk com ostentação de armas, drogas e apologia ao crime organizado, flanelinhas trabalhando ilegalmente e achacando motoristas, furto e distribuição de sinal de TV a cabo em todo o estado, comércio de cigarros falsificados, tráfico de drogas e barricadas no meio da rua ou qualquer outro crime persistente, pode concluir que tudo isso só ocorre porque, com absoluta certeza, policiais corruptos recebem uma boa quantia de dinheiro para ser omissos. Do contrário, a situação seria facilmente resolvida:

bastaria a sala de operações do batalhão mandar uma viatura até o local ou a unidade montar uma operação para acabar com o crime. Todo delito que ocorre de maneira contínua e persistente só acontece com a anuência do estado.

Na corporação, como já demonstrado, há policiais que são chefes de milícia, donos de empresa de segurança clandestina, assaltantes, ladrões de carga, sequestradores, assassinos, corruptos, espancadores de mulher etc. Milhares de crimes que ocorrem dentro da Polícia Militar são totalmente abafados. Oficiais corruptos da PM são a ponte entre as facções criminosas e o estado, eles dão apoio logístico ao crime. Muitos têm seus nomes conhecidos, mas, em razão do poder e do dinheiro que possuem, não são investigados.

Qualquer pessoa que decida confrontar o número de processos administrativos disciplinares e de expulsão entre oficiais e praças irá se assustar com o disparate existente entre eles. Muitas vezes, a PM vê seu nome envolvido em episódios que maculam sua imagem, mas, se o causador for um oficial do alto escalão, dentro da corporação não se falará absolutamente nada. Raríssimos são os oficiais que cumprem na íntegra o expediente; em sua grande maioria, ou não vão trabalhar ou simplesmente chegam tarde e saem cedo, outra transgressão disciplinar gravíssima que fica sem nenhuma punição. As milícias, que se tornaram a mais nova facção criminosa no Rio de Janeiro, só conseguiram ganhar força, poder e território graças à ajuda de comandantes corruptos da Polícia Militar. Como já demonstrado nesta obra, há oficiais de alta patente que são chefes desses grupos paramilitares. E, graças à influência, ao poder e ao dinheiro que possuem, utilizam de maneira criminosa o aparato estatal a fim de realizar operações dentro das comunidades com o objetivo de expulsar os traficantes que dominam a localidade, para logo em seguida implantar a milícia, que comete os mesmos crimes que já eram praticados ali.

Infelizmente, casos de comandantes corruptos que vazam informações, atrasam operações policiais ou (por possuir informações privilegiadas) avisam os traficantes e milicianos de que a localidade será alvo de operação, dando tempo para que escondam armas e drogas e fujam, são muito comuns. É óbvio que essas informações custam caro aos marginais. Nem mesmo o Bope escapou das garras da corrupção. Uma operação do Ministério Público do Rio de Janeiro comprovou que diversos "caveiras" receberam propina de traficantes de várias comunidades do Rio e da Baixada Fluminense em troca de informações sobre operações desse batalhão de elite. Eles também negociavam com traficantes armas apreendidas em outras ações. Ainda de acordo com a denúncia, os PMs do Bope receberiam semanalmente propina de traficantes de uma facção criminosa em troca de informações sobre operações realizadas nas comunidades Faz Quem Quer, em Rocha Miranda; Covanca, Jordão e Barão, em Jacarepaguá; Antares, em Santa Cruz; Vila Ideal e Lixão, em Duque de Caxias; Complexo do Lins, no Méier; e Complexo do Chapadão, em Costa Barros. As atividades policiais eram monitoradas 24 horas, durante todos os dias da semana, e vazadas detalhadamente aos criminosos. Segundo a denúncia, os valores recebidos pelos policiais variavam entre R$ 2 mil e R$ 10 mil por comunidade.

Recentemente, imagens de milicianos e traficantes usando coletes balísticos que aparentam ser da PM têm se tornado cada vez mais comuns. De acordo com denúncias anônimas, esses coletes eram desviados por policiais corruptos encarregados de descarregá-los após ter seu prazo de validade expirado. Informes dão conta de que a PM firmou parceria com uma empresa que compraria o material para reciclagem, e o colete balístico, após ter expirada sua validade, deveria ser primeiramente picotado e só então vendido. Entretanto, especula-se que eles estão sendo, de acordo com informações, desviados e vendidos a milicianos e traficantes.

Diante de tudo que foi exposto, será realmente verdadeira a informação oficial dada por chefes da Polícia Militar de que eles não compactuam com desvios de conduta e agem proativamente contra qualquer pessoa que insista em contrariar a lei vigente? Devemos acreditar que as palavras proferidas por integrantes do comando da PM condizem com a realidade? Pois eles afirmaram: "Não hesitaremos em tomar medidas severas, mesmo que isso signifique demitir centenas ou até milhares de policiais, ou até mesmo dissolver um batalhão completo, se necessário. É crucial agir antes que problemas graves comprometam a integridade da instituição". Será verdade?

A corporação divulgou uma postagem em sua conta oficial, em uma rede social, que dizia: "A PM, como as demais instituições militares do país, tem como pilares os princípios da hierarquia e da disciplina. A Instituição não compactua com desvios de conduta. Denúncias devem ser feitas à Corregedoria, que dará o encaminhamento necessário". O povo do Brasil que julgue, em especial o povo do Rio de Janeiro, a afirmação da PM de que ela não compactua com desvios de conduta praticados pelos policiais militares que estão em suas fileiras. Essa afirmação realmente condiz com o sentimento do Brasil e da mídia nacional? Várias denúncias surgem diariamente em sentido contrário; pesquisas de satisfação e diversas reportagens que todos os dias estampam as capas de jornal comprovam como alguns líderes da corporação são lenientes em relação a desvios de conduta praticados por policiais de alta patente. É preciso dizer para certos comandantes da Polícia Militar que, infelizmente, é uma piada que só contaram para eles essa história de que A PM não compactua com nenhum desvio de conduta e de que, quando se comprova que policiais de alta patente cometem delitos, eles são expulsos da corporação. A corrupção dentro da PM é sistêmica. O posto mais alto que um policial militar pode alcançar é o de comandante-geral, e a corrupção já atingiu alguns oficiais que chegaram a esse posto. Coronéis que foram alçados a postos de comando já estavam envolvidos com o crime organizado antes mesmo de chegar lá, e, quando se sentaram na cadeira de chefia, apenas institucionalizaram o crime. Por isso, muitos oficiais superiores desonestos fazem de tudo para sentar-se na cadeira do Comando-Geral: ela rende muito dinheiro para os corruptos.

Quando um oficial chega aos postos mais altos de comando, poucas pessoas ficam acima dele; consequentemente, bem poucas poderão fiscalizá-lo. O regulamento militar proíbe o policial mais novo de participar, por meio de denúncia administrativa, infrações de policiais mais antigos, que dirá investigar. A Polícia Militar, mediante publicação interna, proibiu qualquer PM de se dirigir a delegacias de Polícia Civil ou ao Ministério Público para denunciar crimes cometidos por policiais. Informou, ainda, que o PM que tomar esse tipo de atitude será punido, pois a conduta é considerada transgressão disciplinar grave. As denúncias, segundo a mesma publicação, devem ser encaminhadas à Corregedoria da PM. No entanto, se eu chegar à corregedoria hoje e disser ao sargento que está de serviço: "Chefe, o cabo do batalhão está pegando dinheiro do mototáxi", amanhã haverá uma viatura descaracterizada da corregedoria de campana para investigar e prender o cabo vagabundo. Por outro lado, se eu disser ao mesmo sargento: "Chefe, o coronel comandante do meu batalhão está levando dinheiro do jogo do bicho", eu vou ouvir: "Polícia, deixa isso quieto. Não mexe na tartaruga dos outros, porque tartaruga não sobe muro. Se ela está lá em cima, foi gente grande que colocou".

A lei é clara ao dizer: oficiais que respondem a inquérito não podem ser promovidos. Porém, o que vimos até aqui é totalmente o inverso. Homicidas, milicianos, estupradores, corruptos, chefes de quadrilha e outros marginais não só continuam na polícia como são promovidos, ou seja, ganham cargos ainda mais importantes e poderosos dentro da instituição. Uma verdadeira afronta ao ordenamento jurídico. Essa conversa de ética, moralidade, de que integrantes da alta cúpula da PM não roubam e não deixam roubar, é história para boi dormir. Tem gente que rouba, sim, e rouba muito, e não rouba sozinho.

Policiais relataram que fardas compradas pela corporação são em sua grande maioria de tamanho maior do que a média da população brasileira. Calçados de tamanho 48 em diante e fardas extragrandes são comprados aos montes, e há quem diga que isso seja resultado de prováveis esquemas de corrupção armados entre empresários e oficiais desonestos para desovar estoques encalhados. É importante ressaltar que a lei determina que cabos e soldados recebam fardamento anualmente, algo que não é cumprido. A PM não paga o fardamento e ainda cobra dos policiais, que devem comprar as fardas com seus próprios recursos, sob pena de punição. Porém, adquire fardamentos inadequados, para provavelmente favorecer possíveis esquemas criminosos entre oficiais corruptos e empresários desonestos.

O comando da PM descumpre frontalmente até mesmo o que determina a Constituição Estadual e deixa de fornecer aos seus agentes itens adequados de proteção individual, que poderiam ter salvado a vida de muitos policiais vitimados em serviço. Assim determina a Constituição Estadual: "São servidores militares estaduais os integrantes da Polícia Militar e do Corpo de Bombeiros Militar. [...] § 11. O Estado fornecerá aos servidores militares os equipamentos de proteção individual adequados aos diversos riscos a que são submetidos em suas atividades operacionais". Essa parte da lei dificilmente é cumprida, e até itens básicos e indispensáveis à proteção pessoal, como coletes balísticos, que deveriam ser entregues em perfeitas condições de uso, simplesmente não são disponibilizados, enquanto coletes vencidos, que deveriam ser descartados, estão sendo ilegalmente fornecidos. Além disso, em diversas unidades, a reserva de armamento não possui coletes do tamanho apropriado ao policial, resultando na entrega de coletes de tamanho maior ou menor, o que compromete a segurança e a eficácia do equipamento de proteção individual (EPI) e expõe o policial a um elevado risco.

Quanto maior a patente, maior a impunidade. Dentro da PM foi montado um verdadeiro cartel a serviço do crime. Existem relatos de que, em alguns batalhões, policiais corruptos teriam utilizado reboque particular de empresas para montar *blitze* com o único objetivo de arrecadar dinheiro mediante extorsão a motoristas. Informações dão conta de que até bafômetros irregulares comprados pela internet teriam sido utilizados para achacar condutores. Alguns coronéis da Polícia Militar são donos de depósitos para onde os veículos são rebocados, e eles pressionam os PMs que trabalham no trânsito a rebocar os veículos para os seus respectivos pátios, estipulando até mesmo metas a serem batidas. Isso porque cada veículo levado para esses pátios gera muito lucro para os coronéis.

Muitos crimes que acontecem no estado do Rio de Janeiro são praticados por homens de confiança do coronel comandante da unidade. Policiais corruptos do GAT, do Patamo, do policiamento de trânsito e do Serviço Reservado (P2) respondem por uma parcela significativa de todos os crimes que assolam os cariocas. Muitas viaturas utilizadas por essas guarnições não possuem equipamentos de rastreio justamente para dificultar possíveis investigações. As viaturas dos coronéis da PM, em sua maioria, são descaracterizadas, não possuem câmera, rastreador nem GPS, por isso são utilizadas para os mais variados fins, que não incluem o interesse do serviço. Motoristas de comandantes são obrigados a levar famílias de oficiais para passear no shopping, esposas para a academia, filhos para a escola e em passeios de fim de semana. Houve até um coronel que mandou seu motorista levá-lo e buscá-lo no Rock in Rio, junto com sua família. Isso para não falar das viagens ao exterior custeadas pela corporação a oficiais de alta patente. Em um desses casos, foi concedida autorização para que coronéis viajassem para a Europa, sob o pretexto de realizar um estudo técnico para aquisição de equipamentos não letais, sendo que tal viagem foi custeada com o dinheiro da população. Isso é algo incomum na história da corporação. Primeiro, porque ninguém do Batalhão de Choque, unidade responsável por utilizar a maior parte de equipamentos não letais, participou da viagem; segundo, porque existe em Nova Iguaçu, na Baixada Fluminense, uma fábrica gigantesca de equipamentos não letais. Enquanto uma casta de privilegiados gasta dinheiro em um *tour* pela Europa com a desculpa de adquirir equipamentos não letais, *tasers* – dispositivo indispensável às forças de segurança, capaz de imobilizar temporariamente uma pessoa com uma descarga elétrica, representando uma alternativa muito menos letal que as armas de fogo – estão parados nas reservas de armamento dos batalhões. O motivo? Falta dinheiro para comprar as pilhas necessárias para seu funcionamento.

Outra forma fraudulenta que oficiais inescrupulosos arrumaram para ganhar dinheiro é o famigerado desvio de combustível, que ocorria em diversos batalhões. De acordo com as denúncias, o esquema basicamente era feito quando os caminhões chegavam aos batalhões para abastecer os tanques de combustível que existem nos quartéis. O policial responsável pela conferência apenas assinava a nota fiscal, sem checar efetivamente se o combustível foi recebido, e o resultado é que mais da metade da gasolina não era entregue. Muitas vezes o caminhão apenas parava à porta do batalhão, nem mesmo chegando a entrar, e ali ficava estacionado, para que o GPS registrasse o roteiro. Uma maneira de ludibriar a fiscalização. Por vários anos, milhares de litros de gasolina foram desviados e utilizados para abastecer postos clandestinos em todo o Rio de Janeiro e até fora do estado.

Durante muitos anos, o serviço que presta atendimento telefônico policial foi feito por uma empresa privada. O cidadão achava que ia falar com um policial ao ligar 190, mas era atendido por uma empresa terceirizada, que repassava a demanda a um oficial responsável por analisá-la. Todavia, há relatos de que, dentro da central 190, trabalhavam oficiais acusados de ser milicianos, os quais manobravam as ocorrências para que qualquer informação que pudesse atrapalhar as atividades dos grupos criminosos paramilitares não fosse averiguada. Ademais, buscavam identificar a pessoa que ligava para, se possível, eliminá-la.

Portanto, o cidadão que ligava para o 190 podia estar sendo enganado e, por vezes, correndo risco de vida. Na melhor das hipóteses, falava com um funcionário terceirizado, que anotava a ocorrência e, a depender da demanda, a repassava para a Polícia Militar, que posteriormente a encaminhava ao batalhão da área. Um serviço ineficiente, caro e demorado. Em diversas situações, o cidadão que telefona, muitas vezes em circunstâncias desesperadoras, ouve que a região para a qual ele solicita ajuda é uma área de risco, por isso o estado não poderá ampará-lo. Entretanto, nessa mesma área de risco, uma guarnição adentra para buscar o arrego. Por completa omissão do estado, mulheres foram espancadas e mortas, cidadãos foram torturados e assassinados por traficantes e veículos roubados permaneceram abandonados. Todos esses crimes poderiam ser evitados, mas não foram porque a área é dominada pelo crime e considerada de risco, portanto a polícia não pode agir. Faz algum sentido dizer ao cidadão honesto, pagador de impostos e trabalhador que, por ele ser pobre, não pode contar com a ajuda do poder público porque o poder paralelo existente onde ele mora é superior à força do estado?

* * *

Comandantes da PM se superaram mais uma vez e lançaram a modalidade de policiamento *hi-tech*. A fim de trabalhar o mínimo possível, eles utilizam o WhatsApp para supervisionar o policiamento na rua e enganar a população. Tiram lindas fotos e postam nas redes sociais institucionais, mas essas imagens não passam de mero teatro. Muitas das operações não são reais. A maior preocupação das supervisões de batalhão – setores responsáveis por apoiar, supervisionar, instruir e corrigir o policiamento na rua, serviço que na maioria das vezes é realizado por oficiais e denominado supervisão de oficial – é passar pelos setores do batalhão, tirar fotos e enviá-las via WhatsApp para o Estado-Maior Geral. O curioso é que o uso desse aplicativo em serviço é proibido pela corporação; tal proibição, inclusive, publicada em boletim geral ostensivo. Uma pequena infração, se comparada ao universo de delitos praticados.

Como consequência de todo o exposto, temos uma tropa de policiais desmotivados, desanimados, doentes, com sérios problemas psicológicos e psiquiátricos.

Muitos praças se suicidam – e, por incrível que pareça, por terem cometido esse ato de desespero extremo, suas famílias não recebem nada, ficam completamente desamparadas. Se, por qualquer motivo, o comandante da corporação entender que um policial que morreu cometeu algum crime, ele é excluído pós-morte. Enquanto na justiça, em situações semelhantes, o processo é arquivado, na PM se comete essa aberração jurídica, punindo exclusivamente a família do policial falecido. O Comando-Geral, usando sua capacidade psicográfica, consegue concluir que um policial morto teve conduta criminosa; e, utilizando-se de "poderes espirituais", "fala" com o falecido e chega à conclusão de que ele não foi capaz de explicar a conduta que tomou, portanto, deve ser excluído.

A corporação com frequência posta vídeos institucionais incentivando o policial que não está se sentindo emocionalmente bem a procurar ajuda psicológica no precário setor respectivo da PM. Todavia, assim que o policial faz isso, recebe um carimbo de golpista, pois insinua-se que ele está simulando um problema de saúde para não trabalhar e, por isso, colocam-no na pior escala de serviço possível. A frase proferida por muitos oficiais é: "Se não está satisfeito, faz prova para outra coisa, pede pra sair ou presta prova para oficial, pois todos somos militares voluntários". Porém, essa frase é absurda, ignorante, egoísta e ilegal. A insatisfação com ilegalidades e abusos deve ser investigada. Se for constatado que ela é justificada, deve-se fazer algo a respeito, para que seja possível gerar alguma mudança positiva na corporação. Na vida dos praças, existem duas alegrias: quando entram na Polícia Militar e quando saem. A corporação é a maior causadora de fuga de cérebros de todo o estado do Rio de Janeiro, pois em pouco tempo o PM se frustra e começa a estudar o mais rápido possível para passar em outro concurso público. Enquanto a desmotivação entre os policiais honestos é generalizada, comandantes desonestos tentam permanecer o maior tempo possível no poder, pois, para quem é corrupto, o posto de comando é uma excelente oportunidade para roubar e enriquecer. Ninguém quer largar a mamata.

Uma instituição que segrega seus servidores jamais será uma instituição de excelência. Muitas vezes se tem a impressão de que a corporação trata melhor os seus animais do que os seus servidores, tanto que constantemente se abre concurso para oficial veterinário. Já para oficial pedagogo, profissional responsável por desenvolver os planos de ensino da instituição, coordenar atividades pedagógicas, apoiar e orientar professores, avaliar processos educacionais, promover formação continuada, realizar pesquisas educacionais etc., não há concurso há vários anos. Parece que não é interessante para a corporação investir em formação de qualidade. Os policiais não têm um hospital decente para atendê-los, mas a PM possui hospitais veterinários móveis e médicos veterinários para socorrer os animais que participam de operações. Praças trabalham doze, catorze horas em pé, muitas vezes sem alimentação, água ou qualquer pausa para descanso. Já os cavalos e cachorros da corporação só podem trabalhar até seis horas por dia e são alimentados de quatro em quatro horas. Existem praças na PM que são engenheiros, arquitetos, pedagogos, psicólogos, dentistas, professores etc., mas são todos impedidos de ministrar aulas para alunos oficiais. Já o cidadão civil pode dar aula na academia de formação de oficiais. Depois ainda dizem que os policiais são supervalorizados e que o maior bem que a instituição possui são os seus servidores.

Quando policiais são feridos em combate, a primeira atitude tomada pela diretoria de pessoal da PM é cortar a gratificação a que fazem jus, reduzindo drasticamente seu salário, justamente no momento em que ele é mais necessário. Quando um policial militar morre, a primeira preocupação que alguns oficiais têm é saber se ele possui arma e colete acautelados pela PM; em caso positivo, recuperá-los o mais rápido possível é imperativo. Trata-se primeiro do processo de recuperação de bens da PM, e só depois cuida-se do enterro do policial. Quanto aos que ficam permanentemente paraplégicos, tetraplégicos, com sérios danos neurológicos ou outros problemas graves de saúde que os impeçam de voltar à ativa, se eram policiais de baixo escalão, serão abandonados pelo estado. Esses policiais deveriam ser reformados da maneira como prevê a legislação: cabos e soldados, quando se tornam inválidos devido ao ato de serviço, fazem jus à promoção para terceiro-sargento; sargentos que passam pela mesma situação devem ser reformados como subtenentes. É o mínimo que o Estado deve fazer para minimizar o sofrimento desses valorosos profissionais, que dão a sua saúde e por diversas vezes a sua vida para o bem da sociedade. Entretanto, isso não acontece. Descumpre-se o imposto por lei, e o praça é reformado na mesma graduação. No entanto, segundo relatos, diferentemente do que acontece com o baixo clero, já houve casos de oficiais que foram reformados no maior posto possível quando alegaram, por exemplo, problemas auditivos provenientes das instruções de tiro que ministravam nas escolas da PM. Porém, a corporação fornece os equipamentos de proteção individual aos instrutores, o que, de acordo com a legislação, não dá motivo para pleitearem a reforma, quanto mais reforma com promoção. Novamente o corporativismo prevalece, pois um oficial avalia o outro; sendo assim, o benefício é concedido.

A segregação e o abismo entre as duas classes é absurdo; em diversos batalhões a situação é tão assustadora que chega a ser inacreditável. Houve relatos de que, em certas unidades, comandantes com atitudes ditatoriais humilhavam constantemente seus subordinados, e que xingamentos, perseguições e transferências eram práticas comuns. Houve, inclusive, determinação para que o bebedouro do pátio de uma unidade fosse retirado, porque seu comandante julgava que a tropa era indigna de beber água gelada. Foi noticiado que em determinado batalhão a tropa precisou recorrer à espiritualidade para melhorar as condições de trabalho, e um despacho de macumba foi deixado à porta do gabinete do batalhão. Pouco tempo depois, coincidência ou não, as coisas melhoraram por lá.

* * *

Durante a pandemia do coronavírus de 2020, uma empresa foi contratada para fazer a higienização das viaturas descaracterizadas utilizadas pelos coronéis que estacionam no quartel-general da Polícia Militar. Todo dia, assim que os veículos eram estacionados, funcionários faziam uma limpeza exaustiva, com o objetivo de evitar uma possível contaminação, afinal, nesses veículos viajavam oficiais e seus familiares. Enquanto isso, milhares de praças eram contaminados pelo coronavírus, alguns deles vindo a morrer. As péssimas condições de trabalho a que eram submetidos podem ter contribuído para isso. Além disso, policiais saudáveis eram obrigados a socorrer em suas próprias viaturas outros policiais que haviam desenvolvido sintomas característicos da covid-19, fazendo com que a doença se alastrasse ainda mais rápido pela tropa. Um total desrespeito pela vida desses profissionais e uma afronta a todos os protocolos de saúde estabelecidos na época. Dentro das UPPs, ou em batalhões convencionais, dezenas de policiais se amontoam em contêineres ou cabinas utilizados como alojamentos, alguns deles sem esgoto ou sem água encanada. Muitos não possuem as mínimas condições de higiene. Em diversos alojamentos, os colchões nada mais são que pedaços de espuma velhos e fétidos, que os praças dividem com cães que perambulam pelas redondezas. É comum o policial chegar para gozar o seu descanso regulamentar e encontrar um cachorro de rua ou um rato descansando em seu colchão. Muitas das Unidades de Polícia Pacificadora não têm alojamento digno, nem mesmo instalações distintas para policiais femininas e masculinos; consequentemente, homens e mulheres dividem o mesmo alojamento e o mesmo banheiro, o que é terminantemente proibido por lei. Nem mesmo presos podem ser expostos a condições tão vexatórias, degradantes e atentatórias à dignidade da pessoa humana.

Não resta dúvida de que, se a PM do Rio fosse uma empresa privada e estivesse sob a égide da Consolidação das Leis do Trabalho (CLT), seus gestores já teriam sido multados ou presos, e a instituição fechada, por impor a seus agentes condições de trabalho análogas à escravidão. Se a Vigilância Sanitária fiscalizasse a maioria dos ranchos dos batalhões, oficiais que são responsáveis por eles sairiam presos por crimes contra a saúde pública. Ao contrário do que muitos pensam, o alto comando da instituição utiliza a PM não para servir primeiro a população, mas sim os oficiais. A prova disso é que existem fuzis, viaturas e equipamentos de uso exclusivo dos comandantes, e, mesmo que todas as viaturas ou armamentos do batalhão parem de funcionar, os destinados aos chefes não poderão ser utilizados. A sociedade fica sem viatura, os policiais ficam sem equipamentos, mas o coronel não pode ficar. A viatura fica parada por dias no batalhão, mas não pode sair de maneira alguma sem autorização do comandante.

É verdade o que ouvimos rotineiramente: a PM é dos oficiais, não da sociedade. Todo praça tem mais medo da supervisão de um oficial do que de um comboio de marginais; temos certeza de que o poder destruidor causado pela caneta deles é maior do que qualquer dano provocado por bandidos. A maioria dos oficiais nunca prendeu ninguém na rua, nenhum bandido; as únicas prisões que ostentam em suas fichas são de policiais ou dos familiares destes que ousaram se contrapor ao autoritarismo.

Por diversas vezes, quem está comandando a PM descumpre frontalmente termos de ajustes de conduta, instrumentos normativos e leis, principalmente aqueles voltados a coibir ilicitudes praticadas por policiais corruptos e resguardar os honestos. Por exemplo, apenas 10% das viaturas da PM têm câmeras, equipamento fundamental em investigações. Esses dispositivos de gravação, obrigatórios por lei, desapareceram dos veículos da Polícia Militar, e atualmente menos de 10% das viaturas da instituição possuem equipamentos para registrar ou transmitir imagens. Devido à falta de pagamento, a empresa encarregada da manutenção dos sistemas de vídeo interrompeu seus serviços. Sem as devidas manutenções, as câmeras começaram a se deteriorar gradualmente. A PM justifica que a crise financeira do estado foi responsável pela interrupção dos pagamentos à empresa. Hoje, as novas viaturas adquiridas pela corporação nem câmera têm. Outra grande incoerência diz respeito à situação legal das viaturas da PM: a maioria delas está com as vistorias e com a documentação irregulares junto ao Detran, mas saem às ruas para fiscalizar a documentação da população. Se um policial adoecer e precisar de afastamento médico por 72 horas ou mais, mesmo após obter alta médica e estar apto a voltar ao serviço ordinário, ele é impedido de trabalhar no regime adicional de serviço, uma modalidade em que o policial se escala de maneira voluntária para trabalhar na sua folga e, com isso, obter uma remuneração extra. Isso porque foi publicada uma diretriz normativa proibindo que o policial volte a se escalar no serviço extra voluntário caso ele se afaste do serviço ordinário para cuidar da saúde. Por isso, mesmo após receber alta médica e estar apto para retornar às atividades normais, o policial continua bloqueado para realizar o serviço extra voluntário; em alguns casos, esse bloqueio pode durar até 180 dias. Isso se configura como uma verdadeira punição imposta pelo comando da corporação aos praças que adoecem. Curiosamente, quando o serviço extra não era remunerado e era compulsório, obrigando os policiais a trabalhar de graça nas folgas, tal bloqueio não existia. Na verdade, o policial que retornava de licença médica era automaticamente escalado para trabalhar na folga, como forma de punição. Agora que o serviço extra passou a ser voluntário e remunerado, os policiais são impedidos de trabalhar.

Trabalhar na Polícia Militar deixa qualquer um emocionalmente doente, tanto é que os próprios médicos psiquiatras que atendiam os policiais não aguentaram; alguns acabaram adoecendo e baixando, eles mesmos, à psiquiatria. Por conta disso, o serviço de atendimento psiquiátrico é bem precário, uma vez que nem os médicos suportaram a pressão. Quando um praça é acometido de problemas psiquiátricos, muitas vezes ele é obrigado a arcar do próprio bolso com o dispendioso tratamento; quando é afastado do serviço por um médico psiquiatra civil, o profissional mais competente para avaliar tal situação, ele precisa validar esse atestado na junta médica de saúde da corporação, composta por oficiais médicos. Frequentemente, o policial chega com o laudo de um médico psiquiatra atestando sua situação, e o setor de saúde da PM simplesmente o desconsidera. É comum que médicos ginecologistas, ortopedistas ou especialistas em outra área qualquer desconsiderem totalmente o que foi prescrito pelo médico especialista civil. Como já mencionado, a PM manda o policial com problemas emocionais buscar ajuda na corporação, porém, se precisar de acompanhamento psiquiátrico, deverá pagar do próprio bolso e ainda será rotulado de golpista por alguns, além de ser colocado na pior escala de serviço.

Vários estudos técnicos apontam que a Polícia Militar, tal qual existe hoje, deveria ser extinta e dar lugar a uma instituição de cunho civil, voltada à eficiência, à meritocracia, ao respeito às leis e à dignidade da pessoa humana. Do jeito que é hoje, o sistema favorece, protege e acoberta comandantes que são pedófilos, homicidas, contraventores, sequestradores, assaltantes, corruptos etc.

A todo momento, a alta cúpula corrupta da PM se organiza a fim de alimentar e aprimorar seus esquemas de corrupção. Recentemente, segundo informações, oficiais corruptos pensaram em um jeito criativo de desviar dinheiro da verba do rancho das unidades, trocando produtos nobres, como carnes de primeira, por outros semelhantes, mas de qualidade bem inferior, em comércios previamente escolhidos, que aceitam participar do esquema e, em troca, recebem alguma vantagem indevida. Informações anônimas apontam que um batalhão da Baixada Fluminense conseguiu a proeza de gastar mais de R$ 10 mil por mês apenas na compra de pães de forma, embora o pão servido aos praças seja doado por uma pequena empresa situada em um bairro próximo ao batalhão. Esse pão é de marca totalmente desconhecida, e há suspeitas de que sejam fornecidas as sobras não vendidas, pois os pães chegam duros e com gosto de azedo. Como um batalhão consegue gastar um valor de aproximadamente R$ 10 mil por mês apenas com pães, sendo que o alimento é doado à unidade? Desvia-se a verba destinada à compra de alimentos e servem refeições de péssima qualidade. Comida boa, só no "cassino", apelido dado ao refeitório dos oficiais; no rancho dos praças, a refeição é horrível. Aliás, até isso é separado na Polícia Militar. No batalhão existe um restaurante exclusivo para os oficiais, com direito a garçom – na verdade, policiais que, em vez de estar no patrulhamento das ruas oferecendo segurança à população que paga seus salários, estão ali fantasiados, servindo oficiais que não podem se dar ao trabalho de se levantar das suas cadeiras para pegar sua refeição.

Segundo relatos, em diversas unidades o dinheiro da manutenção das viaturas também é desviado. Denúncias apontam que é imposto aos policiais que trabalham no setor desses batalhões que eles façam a manutenção das viaturas com verba do próprio bolso, pois o dinheiro mandado pelo estado não é repassado. Se o policial se recusar a consertar a viatura, é punido e mandado a trabalhar a pé, geralmente pelo período de 12 horas consecutivas. Oficiais desonestos já estipulam quanto cada setor tem que pagar de propina para o oficial chefe; quem não paga é transferido de área e quem se rebela é mandado para o pior e mais perigoso setor do batalhão. Comandantes corruptos extinguem o policiamento de áreas específicas, movimentam policiais, manobram o sistema para favorecer a corrupção e encher seus bolsos de dinheiro. No momento que percebem que algo está incomodando seus esquemas, não sossegam enquanto não conseguem acabar com aquilo. Foi o que aconteceu com a Corregedoria de Polícia Pacificadora. Hoje ela não existe mais. Todos os policiais que foram capacitados e treinados para aquele serviço acabaram transferidos. No entanto, por ter sido criada por lei, ela não pode ser extinta, por isso mantiveram um computador, uma mesa e uma cadeira no canto da sala. Caso algum dia alguém pergunte sobre seu encerramento, basta responder: "A Corregedoria de Polícia Pacificadora não acabou, ela está funcionando aqui".

Muitas das Unidades de Polícia Pacificadora já foram extintas. Daquelas inicialmente inauguradas, dezenas não existem mais. Policiais morreram ou foram gravemente feridos nessas unidades; seu sangue, seu suor e suas lágrimas foram derramados em vão. Uma extinção de UPP se deu de maneira tão atrapalhada que deixaram para trás os cachorros que sempre ficavam perambulando perto da sede da unidade. Por serem alimentados pelos policiais que trabalhavam nessas bases, os marginais mandaram matar todos os animais. Os cachorros foram esfaqueados e degolados; as fotos dessa crueldade, compartilhadas em grupos de aplicativos, para que chegassem ao conhecimento dos policiais que lá haviam trabalhado. O recado era claro: aquele seria o destino de qualquer um, animal ou ser humano, que tivesse simpatizado com o trabalho da PM. Moradores que tinham comércio no local e atendiam os PMs foram expulsos das comunidades ou mortos; alguns foram mortos por terem sido acusados de ser informantes da polícia. Vidas inocentes perdidas à toa. Prédios gigantescos construídos pelo estado foram demolidos ou doados a associações de moradores, um total descaso com o dinheiro público.

Em diversos setores da PM, o policial que não aceita se corromper é perseguido e punido geograficamente, ou seja, é transferido para o batalhão mais distante possível de sua residência. Isso quando não é colocado no setor mais perigoso de todos, justamente para ser morto o mais rápido possível. Infelizmente, é possível presumir que uma boa parte dos crimes praticados no Rio de Janeiro é patrocinada por policiais corruptos que compõem o alto comando da PM. Enquanto for mais rentável tolerar o crime do que combatê-lo, ele jamais deixará de existir. As casas de bingo, as clínicas clandestinas, a contravenção penal, o jogo do bicho, o estacionamento irregular, o transporte ilegal de passageiros, o tráfico de drogas, o contrabando de cigarro falsificado, o roubo de cargas e veículos, o sequestro, as milícias, a grilagem de terras, a invasão de domicílio, a expansão da favelização, a tolerância com flanelinhas e todos os outros crimes e contravenções que infernizam a vida do cidadão e fazem do Rio de Janeiro um dos estados mais perigosos e violentos do país só existem devido à promiscuidade entre uma parcela do poder público e o crime organizado. Afinal, quando o crime está demais, a polícia está de menos.

Segundo relatos, a fim de levantar o nome da unidade e dar a impressão de que ela está sendo atuante, oficiais desonestos emitem ordens absurdas, como uma que foi dada pelo comandante de uma UPP aos policiais nela classificados. A ordem de serviço expedida por um capitão determinava que, de hora em hora, os policiais deveriam abordar os moradores de rua, mesmo que não houvesse a menor presunção de atitude suspeita (fator determinante para que as abordagens sejam legais), tirar fotos dessas abordagens, sem deixar transparecer que se tratava de mendigos ou moradores de rua, e enviá-las via WhatsApp para os supervisores, que escolheriam as melhores fotos e as encaminhariam ao comandante, que, por sua vez, as repassaria ao quartel-general. Todo esse teatro só para publicar as imagens nas redes sociais oficiais da PM ou dizer nas notas de imprensa divulgadas pela comunicação social que haviam sido realizadas centenas de abordagens com o objetivo de diminuir o número de crimes. Um verdadeiro golpe de desonestidade contra o cidadão. Na verdade, na maioria das fotos publicadas pelo setor de comunicação social da PM, as imagens não passam de poses ensaiadas, dando a falsa impressão de que um sério trabalho está sendo realizado. Até mesmo as fotos que foram publicadas de policiais higienizando as bases para combater a pandemia causada pelo coronavírus eram apenas simulações, peças de teatro que em última instância humilham os praças, que são obrigados a desempenhar esse papel, e o cidadão é feito de bobo, pois fica com a falsa sensação de que um serviço sério está sendo prestado. Ocorrências realizadas exclusivamente por praças são modificadas para enaltecer os nomes dos oficiais. Em diversos batalhões, caso se realize uma grande ocorrência, o texto produzido e divulgado sai com histórico de que a guarnição estava cumprindo ordens e diretrizes emanadas pelo comandante da unidade, dando a entender que o mérito principal é dele, o que nem de longe é verdade, tendo em vista que nem participou da ocorrência. Além disso, adicionam-se os nomes de outros oficiais do batalhão, como se eles tivessem apoiado ou participado do fato, mesmo que não tenham tido nenhuma participação no combate ao crime.

A chefia da PM tem se mostrado totalmente omissa diante dos

crimes praticados por oficiais; quando se trata de punir policiais de alta patente, a obscuridade é total. Todo e qualquer assunto relativo a sanções ou punições envolvendo oficiais não é divulgado pela instituição. No Boletim Ostensivo da Polícia Militar só se publicam as punições e os processos administrativos disciplinares relativos aos praças. Mesmo que um crime tenha sido cometido por oficial e praça juntos, no boletim da PM só sairão os dados dos policiais de baixo escalão. A desculpa dada pela corporação é que tal sigilo preserva a antiguidade, pois o estatuto da corporação proíbe que policiais mais modernos tenham acesso à punição de policiais mais antigos. Isso é mentira! Punições e processos administrativos disciplinares de subtenentes com trinta anos de efetivo serviço prestado à corporação são publicados ostensivamente, e soldados ou mesmo alunos que estão na escola de formação têm acesso a esses dados. Qualquer pedido de informação sobre processos que envolvam oficiais é completamente ignorado pela PM, uma atitude que afronta a Lei de Acesso à Informação. A Lei nº 12.527, de 18 de novembro de 2011, é uma lei ordinária federal que regulamenta o art. 5º, XXXIII, o art. 37, §3º, II e o art. 216, §2º da Constituição Federal de 1988, que asseguram o direito fundamental de acesso às informações produzidas ou armazenadas por órgãos e entidades da União, dos estados, do Distrito Federal e dos municípios. Essa lei foi promulgada após o Brasil ter ratificado, na qualidade de membro fundador, seu ingresso na Parceria para Governo Aberto, em 11 de setembro de 2011. A Lei de Acesso à Informação é importante porque o direito à informação pública está ligado diretamente à noção de democracia. Em geral, está associado à ideia de que todo cidadão tem o direito de pedir e receber qualquer informação que esteja sob controle de entidades e órgãos públicos. Portanto, para que o fluxo de ideias e informações seja garantido, é importante que os órgãos públicos facilitem aos cidadãos o acesso a dados de interesse público. O acesso a essas informações possibilita uma participação ativa da sociedade nas ações governamentais e, consequentemente, traz inúmeros ganhos, tais como a prevenção da corrupção, porque os cidadãos têm mais condições de monitorar as decisões de interesse público. O acompanhamento da gestão pública pela sociedade é um complemento indispensável à fiscalização exercida pelos órgãos públicos e pode promover:

- Melhoria da gestão pública: o acesso à informação pode contribuir para melhorar o próprio dia a dia das instituições públicas, pois, a partir das solicitações que recebem dos cidadãos, os órgãos podem identificar necessidades de aprimoramento em sua gestão documental, em seus fluxos de trabalho, em seus sistemas informatizados, entre outros aspectos que tornarão a gestão pública mais eficiente.

- Melhoria do processo decisório: quando o governo precisa tomar uma decisão, se o assunto for aberto para a participação do público interessado e de especialistas nas questões que estão sendo definidas, é possível obter contribuições que agreguem valor ao resultado.

- Fortalecimento da democracia: líderes políticos são mais propensos a agir de acordo com os desejos do eleitorado se souberem que suas ações podem ser constantemente avaliadas pelo público. Os eleitores têm condições de fazer uma escolha apropriada se tiverem informações sobre as decisões tomadas pelos candidatos no desempenho de seus cargos públicos.

Mesmo com tantos benefícios proporcionados pela Lei de Acesso à Informação, a alta cúpula da PM os ignora e continua agindo totalmente em desacordo com o dispositivo legal. Todos os processos de oficiais são sigilosos, favorecendo a obscuridade e a ilegalidade. À exceção de alguns oficiais, ninguém de fato, nem mesmo a imprensa, fica sabendo do desfecho que é dado a crimes cometidos por policiais de alta patente. Com essa atitude, o Comando-Geral se contrapõe até a decisões do Supremo Tribunal Federal (STF) – de uma ação importante para o país, que envolve pessoas muito mais poderosas que oficiais da Polícia Militar, o ministro Edson Fachin retirou o sigilo e considerou que o processo deve tramitar de forma pública. Ele lembrou que a Constituição prevê a publicidade dos atos processuais como regra. As exceções, citou o ministro, são os casos em que a defesa da intimidade ou do interesse social exigem o sigilo. Parece que os comandantes da PM têm mais poder que a lei e o STF, pois eles impõem sigilo a qualquer processo administrativo que envolva nome de oficiais, mesmo os de baixa patente. Portanto, se por um lado a Polícia Militar diz em notas caricaturais à imprensa que repudia a má conduta dos agentes, por outro revela pouca transparência quando o assunto envolve seus oficiais. Somente quando há policiais de baixo escalão (praças) a transparência aparece. Nesses casos, são rápidos em demonstrar que não compactuam com condutas delituosas.

No entanto, uma pergunta que não quer calar é: se vários dos oficiais que lideram essa corporação são tão desonestos assim, se uma boa parte dos oficiais comandantes são verdadeiros chefes de quadrilha, por que policiais honestos, vítimas de tantos crimes, não denunciam tudo que ocorre? A resposta é muito simples: denunciar a corrupção estrutural e sistêmica existente na PM é assinar uma demissão covarde e posterior sentença de morte. A alta cúpula corrupta da PM se indigna com quem resolve falar, com a pessoa que denunciou, e não com o conteúdo das denúncias ou com o denunciado. Qualquer policial honesto, oficial ou praça, que, indignado com tamanha sujeira, ouse se contrapor aos interesses criminosos existentes dentro da Polícia Militar estará condenado. Não importa quem seja: se falar, será assassinado. Se um policial ousar filmar algum esquema criminoso e torná-lo público, ele será eliminado. Quem se indigna com as injustiças e tenta lutar contra esse sistema nefasto é morto. A própria história do Brasil corrobora essa afirmação. Uma informação pouco conhecida e difundida, mas que comprova a veracidade dessa afirmativa, é a própria bibliografia de Joaquim José da Silva Xavier, que, embora muitos não saibam, era praça da Polícia Militar. Vamos relembrar a sua história.

Joaquim José da Silva Xavier, o Tiradentes, é patrono cívico do Brasil, além de patrono das Polícias Militares e das Polícias Civis dos estados. Em virtude da constante queda na receita institucional, causada pelo declínio da atividade mineradora, a Coroa resolveu, em 1789, aplicar o mecanismo da derrama, para garantir que as receitas oriundas do Quinto, imposto português que detinha um quinto de todo o minério extraído no Reino de Portugal e seus domínios, se mantivessem. O sentimento de revolta atingiu o máximo com a decretação da derrama, uma medida administrativa que permitia a cobrança forçada de impostos, mesmo que fosse preciso prender o cobrado. Ameaçados por uma derrama violenta, os inconfidentes, entre eles, o tenente-coronel Francisco de Paula Freire de Andrade, os poetas Cláudio Manuel da Costa, Tomás Antônio Gonzaga e Alvarenga Peixoto e Joaquim José da Silva Xavier, o Tiradentes, marcaram um levante. Porém, antes que a conspiração se transformasse em revolução, ela foi delatada aos portugueses, em 15 de março de 1789, pelo coronel Joaquim Silvério dos Reis, pelo tenente-coronel Basílio de Brito Malheiro do Lago e por Inácio Correia Pamplona, em troca do perdão de suas dívidas com a Real Fazenda. Todos os inconfidentes foram presos e assim permaneceram durante três anos, aguardando a finalização do processo. Alguns foram condenados à morte e outros, ao degredo. Algumas horas depois, por carta de clemência de D. Maria I, todas as sentenças foram alteradas para degredo, à exceção apenas de Tiradentes, que continuou condenado à pena capital, mas não por morte cruel, como previam as ordenações do Reino. Tiradentes seria enforcado. Os réus foram sentenciados pelo crime de lesa-majestade, definido, pelas ordenações afonsinas e as ordenações filipinas, como traição contra o rei. Tiradentes foi o único conspirador punido com a morte, por ser o inconfidente de posição social mais baixa, haja vista que todos os outros ou eram mais ricos ou eram oficiais superiores. Assim, numa manhã de sábado, 21 de abril de 1792, Tiradentes percorreu em procissão as ruas do Centro da cidade do Rio de Janeiro, no trajeto entre a cadeia pública e o local onde fora armado o patíbulo. O governo geral tratou de transformar aquela ocasião numa demonstração de força da Coroa portuguesa, fazendo verdadeira encenação. A leitura da sentença estendeu-se por dezoito horas, após a qual houve discursos de aclamação à rainha e um cortejo acompanhado de verdadeira fanfarra, composto por toda a tropa local. Após o enforcamento, Tiradentes teve a cabeça cortada e o corpo esquartejado. Com seu sangue lavrou-se a certidão de que estava cumprida a sentença e foram declarados infames a sua memória e os seus descendentes. Sua cabeça foi colocada em um poste em Vila Rica, os demais restos mortais foram distribuídos ao longo do Caminho Novo: Santana de Cebolas (atual Inconfidência, distrito de Paraíba do Sul), Varginha do Lourenço, Barbacena e Queluz (antiga Carijós, atual Conselheiro Lafaiete), lugares que percorria fazendo seus discursos revolucionários. Arrasaram a casa em que ele morava, jogando sal no terreno para que nada lá germinasse. O que fizeram com Joaquim José da Silva Xavier serviu de aviso para mostrar que teriam o mesmo destino todos aqueles que se voltassem contra o poder regente. Resumindo, Tiradentes quis fazer o certo, comprou uma briga com a Coroa buscando fazer justiça, e a história está aí. Em tempo: foi o único punido com a pena de morte por ser suboficial, isto é, praça da Polícia Militar. Quanto aos demais condenados, todos tiveram suas vidas poupadas, pois eram ricos e oficiais superiores.

Nos dias de hoje, a história se repete: qualquer PM honesto que, inconformado com a criminalidade que se instalou na instituição, tente denunciar ou fazer algo que atrapalhe o *status quo* terá um fim trágico, pois essa gente gananciosa não tem amor nem apego a ninguém, sua ambição não tem limite, eles vivem pelo objetivo de acumular fortuna; esses criminosos odeiam qualquer pessoa que não concorde com seus ideais de amontoar riqueza. Então, se um policial honesto atrapalhar o interesse de um desonesto, ele será morto e ponto final. Há centenas de casos que comprovam essa máxima. Se alguém se deparar com algum esquema criminoso, não deve interferir. Na PM, é dito que o policial que trabalha certo está piruando errado. Por isso, ninguém ousa denunciar: "peixe morre pela boca e X9 morre cedo", é o que dizem – X9 é o apelido que se dá a alguém que, sabendo de algum crime, decide denunciá-lo. E, na PM, morre mesmo. Vejamos alguns exemplos.

Um major da Polícia Militar foi morto a tiros em um bairro de Nova Iguaçu, Baixada Fluminense, quando chegava em casa após deixar o serviço. O policial estava dentro do seu carro particular quando foi baleado. De acordo com as investigações, ele vinha dirigindo quando, por volta das 8h30 da manhã, criminosos encapuzados e armados com fuzis atiraram várias vezes contra o veículo. Os tiros foram agrupados, todos direcionados para a maçaneta da porta do motorista, característica de assassinato de quem tem vasta experiência em manuseio de armas. Ainda de acordo com as investigações, foram apreendidas várias cápsulas de fuzil calibre 7,62 mm. O policial morreu na hora. Ele era lotado num batalhão policial e comandava ações que visavam prender um dos traficantes mais perigosos do Rio, criminoso que chefiava a venda de drogas de uma grande comunidade carioca e que é responsável, segundo denúncias, pelo pagamento de propina milionária a policiais lotados no mesmo batalhão em que o oficial trabalhava. Investigações apontam que o valor do suborno girava em torno de R$ 500 mil por mês, e teria sido o próprio oficial o responsável pela instalação de uma câmera escondida que teria filmado o traficante e policiais corruptos juntos. Sua morte é considerada queima de arquivo e retaliação.

Lotado no Batalhão de Polícia Militar da Região dos Lagos, um sargento foi morto a tiros logo após deixar o serviço. Informações apontam que o PM vinha recebendo ameaças de morte por parte de bandidos locais e policiais corruptos pelo fato de não se corromper e combater o tráfico de drogas na região. De acordo com as investigações, o PM teria sido interceptado por um veículo branco quando saía do trabalho. O carro em que ele estava ficou cravejado de balas. Segundo moradores, foram ouvidas intensas rajadas de tiros.

Um soldado lotado em uma Unidade de Polícia Pacificadora foi baleado vinte vezes nas costas na Ilha do Governador, no Rio de Janeiro. Suspeita-se de que o policial teve o seu endereço revelado a traficantes por policiais corruptos que atuavam naquela UPP. Segundo informações, marginais estavam inconformados com o soldado por sua atuação de repressão ao tráfico de drogas e, mediante pagamento de propina a PMs corruptos, obtiveram o endereço do militar. O policial morreu alguns dias depois do ataque.

Esses casos de assassinatos não são isolados, acontecem frequentemente em todo o estado do Rio de Janeiro. Centenas de policiais são mortos por decidir se rebelar contra o sistema corrupto e podre. O policial é morto com dezenas de disparos de fuzil, todos eles agrupados na região do tórax, uma prova de que foram realizados por pessoas com experiência em manuseio de armas. Nada é levado, mas os casos muitas vezes são tratados como tentativa de assalto. Muitos policiais que denunciam os esquemas criminosos montados por oficiais corruptos são rapidamente colocados em Conselho de Disciplina, uma espécie de tribunal inquisitório, justamente porque, quando o PM é submetido a esse conselho, ele tem seu porte de arma revogado, tornando-se totalmente vulnerável a qualquer ataque, uma covardia e um absurdo sem tamanho. Esses processos não têm prazo para acabar; por capricho e vingança, oficiais que se sentiram incomodados com as denúncias conduzem os procedimentos com a maior morosidade possível. Enquanto isso, o policial está proibido de portar arma de fogo, mas é obrigado a trabalhar normalmente, muitas vezes em locais perigosíssimos, como o interior de favelas. Como todos os Conselhos de Disciplina são realizados por oficiais, denunciá-los já é um perigo.

A corrupção dentro da Polícia Militar é tão grande que nem mesmo

OFICIAIS DO CRIME

a intervenção federal foi capaz de eliminá-la. O então ministro da Justiça, Torquato Jardim, veio a público denunciar o descalabro existente na instituição. Ele próprio, quando ainda era ministro, afirmou que "o governo do estado não controla a Polícia Militar" e que "comandantes corruptos de batalhões da PM são sócios do crime organizado no Rio". Para ele, "a milícia comandada por policiais criminosos de alta patente assume cada vez mais o controle do narcotráfico e integrantes da PM se associaram ao crime. Como os grandes líderes das facções criminosas estão presos em presídios federais, os comandantes inescrupulosos de batalhão passaram a explorar as áreas antes controladas por chefões do tráfico. Sendo assim, cada comandante se tornou dono do seu pedaço, isto é, de territórios antes controlados por criminosos".

Recentemente, a mídia começou a destacar a incompatibilidade patrimonial existente entre o que ganham alguns policiais e o luxo que ostentam. Rapidamente, a chefia da PM tratou de montar um teatro para tentar mitigar o problema e formou um núcleo para investigar os carros dos praças. Qualquer PM de baixo escalão dono de um automóvel de valor superior a R$ 50 mil era tido como suspeito. Porém, em nenhum momento se investigou o patrimônio milionário dos oficiais. A alta cúpula da Polícia Militar criou uma força-tarefa para acelerar a conclusão de centenas de procedimentos disciplinares envolvendo PMs. Formada por assessores de Justiça e Disciplina, ela vai analisar, junto com a corregedoria da corporação, todos os processos administrativos que podem resultar na expulsão de policiais militares. Nenhum oficial será expulso por essa comissão. E mais: enquanto se cria um tribunal para acelerar a expulsão de policiais de baixo escalão, informações anônimas dão conta de que alguns coronéis corruptos estão vendendo coleção de carros de luxo e se desfazendo de bens (muitos deles adquiridos com dinheiro da corrupção), com medo de que alguma prisão seja decretada pela justiça. Um deles já mandou toda a família para fora do país e, assim que perder a cadeira de comandante, fugirá definitivamente para o exterior.

O setor disciplinar da PM pune praças que exerçam uma segunda atividade laborativa, mesmo que ela seja completamente honesta, mas não faz nada contra oficiais palestrantes, donos de empresa de segurança, proprietários de depósitos de gás, *coaches*, assessores de canais de televisão, comentaristas de TV, envolvidos com contravenção etc. A PM investiga a fundo um policial de baixa patente que tem um carro de R$ 50 mil, mas faz vista grossa para o patrimônio milionário de comandantes corruptos.

É isso: investigar para cima dá trabalho e é perigoso, para baixo não tem problema. E são essas investigações que desviam o foco dos verdadeiros culpados e mantêm os grandes esquemas operando. O problema não são só os crimes em si, mas a forma como a administração da PM conduz a situação diante dos delitos e desvios de conduta: no caso dos praças, é pé na porta e expulsão; já com os oficiais, é movimentação para a DGP e o rabo entre as pernas. Infelizmente, na PM, em muitas circunstâncias, ser oficial é um salvo-conduto para a impunidade. No que tange a oficiais corruptos, é possível afirmar que a farda é de ovelha, mas a alma é de lobo. Muitos deles vivem enganando a sociedade; aparecem engomados para dar entrevista na televisão, falam bem e mansamente, para assim enganar os incautos. É incoerente, mas muitos oficiais que votam por excluir um praça porque ele está com a farda em desalinho – sendo que a PM nunca lhe pagou um fardamento – são os mesmos que toda sexta-feira estendem a mão ao vagabundo para pegar o arrego. Eles lavam suas mãos imundas em cima de nós. Esses hipócritas possuem estrelas no ombro e sangue nas mãos. E o praça excluído, mesmo que tenha ganhado no conselho e seja considerado apto a permanecer nas fileiras da corporação, pode ser demitido por uma canetada do Comando-Geral. É ilógico, mas um comandante corrupto pode excluir alguém de que ele não goste de qualquer forma, tendo em vista que o conselho é meramente opinativo. Se o policial submetido a processo disciplinar for desafeto do coronel comandante, este simplesmente discorda do colegiado e coloca o PM na rua, sem nenhuma necessidade de se justificar. Essa atitude descumpre frontalmente o princípio da impessoalidade, e é um absurdo que ocorre costumeiramente na PM. É inacreditável, mas o oficial que trata os praças com dignidade, hombridade e respeito é malvisto e rotulado de oficial pracista por outros oficiais carrascos. Comandantes corruptos nos manipulam com migalhas e, assim, nos colocam em uma guerra fratricida, para que um irmão não ajude o outro. Em outros órgãos estaduais diretamente relacionados à segurança pública, a escala é padronizada para todos. Como regra geral, o Corpo de Bombeiros Militar, a Polícia Penal, o Degase (Departamento Geral de Ações Socioeducativas) e a Polícia

Civil possuem escala padrão de 24 horas de trabalho por 72 horas de descanso ou 12 horas de trabalho por 48 horas de descanso. E o agente só pode ser transferido por interesse do servidor ou por necessidade de serviço fundamentada por escrito. Já na PM, existem escalas de 24 horas de trabalho por 48 de descanso, de 12 por 24, 12 por 48, 6 por 1, 48 por 96, 12 por 36 com folga nos fins de semana etc. Além do mais, os praças são movimentados ao bel-prazer dos comandantes. Eles usam a tática infalível de dividir para conquistar.

Como já falado anteriormente, não somos servidores estaduais, somos servidores dos oficiais. Somente uma reformulação completa na PM será capaz de devolver à instituição o prestígio que ela merece e fará com que o cidadão carioca volte a confiar na gloriosa Polícia Militar. Enquanto os coronéis tiverem o poder decisório, a ponto de passar por cima até mesmo das decisões de juízes togados, e não houver um órgão externo atuante que possa punir e excluir com celeridade oficiais corruptos, independentemente da posição que ocupem, será impossível acabar com esse câncer que se espalhou por toda a PM. O sistema criado pelos comandantes corruptos de alta patente se aprimorou ao longo do tempo. Antes, o oficial desonesto ficava rico quando chegava a coronel; agora, tenente desonesto já está rico.

É sempre dito que o Rio de Janeiro está mergulhado em corrupção, mas, antes de culpar outros órgãos, precisamos olhar para o nosso quintal, que infelizmente é imundo. Enquanto oficiais gananciosos moram em mansões, os praças são expulsos de suas casas ou mortos, porque o marginal tem polícia na porta, mas o cidadão que paga seus impostos, não. Infelizmente, o policial militar honesto não luta apenas contra o crime, ele luta contra um sistema nojento e covarde. E a grande culpa disso recai sobre os comandantes ladrões, corruptos e omissos que estão dentro da PM. A corrupção estruturada e sistêmica é arquitetada dentro de um prédio cheio de estrelas. De lá é que vem a corrupção.

A hierarquia e a disciplina, valores essenciais e pilares indispensáveis para o bom funcionamento da instituição, tão fundamentais na cadeia de comando da Polícia Militar, estão sendo desvirtuados por indivíduos corruptos e despóticos. Em vez de utilizar sua elevada posição hierárquica com o nobre propósito de combater o crime, esses líderes o fazem para se proteger e permanecer impunes, abandonando o dever primordial de servir e proteger a sociedade. Com essa conduta, eles não apenas comprometem a integridade da instituição, mas também minam a confiança da população na capacidade da polícia de cumprir seu dever de forma justa e eficaz, aumentando a sensação de impunidade e a percepção de que, se o indivíduo tem poder, ser corrupto vale a pena.

Por isso a limpeza dessa instituição precisa vir de cima. Deve-se cobrar de quem manda e desmanda na Polícia Militar. É necessário que ela seja desvinculada urgentemente da política suja, nojenta e assassina que impera neste país. Lamentavelmente, após trabalhar diuturnamente e ver todo o esquema podre criado dentro da instituição, aquele então candidato empolgado, motivado e decidido a fazer a coisa certa não existe mais. Ele se transformou em um policial triste, desiludido e desestimulado, que, incapaz de continuar tolerando tanta corrupção, pediu demissão da PM. Após mais de 20 anos de bons serviços prestados, deixou as fileiras da corporação e se mudou de país. Infelizmente, milhares de outros policiais militares que não têm condições de sair da PM seguem desmotivados, esperando o tempo passar para finalmente ir para casa. Lá, tentarão esquecer que um dia foram PMs e, quem sabe, poderão se livrar das sequelas físicas e emocionais que ganharam na carreira. Hoje, temos total certeza de que não haverá, pelo menos em curto prazo, uma mudança institucional positiva. E afirmo isso pelo seguinte motivo: os oficiais corruptos expandiram suas áreas de atuação criminosa, assumiram novos órgãos públicos estaduais e levaram a corrupção para todo o Rio de Janeiro. Eles assumiram secretarias municipais de segurança, diretorias de presídio, chefia de guardas municipais, são donos de empresas de segurança etc.

Realmente, a conclusão a que se chega é: para acabar com a maior facção criminosa em atuação no estado do Rio de Janeiro, apelidada de Comando Azul, composta e liderada pelos oficiais corruptos da PM, somente uma reestruturação completa da Polícia Militar; do contrário, esse problema não terá solução. Entretanto, para que seja possível uma completa reformulação na carreira policial e na instituição como um todo, é preciso que haja também uma profunda modificação na legislação em vigor. Porém, para isso acontecer, é necessário que haja interesse político – e como pode haver interesse político se os próprios policiais corruptos cada vez mais migram para a política, tornando-se deputados e senadores? Será que um oficial vigarista, que passou trinta anos cometendo os mais variados crimes, lutará pela melhoria da instituição quando se eleger político? Ou fará de tudo para aperfeiçoar e manter em pé esse sistema nefasto que o deixou rico? A história recente do Rio de Janeiro já nos deu a resposta. É triste, mas, enquanto você está lendo este livro, algum esquema de corrupção, alguma propina, alguma negociata entre grupos criminosos e policiais desonestos ou algum outro delito está sendo praticado por agentes da lei que juraram combater tais crimes.

Um viva aos gloriosos praças da Polícia Militar! Somos maltratados, humilhados e desvalorizados. Mas somos nós que verdadeiramente trabalhamos e oferecemos segurança à população. Nós somos a polícia ostensiva na sua essência, nós somos os verdadeiros heróis anônimos!

Sobre os autores

Sargento Silva, ex-policial licenciado a pedido, foi policial militar no estado do Rio de Janeiro por muitos anos, tendo mantido um comportamento exemplar durante todo o tempo que permaneceu na instituição. Foi responsável, juntamente com seus irmãos de farda, todos valorosos praças, pela prisão de traficantes, assaltantes, assassinos etc. Apreendeu entorpecentes, armas, recuperou cargas e veículos roubados. Como consequência, sofreu severos ataques de marginais fortemente armados. Com muito orgulho, honrou o juramento que fez de servir e proteger a sociedade. Trabalhou em diversos setores da Polícia Militar, inclusive em áreas correcionais, patrulhamento nas ruas, UPPs, batalhões operacionais e convencionais, sala de operações e setores administrativos, tendo assim acumulado experiência em várias áreas da instituição. Por diversas vezes, foi homenageado entre os policiais que mais se destacaram no desempenho de suas funções, em suas respectivas áreas de atuação, durante o ano. Tem como norte as palavras escritas nas Sagradas Escrituras registradas em Números 30:2: "Se uma pessoa fizer um voto ao Senhor ou se obrigar por juramento a cumprir uma promessa formal, não poderá violar a sua palavra empenhada: tudo aquilo que for prometido por sua boca, assim deverá ser executado". Por esse motivo, nunca quebrou os juramentos que fez quando se formou policial militar. Esses juramentos o obrigam a cumprir a lei e a acreditar no Direito como alicerce para a convivência humana. A justiça é o meio com que se combate a violência, e com justiça se socorre os que dela precisam. É necessário servir a todo ser humano, sem distinção de classe social, buscando a paz como resultado. E, acima de tudo, é necessário defender a liberdade, pois sem ela não há direito que sobreviva, justiça que se fortaleça e paz que se concretize. Infelizmente, o autor precisou sair da PM para continuar a honrar esses juramentos.

Sérgio Ramalho é jornalista investigativo independente. Carioca, formado pela Universidade Gama Filho, trabalhou nos jornais *Hoje*, *O Dia*, *O Globo* e nos sites UOL e The Intercept Brasil. É colaborador do Programa Tim Lopes, da Associação Brasileira de Jornalismo Investigativo (Abraji). Como repórter, recebeu 18 prêmios nacionais e internacionais, entre eles o Sociedade Interamericana de Imprensa (SIP), o Latino-Americano de Jornalismo Investigativo, o Vladimir Herzog, o Esso de Reportagem e o Grande Prêmio Barbosa Lima Sobrinho. Pela Matrix Editora, Sérgio lançou o livro *Decaído - A história do capitão do Bope Adriano da Nóbrega e suas ligações com a máfia do jogo, a milícia e o clã Bolsonaro*.